PARTIR

Do autor:

O último amigo

TAHAR BEN JELLOUN

PARTIR

Romance

Tradução
Mônica Cristina Corrêa

BERTRAND BRASIL

Título original: *Partir*

Capa: NECAS

Editoração: DFL

2007
Impresso no Brasil
Printed in Brazil

CIP-Brasil. Catalogação na fonte
Sindicato Nacional dos Editores de Livros – RJ

B416p Ben Jelloun, Tahar, 1944-
Partir: romance/Tahar Ben Jelloun; tradução Mônica Cristina Corrêa. — Rio de Janeiro: Bertrand Brasil, 2007.
288p.

Tradução de: Partir
ISBN 978-85-286-1245-5

1. Romance marroquino. I. Corrêa, Mônica Cristina. II. Título.

CDD – 843
07-0993 CDU – 821.133.1 (64)-3

EDITORA BERTRAND BRASIL LTDA.
Rua Argentina, 171 – 1º andar – São Cristóvão
20921-380 – Rio de Janeiro – RJ
Tel.: (0xx21) 2585-2070 – Fax: (0xx21) 2585-2087

Atendemos pelo Reembolso Postal.

Meu amigo camaronense Flaubert diz "Estou chegando" ao partir e "Estamos juntos" quando se separa de alguém. Uma maneira de conjurar a sorte. Neste romance, os que partem não pensam em voltar, e quando deixam uma pessoa é para sempre. Flaubert, que estudara na escola algumas páginas de *Madame Bovary*, prometeu-me ler o romance inteiro nas férias, quando ele chegar.

Sumário

1

TOUTIA

Em Tânger, no inverno, o café Hafa se transforma num observatório de sonhos e suas conseqüências. Os gatos das sacadas, do cemitério e do principal forno de pão do Marshan se reúnem ali como que para assistir ao espetáculo que ocorre em silêncio e que ninguém ignora. Os longos cachimbos com kif passam de uma mesa a outra, os copos de chá de hortelã vão esfriando, rodeados por abelhas que acabam caindo dentro deles, na indiferença dos consumidores perdidos há muito tempo nos limbos do haxixe e num devaneio fugaz. No fundo de uma das salas, dois homens preparam minuciosamente a poção que abre as portas para a viagem. Um deles seleciona as folhas e as tritura com técnica rápida e eficaz. Nenhum dos dois levanta a cabeça. Outros, sentados em esteiras, encostados na parede, fixam o horizonte como se o interrogassem acerca de seus destinos. Eles olham o mar, as nuvens que se confundem com as montanhas, esperam o surgimento das primeiras luzes da Espanha. Acompanham-nas sem vê-las e por vezes as vêem mesmo quando estão veladas pela bruma e pelo mau tempo.

Todos se calam. Ficam escutando atentos. Talvez ela apareça esta noite, fale com eles, cante-lhes a canção do afogado que se transforma em estrela-do-mar suspensa sobre o estreito. Ficou decidido que nunca seu nome seria pronunciado. Nomeá-la corresponderia a destruí-la e, em conseqüência, provocaria uma sucessão de maldições. Então, eles se observam e nada dizem. Cada um entra em seu sonho e cerra os punhos. Apenas o responsável pela preparação do chá, dono do estabelecimento, e seus garçons ficam fora disso, servindo discretamente as bebidas, indo e vindo de um terraço a outro, sem incomodar o sonho de ninguém.

Os homens ali presentes se conhecem, mas não se falam. A maioria vem do mesmo bairro e tem o dinheiro contado para pagar o chá e algumas cachimbadas nos cachimbos com kif. Alguns têm uma lousa na qual registram suas dívidas. Como se tivessem combinado, não abrem a boca. Principalmente nesta hora do dia e neste instante delicado em que todo o seu ser está voltado para o longínquo, espiando o mínimo plissar das ondas ou o barulho de uma velha barca retornando ao porto. Até que ouvem o eco de um grito de socorro. Eles se entreolham em silêncio. Todas as condições estão favoráveis para que ela apareça, para que revele alguns de seus segredos. Céu claro, céu quase branco refletindo num mar límpido que se transformou em fonte de luz. Silêncio no café, silêncio nos semblantes. O instante precioso talvez tenha chegado: ela vai falar!

Fazem alusão a ela, sobretudo quando o mar rejeita os cadáveres de alguns afogados. Eles dizem, ela enriqueceu mais ainda e nos deve ao menos um gesto! Eles a apelidaram de "Toutia", uma palavra que não quer dizer nada, mas entre eles sabem que tanto é aranha devoradora de carne humana quanto uma benfeitora porque está transformada numa voz avisando-os de que aquela não é a noite certa e que é preciso adiar a viagem para uma próxima vez.

Como crianças, eles acreditam nessa história que os ilude e os faz dormir com as costas apoiadas na parede áspera. Nos grandes copos de chá frio, a hortelã verde ficou preta. Todas as abelhas estão afogadas no fundo. Eles não bebem mais esse chá que decantou a ponto de ficar amargo. Com a colher, tiram as abelhas uma a uma, colocam-nas na mesa e dizem, pobres bichinhas afogadas, vítimas de sua gula!

Como num sonho absurdo e persistente, Azel vê seu corpo nu misturado a outros corpos nus inchados pela água do mar, o rosto deformado pela espera e pelo sal, a pele tostada pelo sol, aberta na altura dos braços como se uma briga houvesse precedido o naufrágio. Ele o vê cada vez mais distintamente numa barca pintada de branco e azul, uma barca de pescador se afastando com desmesurada lentidão para alto-mar; Azel concluiu que o mar que vê diante de si tem um centro, e este centro é um círculo verde, um cemitério onde a corrente se apodera dos cadáveres para levá-los ao fundo, colocá-los num banco de algas. Ele sabe que lá, naquele círculo preciso, existe uma fronteira móvel, uma espécie de linha de separação entre duas águas, as calmas e lisas do Mediterrâneo e as fortes e encrespadas do Atlântico. Ele tapa o nariz, pois, de tanto fixar essas imagens, acabou sentindo o cheiro da morte, um cheiro sufocante que ronda, causando-lhe náusea. Quando fecha os olhos, a morte põe-se a dançar em volta da mesa na qual costuma ficar todos os dias para ver o pôr-do-sol e contar as primeiras luzes que cintilam à sua frente, nas costas espanholas. Seus amigos o encontram e jogam cartas sem dizer uma palavra. Mesmo que alguns estejam tão obcecados quanto ele pela idéia de um dia partir do país, eles sabem, por terem ouvido certa noite por intermédio da voz de "Toutia", que não devem se perder nas imagens que propagam a dor.

Azel não diz uma palavra sequer sobre seu projeto nem sobre seu sonho. Sentem-no crispado, infeliz, e crêem-no enfeitiçado pelo amor de alguma mulher casada. Atribuem-lhe aventuras com mulheres estrangeiras, suspeitam que as freqüente com o objetivo de tirarem-no do Marrocos. Obviamente que ele nega e prefere rir. Mas a idéia de atingir o alto-mar, montar um cavalo pintado de verde e pular por cima das águas do estreito, essa idéia de se tornar uma sombra transparente, visível somente de dia, uma imagem remando sobre as ondas a toda velocidade, não o larga mais. Ele a guarda para si, não fala disso com a irmã, Kenza, e menos ainda com a mãe, que se preocupa em vê-lo perder peso e fumar demais.

Ele também acabou acreditando na história daquela que deve aparecer e fazê-los atravessar um por um essa distância que os separa da vida, a bela vida, ou da morte.

2

AL AFIA

Toda vez que Azel deixa esse silêncio em que nenhuma presença se impõe, ele sente frio. Qualquer que seja a estação, seu corpo é sacudido por um ligeiro tremor. Sente necessidade de se afastar da noite, recusa-se a adentrá-la. Anda pela cidade, não fala com ninguém, imagina-se alfaiate, costureiro de um gênero diferente, cosendo as ruelas estreitas às avenidas largas com um fio branco, como naquela história que lhe contava sua mãe quando ele não conseguia dormir. Azel queria saber se Tânger era uma djalaba de homem ou um cafetã de noiva, mas a cidade havia crescido tanto que ele acabara renunciando à idéia.

Naquela noite de fevereiro de 1995, decidiu abandonar a costura, persuadido de que Tânger não era mais uma roupa, mas um desses cobertores de lã sintética que os emigrados trazem da Bélgica. A cidade estava oculta sob esse tecido que mantinha o calor, sem, contudo, expulsar a umidade. Ela não tinha mais forma, nem centro, mas praças não completamente redondas, sobre as quais os carros acabaram despejando as camponesas vindas de Fahs para vender suas frutas e legumes.

A cidade estava mudando e os muros trincavam.

Azel parou na frente do Whisky à Gogo, um *pub* da rua Prince-Héritier administrado por um casal de alemães. Hesitou um instante antes de empurrar a porta. Ele era desses homens convencidos de que tudo que lhes acontecia estava escrito na ordem das coisas, escrito talvez não no grande Livro celeste, mas em algum lugar. O que tinha de acontecer acontecia. Sua liberdade era das mais tolhidas. Apesar do que lhe dizia sua mãe, costumava lutar contra essa fatalidade por meio da ação. Divertia-se mudando o trajeto que tinha o hábito de fazer, apenas para contrariar essa idéia herdada. Naquela noite, ao parar por um instante diante da porta do *pub*, teve um pressentimento, uma espécie de desejo louco de ir além de seu destino.

Reinava no *pub* uma calma estranha. Homens bebiam em volta do bar. Uma loira tingida os servia. No caixa estava um dos alemães. Ele nunca sorria.

Na sala escura, homens sozinhos diante de suas garrafas de uísque. Tudo parecia sinistro. Azel parou quando viu, sentado no bar, um homem corpulento tomando limonada. Ele estava de costas, largas como a de um lutador, e a nuca, uma tora de madeira. Reconheceu-o e pensou *mala pata*! Era o chefão, o terrível, o poderoso, o homem silencioso e sem coração, apelidado de Al Afia (o fogo). Era conhecido por sua atividade de passador, aquele que enchia barcos de clandestinos decididos a atravessar o oceano e que botavam fogo em seus documentos para não serem mandados de volta em caso de detenção.

Al Afia não se comovia. Esse homem das montanhas do Rif havia traficado a vida inteira. Quando criança, acompanhava o tio à noite na hora em que os barcos vinham a Al-Hoceima buscar a mercadoria. Era ele o encarregado de vigiar. Orgulhoso por ter binóculos que manejava com destreza como um general-de-exército escrutando o horizonte. Seu pai havia morrido num acidente de caminhão. Mal chegou a conhecê-lo. Passou à tutela do tio, que conseguiu fazer dele um de seus homens de confiança. Com a morte de seu protetor, sucedeu-o naturalmente. Era o único que conhecia todos os meandros, as pessoas certas para procurar em caso de dificuldade, os contatos na Europa cujos números de telefone havia memorizado, as famílias que precisava sustentar porque o pai, o tio ou irmão estava na prisão. Não tinha medo de ninguém e só se interessava por seus negócios. Diziam que conhecia tantos segredos que era como uma verdadeira caixa-forte ambulante.

Depois de ter bebido algumas cervejas, Azel se dirigiu a ele gritando, usando as pessoas como testemunhas: olhem essa barriga gorda, é de um podre; olhem essa nuca, mostra o quanto esse homem é mau, compra todo mundo; normal, porque este país é um verdadeiro mercado aberto vinte e quatro horas; todo mundo se vende, basta ter um pouquinho de poder; barganha-se, e não custa caro, só o preço de umas garrafas de uísque, uma noitada com uma puta, mas para as grandes manobras pode-se ir longe, dinheiro passando de mão em mão; você quer que eu faça vista grossa?, então diga-me que dia e que hora, você não vai ter problema, meu irmão; precisa de uma assinatura com um carimbinho embaixo nesta folha?, sem problemas, venha me ver, ou, se preferir não se incomodar, mande seu motorista, aquele que é cego de um olho, porque não vai ver nada senão o fogo; pois é, meus amigos, é isso aí o Marrocos, tem os que se esfalfam como doidos, trabalham porque decidiram ser íntegros; esses são os que trabalham na sombra, ninguém os vê, ninguém fala deles quando deveriam é condecorá-los, porque o país funciona graças à sua integridade; e aí tem os outros, uma legião, estão em todo lugar, em todos os ministérios, pois em nosso bem-amado país a corrupção é o ar que se respira; sim, nós fedemos a corrupção, ela está nas nossas caras, nas nossas cabeças, está enfiada nos nossos corações, ou melhor, nos seus corações; se não acreditam em mim, perguntem ao barriga podre ali, o careca, a caixa-forte blindada, a caixa de segredos, o que está degustando uma limonada porque o tal é um bom muçulmano, não bebe álcool, vai sempre a Meca; é, ele é *haj** e eu sou cosmonauta, estou nos foguetes, evadindo-me no espaço; não tenho mais vontade de viver nesta terra, neste país; tudo é falso, todo mundo se arranja, e eu me recuso a me arranjar; estudei Direito num Estado que ignora os direitos ao mesmo tempo que faz de conta que respeita as leis; que nada, aqui é preciso respeitar os poderosos, é só isso, o resto que se vire...; quanto a você, Mohamed Oughali, não passa de um ladrão, um *zamel*... um *attaye*...

Azel gritava cada vez mais alto. Um dos seguranças do bar, num estado avançado de embriaguez, aproximou-se de Al Afia e lhe cochichou ao ouvido: deixa comigo, ele vai ser preso por atentado à segurança do Estado, o Estado... rá, tá, tá...

Al Afia tinha de fazer calar aquele exaltado. Seus capangas obedeciam-no a um sinal de cabeça. Olhou em direção a Azel.

---

* *Haj* — pessoa que fez a peregrinação a Meca. (N.T.)

Dois homens pegaram-no à força e o jogaram na rua, moendo-o de pancada. Um deles lhe disse:

— Cara, você faz tudo para irritar o patrão, parece que está querendo se juntar ao seu amigo!

O amigo de Azel era seu primo de primeiro grau, Noureddine, que ele considerava irmão e o havia destinado à sua irmã Kenza; afogara-se numa travessia noturna em que os homens de Al Alfia sobrecarregaram o bote. Vinte e quatro afogados naquela noite de outubro em que a tempestade foi uma desculpa para a não-intervenção da Guardia Civil de Almería.

Al Afia negou enfaticamente ter recebido dinheiro, ainda que Azel estivesse presente quando Noureddine lhe entregou a quantia de vinte mil dirrãs. Aquele homem tinha vários mortos na consciência, mas será que tinha uma consciência? Seus negócios floresciam em várias áreas. Ele vivia numa casa imensa em Ksar es-Seghir, na costa mediterrânea, uma espécie de *bunker* onde se empilhavam sacos de juta cheios a ponto de estourar. Dizia-se que era casado com duas mulheres, uma espanhola e outra marroquina. Elas viviam sob o mesmo teto. Nunca ninguém chegou a vê-las. E como o tráfico de kif não lhe bastava, ele então enchia, a cada quinze dias, algumas embarcações velhas com uns pobres coitados que davam tudo que tinham para chegar à Espanha. Ele nunca era visto na noite da partida. Substituía-o um de seus homens, guarda-costas, valentão, chofer, que supervisionava o carregamento. E nunca era o mesmo. Al Afia tinha seus quebra-galhos, seus dedos-duros e também seus meganhas. Chamava-os de "meus homens". De tempos em tempos, as autoridades de Rabat enviavam uma patrulha do exército para capturar as embarcações e seus passadores. Mas não avisavam principalmente os tiras de Tânger. Foi assim que alguns dos capangas de Al Afia foram pegos e mandados para a prisão. Enquanto estavam na prisão de Tânger, cuidava deles como se fossem seus filhos, assegurando-lhes uma refeição por dia e bancando suas famílias. Na prisão de Tânger, tinha entrada livre, conhecia o diretor e principalmente os guardas a quem molhava as mãos mesmo quando não tinha companheiros detentos atrás de seus muros.

Al Afia tornou-se mestre nos métodos de corrupção: assimilou perfeitamente o temperamento de uns e de outros, suas fraquezas e necessidades, jogando em todos os campos e não negligenciando nenhum aspecto da personalidade de cada um. Parecia ter doutorado em alguma ciência improvável. Ele só sabia ler cifras. Para o resto, tinha secretárias competentes e muito fiéis com as quais falava rifão e algumas palavras em castelhano. Aos olhos de todos passava por um homem generoso, "um mão aberta", "o casa grande", o "templo do Bem" etc. Para um, ele oferecia uma viagem a Meca; para outro, um terreno ou um carro importado (roubado, obviamente); a outro ainda, um relógio de ouro, dizendo: "É uma joiazinha para a sua mulher"; ele se incumbia de pagar as despesas médicas de seus homens e de suas famílias, e a todos oferecia bebida diariamente no *pub* que acabou se tornando aos poucos o seu quartel-general.

3

AZEL E AL AFIA

Entre Azel e Al Afia a guerra estava declarada havia muito tempo. Bem antes da morte de Noureddine, certa noite Azel decidiu partir e já havia pago o passador. No último minuto, porém, a viagem foi cancelada e Azel jamais chegou a ser reembolsado. Ele sabia que sozinho não podia nada contra aquele monstro, um homem tão temido, tão amado, ou melhor, protegido pelos que viviam de sua generosidade. De tempos em tempos, principalmente depois de ter tomado algumas cervejas, ele desabafava insultando-o e chamando-o de tudo quanto era nome. Al Afia fazia de conta que não escutava, até aquela noite em que foi chamado por seu verdadeiro nome e tachado de "*zamel*", isto é, homossexual passivo. Vergonha suprema! Aquele homem tão poderoso, tão bom, deitaria de bruços para se deixar sodomizar! Era demais, o carinha tinha passado dos limites. Era preciso dar-lhe uma boa lição:

— Seu metido a intelectual, olha só, toma, você tem sorte, é que aqui a gente não gosta de veados, senão já tínhamos enrabado você! Olha lá, está cuspindo no seu país, fala mal dele, não se preocupe, a polícia vai se encarregar de te derreter em ácido.

Azel havia estudado Direito. Obtivera uma bolsa do Estado porque tinha passado nos exames com menção honrosa. Como os pais não podiam pagar-lhe os estudos, contava com o tio, que possuía um escritório de advocacia em Larache, para empregá-lo. Depois de um negócio complicado em que o tio acabou perdendo a clientela, o escritório faliu. Tudo porque ele se recusava a fazer como todo mundo que já havia perdido a maior parte de seus clientes, os quais acabaram lhe criando má reputação: "Não vá no doutor El Ouali, ele é íntegro, com ele não tem cambalacho; resultado, perde todos os processos!" Azel entendeu que seu futuro estava comprometido e que sem pistolão não encontraria trabalho. Casos como o seu eram numerosos. Foi assim que participou da manifestação dos formados sem emprego diante do Parlamento, em Rabat. No fim de um mês em que nada havia mudado, tomou o ônibus da CTM de volta para Tânger e decidiu deixar o país. Imaginou até um acidente de ônibus em que perdesse a vida e acabasse logo com uma situação sem saída. Via-se morto, chorado por sua mãe e irmã, ouvia os amigos lamentando-o: vítima do desemprego; vítima do descaso do sistema; era um rapaz brilhante, bem-educado, fino, generoso, precisava ter subido nesse maldito ônibus de pneus carecas, dirigido por um diabético que acabou perdendo os sentidos numa curva..., o coitado do Azel, não conseguiu viver, fez de tudo para dar certo; agora você vê, se tivesse conseguido embarcar para a Espanha seria hoje um advogado brilhante ou um professor universitário!

Azel esfregou os olhos. Levantou-se e perguntou ao motorista se ele não sofria de diabetes.

— Deus me livre! Graças a Deus, tenho uma saúde de ferro e ponho minha vida nas mãos de Deus. Por que está me perguntando isso?

— Só para saber. Eu li num jornal que um a cada sete marroquinos é diabético...

— Mas fique tranqüilo, não se deve acreditar no que os jornais publicam.

Deixar o país. Era uma obsessão, uma espécie de loucura que o atormentava dia e noite. Como sair dela, como acabar com aquela humilhação? Partir, deixar aquela terra que não queria mais seus filhos, dar as costas a um país tão bonito e voltar um dia, orgulhoso e talvez rico, partir para salvar a própria pele, mesmo arriscando perdê-la... Ele pensava nisso e não entendia como haviam chegado àquela situação; sua obsessão logo se tornou uma maldição. Ele se sentia perseguido, maldito e condenado a sobreviver, saindo de um túnel para desembocar num beco sem saída. Sua energia, sua força física, seu corpo bem talhado se degradavam dia após dia. Alguns camaradas acalmavam o próprio desespero dedicando-se à religião e se tornando rapidamente pilares de alguma mesquita. Mas aquilo nunca o havia tentado. Gostava demais das mulheres e da bebida. Tinham-no contatado, propondo até trabalho e viagens. Quem lhe falava não usava barba, evocava com ele, num francês castigado, o futuro do Marrocos, enfatizando "um Marrocos fiel ao islã, à probidade, à integridade e à justiça".

O homem tinha um tique nervoso: piscava os olhos mordendo o lábio inferior. Azel continha o riso, fingindo escutá-lo. Ele o imaginou completamente nu correndo no deserto. Essa imagem se lhe impôs. O homem era ridículo. Azel não prestava mais atenção ao que ele lhe dizia. Não tinha nada com aquela moral, ele que encontrava a maioria de seus prazeres nas proibições da religião. Rechaçou firmemente a oferta e compreendeu que seu interlocutor era apenas um recrutador de causas duvidosas. Teria podido ceder e ganhar um pouco de dinheiro, mas foi tomado de medo, de um pressentimento, lembrando-se da história de um vizinho metido com um grupo de militantes religiosos que acabou desaparecendo sem nunca mais dar o menor sinal de vida. Era a época em que se partia para a Líbia, depois para o Afeganistão a fim de lutar contra o ateísmo dos comunistas russos.

Seis meses mais tarde, o recrutador voltou à carga. Ele o convidou para jantar "só para conversar". Azel não conseguia levar a sério aquele homem que, apesar de seu nervosismo, conseguia atrair para a religião alguns "desgarrados". No entanto, estava interessado em seu método, na lógica de seu discurso, e tentava saber quem estava por trás daquele movimento. Mas o recrutador não era bobo. Previa as perguntas e as respondia, não sem malícia. Ele se confidenciou com Azel como se fosse um de seus velhos amigos:

— Eu estudei Letras, até defendi uma tese na Sorbonne; voltando ao Marrocos, ensinei literatura francesa, depois me nomearam fiscal do ensino. Circulei pelo país, vi o que pessoas como você não viram, ouvi o Marrocos popular e majoritário; ninguém me fez lavagem cerebral, não sou um perdido, não, eu sei o que estou fazendo e o que quero. Os partidos políticos lamentavelmente fracassaram, não souberam ouvir o que lhes dizia o povo. Eles passaram ao largo disso. Tenho raiva principalmente dos socialistas, que acreditaram numa mudança do governo, que jogaram o jogo do poder e nada fizeram para que as coisas mudassem. O rei os usou e eles se deixaram levar.

Ele marcou um tempo de pausa, olhou Azel nos olhos, colocou a mão em seu ombro, mordeu o lábio sem piscar os olhos daquela vez e prosseguiu:

— Ninguém entre os dirigentes respeita a mensagem do islã. Eles a usam, mas não a aplicam. Nosso projeto é justamente fazer alguma coisa diferente. Sabemos o que a população deseja: viver com dignidade.

Parou, assoou o nariz ruidosamente, como se quisesse mascarar seus tiques. Então, Azel olhou-o fixamente e mais uma vez o viu completamente nu num galpão perseguido por um colosso negro. Ele corria pedindo socorro. O homem o apanhava, dava-lhe um par de bofetadas, gargalhando.

O recrutador continuava a desenvolver suas teses repetitivas. Azel, durante esse tempo, deixava seu pensamento criar asas. Estava agora sentado no terraço de um dos grandes cafés da Plaza Mayor, em Madri. O tempo estava bom, as pessoas, sorridentes; uma jovem turista alemã pedia-lhe informações e ele a convidava para tomar um drinque... A voz do recrutador de repente ficou mais alta e o trouxe de volta a Tânger:

— É intolerável que um doente que se dirige aos hospitais do Estado seja abandonado porque o hospital está sem recursos. É por isso que intervimos concretamente nos lugares onde o Estado é falho. Nossa solidariedade não é seletiva. É preciso que este país seja salvo; está com comprometimentos demais, corrupção demais, injustiça demais e desigualdades. Não pretendo resolver todos os problemas, mas não fazemos outra coisa senão ficarmos de braços cruzados esperando que o governo se ponha a serviço dos cidadãos. Sou nutrido pela cultura francesa, a cultura do direito e da lei, a cultura da justiça e do respeito aos outros. Encontrei no islã, em seus textos sagrados e também nos textos da cultura árabe da idade de ouro o que coincide com essa luz. Eu queria que você abrisse os olhos e desse um sentido à sua vida.

Ele repetiu várias vezes essa frase, percebendo o pouco de interesse que Azel manifestava por seu discurso.

— Eu sei, você é como muitos de seus camaradas, obcecados pela idéia de partir, de deixar este país. É uma solução fácil e também a mais arriscada. A Europa não quer saber de nós. O islã lhe mete medo. O racismo está em toda parte. Você acha que emigrando terá resolvido seu problema, mas, uma vez lá, isso se conseguir chegar a porto seguro, seu país, sua cultura, sua religião lhe farão falta. Somos contra a emigração, legal ou clandestina, pois, para os nossos problemas, devemos encontrar soluções aqui e agora, não contamos com os outros para resolvê-los por nós. Mais uma vez, não estou pretendendo dizer que a religião resolverá tudo. Não, a religião é uma confiança que se adquire, uma confiança em si mesmo, é ela que te abre as portas.

O homem havia dominado seus tiques e Azel o escutava um pouco mais atentamente. Entretanto, não conseguia evitar de pensar na vida que poderia ter longe dali. E, depois, a imagem de seu amigo desaparecido, Mohamed-Larbi, impôs-se de repente com força. De nada adiantaria evocar com o recrutador o destino daquele homem provavelmente metido numa organização islâmica. Azel tinha vontade de tomar um copo de vinho, mas o restaurante não servia vinho aos marroquinos. De todo modo, o recrutador levaria a mal. Azel queria provocá-lo, dizer-lhe que a religião não deve se misturar com a política, que era preciso melhorar as condições de vida das pessoas sem obrigá-las a freqüentar as mesquitas. Em seguida, o recrutador lhe propôs dar aulas de Direito numa escola particular em que era o diretor. Ficou tentado a aceitar, apesar do baixo salário. Mudou de idéia quando o homem lhe fez entender que de tempos em tempos seria enviado em missão a países onde os marroquinos não precisavam de visto. Seu desejo de emigrar era mais forte do que tudo. Ao se separarem, prometeram ficar em contato; antes, porém, o recrutador acrescentou:

— Se por acaso você conseguir burlar a vigilância dos espanhóis, avise-me, eu o colocarei em contato com amigos de confiança que tenho lá.

Mais uma vez, Azel o viu nu num *hammam** entre as mãos de um massagista.

* *Hammam* — é uma espécie de balneário onde as pessoas vão para tomar banhos, sobretudo banho turco. É dividido em feminino e masculino. (N.T.)

4

NOUREDDINE

Na noite seguinte, Azel não conseguiu dormir. Por que aquela obsessão de deixar o Marrocos? De onde vinha aquela idéia? Por que era tão teimosa, tão violenta? Tinha medo de seus próprios pensamentos e vacilava entre aquele desejo incontrolável de partir e as propostas do recrutador, as quais não conseguia rejeitar definitivamente. A insônia dava proporções assustadoras àquelas elucubrações. Ele se levantou sem incomodar a família que estava dormindo e ficou na sacada que dava para o cemitério do Marshan. Uma bela luz prateada clareava o mar a ponto de transformá-lo num espelho branco. Contava os túmulos e procurava o de Noureddine. Não conseguia imaginar no que havia se tornado aquele corpo soberbo que a água do mar tinha desfigurado. Era ele que se havia ocupado de encontrar o cadáver do primo e amigo. Entre os corpos mutilados, talvez comidos pelos tubarões, o de Noureddine ainda estava intacto, inchado. Em volta, as famílias choravam, algumas nem eram sabedoras daquela tentativa de travessia. Azel viu também duas mulheres e uma criança, cobertas com um lençol branco. Foi então que o governador entrou no necrotério, irritado e bastante afetado. Ele berrava: Isto nunca mais! Venham aqui, vocês, e filmem estes cadáveres! É preciso que todo o Marrocos veja esta tragédia! Tem de passar no jornal da noite. E pouco importa se vai tirar o apetite das pessoas! Já está demais! Basta! Já encheu! É preciso que isso pare. O Marrocos está perdendo sua seiva, sua juventude! Onde está o prefeito? Mandem-no vir imediatamente! Vamos trancafiar a costa!

Azel não tinha esquecido nada daquela cena nem os odores sufocantes exalados pelos corpos nutridos, havia ainda poucos dias, pelo sonho de uma vida melhor. Tampouco esqueceria os olhos brancos de Noureddine, assim como a sua mão direita apertando uma chave. Quando pequeno, Azel tinha um medo terrível da morte e de tudo que fosse sinal dela. Ele marcava de longe os lavadores de cadáveres para não apertar-lhes a mão nem comer no prato deles. Detestava aquele incenso do paraíso que costumavam queimar em torno dos corpos. Sempre havia se recusado a olhar o rosto dos cadáveres. Era mais forte do que ele, um medo irracional, uma espécie de fobia que o atormentava. No dia do enterro de seu avô, tinha então dez anos, correu para refugiar-se na casa dos vizinhos, persuadido de que a morte era contagiosa e de que sua sombra viria à noite para levá-lo sob seu manto. Ocupando-se de Noureddine, esqueceu seu medo pela primeira vez. Cumpriu com todos os trâmites administrativos para recuperá-lo, trazê-lo de volta para casa. A notícia havia paralisado totalmente seus pais, que choravam e se recusavam a admitir o que havia acontecido. Kenza, vestida de branco, não tinha direito de assistir ao enterro. As mulheres devem permanecer em casa. Assim é a tradição. Ela urrava sua dor, chorando ao mesmo tempo seu primo e seu noivo, aflita com a própria sorte. Era preciso enterrar Noureddine no mesmo dia por causa da decomposição avançada de seu corpo. A eficiência de Azel surpreendeu a todo mundo. Os "*tolbas*", leitores do Corão, reunidos na salinha, liam em silêncio o Livro e salmodiavam juntos algumas orações. Antes do cemitério, o cortejo parou na mesquita do bairro; um homem de voz grave disse "*Janâzatou Rajoul*", "funeral de um homem". Recitaram a oração diante do corpo bem comprimido em sua mortalha branca, ornada de um bordado verde e preto. Alguns minutos depois, ele foi carregado por Azel e três outros amigos até o túmulo. Os *tolbas* entoaram as orações de adeus, o corpo foi depositado num buraco bastante estreito, logo recoberto de lajes, cimento e terra. Tudo aconteceu muito rápido. A família distribuiu aos *tolbas* e aos mendigos pão e figos secos. Azel se colocou entre os pais de Noureddine para receber as condolências. Ele chorava. Alguns o incentivaram a renunciar à sua raiva para tomar o caminho da sabedoria e da paciência. Para ele aquilo não passava de um conselho convencional, que se costuma dizer nessas ocasiões. Estava fora de questão esquecer seu amigo e menos ainda não encontrar um jeito de vingá-lo de um modo ou de outro.

Fumou um cigarro e voltou para a cama na ponta dos pés. Recomeçou a questionar-se sobre o brusco desaparecimento de Mohamed-Larbi, um amigo aparentemente recrutado por islamitas. Era impossível, repetia seguidamente o pai de Mohamed-Larbi. Seu filho, afirmava, era um descrente, não fazia o ramadã, embriagava-se freqüentemente; ele era até um drama para a família e os vizinhos. Essa é a questão, explicava-lhe um oficial da polícia, é exatamente esse tipo de gente que lhes interessa. Eles têm seus métodos para convencê-los. E quando caem na conversa, mandam-nos fazer um estágio num país muçulmano, o Paquistão ou o Afeganistão, dão um passaporte e vistos, falsos obviamente, só que eles não sabem: uma vez do outro lado, uma outra equipe, mais dura, se ocupa deles, as coisas se tornam mais claras — fazer a revolução para limpar os países muçulmanos dos descrentes locais e estrangeiros; tudo isso leva de três a seis meses, a lavagem cerebral não se faz imediatamente, eles demoram o tempo deles e principalmente aplicam as técnicas mais sofisticadas; são especialistas, bem estruturados, bem organizados, não fazem qualquer coisa; sabemos tudo isso graças aos arrependidos, gente que escapou deles, que de repente tomou consciência do que estava acontecendo; mas fazer o quê? Estamos atentos, só que essa gente joga com a fé, o irracional, a fraqueza de caráter; nossa única vantagem é reconhecer os documentos falsos, mas esses adeptos não passam por aeroportos, eles escolhem momentos de multidão no porto, a noite, e em alguns casos enfiam uma nota ou duas na mão do policial ou do alfandegário, e pronto, está feito; eu sei, não devia estar falando isso para vocês, mas é a verdade, o principal aliado dos islamitas é a corrupção que eles pretendem combater; é graças à propina que eles conseguem enganar a vigilância da polícia das fronteiras. Seu filho vai reaparecer um dia, barbudo, você nem vai reconhecê-lo de tanto que estará mudado; então, avise-nos, você estará ajudando seu país...

Mohamed-Larbi era um rapaz inquieto, rebelde e sobretudo desesperado. Tinha sido detido quando dos motins de Beni Makada e chegou a passar alguns dias em delegacias. Era um estudante tranqüilo, mas que às vezes explodia de raiva contra a situação do país, insultava tanto os governantes quanto a oposição, a que se referia como incapazes. Azel estava convencido de que Mohamed-Larbi estava metido com um grupo islâmico e se encontrava em algum tipo de "exército de libertação". Gostava bastante dele, costumava chamá-lo de "cabeça quente" e lamentava tê-lo negligenciado nos últimos tempos antes de seu desaparecimento.

Para viver, Azel dependia da irmã, que trabalhava como enfermeira numa clínica. Ela fazia horas extras cuidando de pacientes particulares, já que a clínica que a empregava não pagava o suficiente. O dono, um cirurgião de estatura baixa, era maníaco e tinha o vício da avareza; falava o tempo todo em dinheiro, fosse o preço de tomates ou de um *scanner*, e pagava a Kenza o salário-mínimo, dizendo-lhe: "Você está aprendendo a profissão". Num único dia, ele ganhava o que ganhavam num ano seus empregados. Isso não o impedia de orar cinco vezes ao dia, programar a visita aos lugares sagrados na primavera e fazer uma peregrinação a cada dois anos. Para qualquer intervenção cirúrgica, ele recebia adiantado e em espécie. Era tão reputado pela destreza de suas mãos quanto pela sua ganância. Contava-se até que por amor ao dinheiro havia traído seu melhor amigo. Nem por isso deixava de dormir com o sorriso beato do satisfeito. Kenza não tinha escolha. Ela preferia essa situação exaustiva à insegurança de sua colega e amiga, Samira, que havia se juntado a uma rede de prostituição que ocultava seu nome. Ela viajava com homens que não conhecia, participava de noitadas durante as quais corria riscos. No início, tudo era maravilhoso, tudo era brilhante e fácil. Pediam-lhe que dançasse, jamais que se deitasse com eles. Isso a ajudava. Mas pouco a pouco tudo começou a desabar. Quantas vezes se refugiou na casa de Kenza, espancada, violentada, amedrontada!

Azel havia desistido de procurar trabalho, pelo menos do modo clássico: carta de recomendação acompanhada de um currículo. Isso não dava em nada. Ele aceitava qualquer tarefa, tanto na administração quanto no ramo de negócios, mas não tinha as costas quentes o bastante para se aventurar naquele mundo de tubarões. Afinal, Azel era meigo, gentil e não-violento. Coitado! Ele não sabia que estava no caminho errado. Ninguém o havia prevenido: os canalhas vão ao paraíso depois de terem criado o inferno! Sua idéia fixa estava ali e o perseguia em todo lugar: partir! Ele fazia questão, agarrava-se a ela. Enquanto esperava, subsistia, tentava revender carros usados, fazia corretagem para um agente imobiliário, acontecera-lhe até de ficar na fila em frente ao consulado da França para um homem abastado que lhe pagou duzentos dirrãs pelas cinco horas de espera. Com isso, conseguia ganhar um pouco de dinheiro para comprar cigarros contrabandeados, abrir crediário para roupas de grife... Quanto às garotas, era com seu amigo El Haj, um primo distante de Noureddine, que se encarregava de enfiar uma nota de cem dólares entre os seios de cada uma delas.

5

EL HAJ

El Haj e Azel mantinham uma relação estranha e insólita. Eles não tinham nem a mesma idade nem os mesmos interesses. El Haj era fascinado por aquele jovem cuja história conhecia e o qual estava tentando ajudar. El Haj era tão repulsivo fisicamente quanto Azel era sedutor. Azel agradava, tinha relações episódicas, mas claras, com as moças: tratava-se de sexo, nada mais. Para ele, apaixonar-se era um luxo, ainda mais que em Tânger não havia onde levar uma moça, nem mesmo para tomar um drinque. Era preciso um carro, dinheiro, uma oportunidade. Tudo que os estrangeiros tinham, e ele não, naquela cidade que o irritava e atraía. El Haj o recebia calorosamente em sua bela casa na montanha. Ele gostava de festa. Como alguns homens do Rif, havia conhecido a época do dinheiro fácil e dos negócios sem riscos. Ao contrário de seus amigos, largou tudo e decidiu aproveitar a vida e se divertir. Casado e sem filhos — não podia tê-los —, a mulher o deixava em sua enorme casa e passava uma parte do ano em seu Rif natal. A cada dois anos, ele a levava para fazer a peregrinação a Meca. Isso bastava para contentá-la; em troca, ela não o incomodava. Em Tânger, ele gostava de organizar jantares com amigos e encarregava Azel de convidar algumas moças. O agente imobiliário para o qual Azel fazia alguns trabalhinhos introduzira-o numa boa rede em que se apreciava divertir-se, beber, dançar, eventualmente transar e receber alguns presentes ou simplesmente dinheiro. Não era mau nem um crápula. As moças faziam estudos meio vagos, algumas diziam-se secretárias ou desempregadas; outras, jovens divorciadas, gostavam da vida, mas não tinham condições de usufruí-la; outras, ainda, levadas a essas noitadas pela irmã mais velha, diziam querer iniciar-se na vida, eram jovens e ingênuas, bonitas e agradáveis, freqüentemente oriundas de família modesta, mas às vezes também de uma família mais abastada. A rede, que incluía várias categorias de moças, era dirigida por Khaddouj, a "*qawada*", uma mulher de uns quarenta anos que recrutava as jovens tanto no *hammam* quanto com Warda, sua amiga cabeleireira. Com o sucesso do telefone celular e sobretudo graças a um plano que permitia, no fim do crédito, receber chamadas durante seis meses, as moças eram contatáveis a qualquer hora do dia e da noite. Para Azel, elas não se prostituíam, eram apenas "casos sociais", expressão favorita de El Haj, que tinha toda uma teoria sobre esse assunto: em nosso bem-amado país, freqüentar uma mulher só pode ser com dois objetivos: ou você conta casar-se com ela e aí está fodido, ou você quer torná-la sua amante titular, e então precisa ter condições, porque elas são exigentes, reclamam um apartamento mobiliado, uma mesada no final do mês, presentes de tempos em tempos, o que é normal, claro, mas que não tem nada a ver com o que nós queremos, pois, na verdade, estamos querendo o quê? A gente quer passar um tempo agradável com essas carinhas bonitas às quais damos umas notinhas no final da noitada, você não fica preso nem está comprometido, nunca ficará, você se diverte, elas se divertem, e o bom disso é que você nunca revê as mesmas, o que acaba sendo ideal para a libido; a mudança, meu caro, é a chave do desejo permanente, elas são bonitinhas e, no final das contas, são todas problemas sociais e nós estamos ajudando! E depois, elas são realmente liberadas, nada de tabus, de proibições; fazem de tudo e são mais experientes do que as européias, acredite, eu me pergunto onde aprenderam tudo isso, é de se perguntar se não há uma escola do sexo onde projetam filmes pornôs! Não, as marroquinas são o máximo, elas são bonitas, desejáveis, limpas, isso é importante, estão o tempo todo no *hammam*, pernas e sexo depilados, elas me deixam louco; com elas eu esqueço a diabetes e o resto... São realmente boazinhas, nunca falam de dinheiro, chegam como convidadas para passar uma boa noitada, ficam à vontade e fazem a gente entender que não apenas estão disponíveis, mas que também estão ali só para você! E depois, a pele delas é a mais macia, a mais voluptuosa que eu conheço, você percebe, a pele cheira a canela, a âmbar, a almíscar, todos perfumes do sonho, e você logo está no céu e fecha os olhos para nunca mais cair de volta na Terra; é por isso que eu gosto das marroquinas, com um nada elas conseguem iludir e ser ótimas. É, meu amigo, nós temos sorte; eu sei, você não concorda, vai me falar da miséria, da exploração, do vício, da moral, da condição da mulher, de direito, de justiça, de igualdade e até de religião, eu sei o que você vai me dizer, mas permita-se viver e aproveite a sua juventude...

Várias dessas moças eram apaixonadas por Azel, mas ele as desencorajava dizendo-lhes a verdade sobre sua situação: Tenho vinte e quatro anos, sou formado, não tenho trabalho, dinheiro, não tenho carro, sou um problema social; é, eu também estou à deriva, prestes a tudo para cair fora, para não guardar deste país senão imagens, cartões-postais; então, eu não sou feito para o amor, você merece mais, merece o luxo, a beleza, a poesia... Já tentei atravessar os quatorze quilômetros que nos separam da Europa, mas fui extorquido e, mesmo assim, tive mais sorte que meu primo Noureddine, que se afogou a alguns metros de Almería, você está entendendo?

As moças o escutavam, algumas choravam. Elas vinham todas de um meio em que seus parentes também haviam tentado partir. Siham, a mais madura, confessou ter ela também atravessado, mas os oficiais da Guardia Civil esperavam-nos na aurora, na praia, e estavam camuflados como em tempos de guerra. Ela foi detida, interrogada, depois acompanhada de volta a Tânger, onde a polícia marroquina a surrou. Desde então, tinha outros planos, mas não renunciava à idéia de partir, e para o mais longe possível. Estava enojada com o que ouvia a respeito das moças que tentavam cair fora, emigrando: Quando um homem atravessa, dizem que vai trabalhar; quando se trata de uma mulher, especialmente se ela é bonita, pensam imediatamente que ela vai ser puta! Há esquemas bem conhecidos: os países do Golfo — basta desembarcar na Líbia, onde não há necessidade de visto e tudo é organizado por

Dubai ou Abou Dhabi. É preciso suportar ser manipulada por esses porcos; tem quem goste disso, digamos, que goste do que isso rende... Eu, se conseguir emigrar, será para cuidar dos velhos. Minha irmã trabalha em Milão na casa de duas famílias, as pessoas idosas são abandonadas por seus próprios filhos e netos, então encontram consolo junto às jovens magrebinas que lhes dão de comer, acompanham-nas ao hospital, levam-nas para passear, lêem para elas; enfim, elas lhes dão o que precisam. É um trabalho bonito. É o que eu sonho fazer. Minha irmã está vendo como conseguirei arranjar um visto.

El Haj pôs música, Siham e as outras moças se levantaram e começaram a dançar. Azel olhava-as, emocionado. Tinha vontade de tomá-las uma a uma em seus braços e apertá-las contra o coração. Ele estava feliz, mas sentia a fragilidade daquelas emoções. Naquela noite, fez amor com Siham. Depois, ela lhe perguntou:

— Vai me levar com você se conseguir deixar este país?

Ela lhe confessou em seguida que estava tentando se casar com um espanhol ou um francês.

— Eu também — retorquiu Azel.

Aquilo a fez rir e ela retificou, uma espanhola ou uma francesa! Ele parou um instante e depois disse num tom grave:

— Que importância tem se eu estiver realizando o meu sonho...

Siham sentou-se à beira da cama e começou a chorar. Ele a tomou em seus braços, enxugou suas lágrimas com as costas da mão e a apertou com força contra si.

— Neste país, não confessamos a uma mulher que a amamos por uma questão de pudor, assim parece. Mas eu lhe digo!

— Você me ama? Então diga.

— É difícil.

— E o que quer dizer me amar?

— Que eu gosto de estar com você, de fazer amor com você...

— Mas você não imagina fazer sua vida com uma moça com quem dormiu no primeiro encontro, uma moça que não é mais virgem!

— Sabe, eu não quero ser como todo mundo aqui; a virgindade para mim é mais um problema do que qualquer outra coisa. Não gosto de deflorar uma moça, entro em pânico, aquele sangue todo...

— Então me diga "eu te amo".

— Uma outra vez, quando você menos esperar.

Siham ficou de bruços, reanimando com a mão direita o sexo de Azel.

— Já que você me ama e não diz, vou lhe dizer tudo que penso!

E ela enumerou todos os nomes que conhecia do pênis, tendo-os lido em *O jardim perfumado*, de Cheikh Nafzaoui, seguidos de todos os nomes da vagina; ela acentuava as vogais, deleitando-se com aquele inventário lingüístico. Depois, quando sentiu o sexo de Azel enfim endurecer, ordenou-lhe que a possuísse por trás.

Dita em árabe, a frase tinha alguma coisa de pornográfico, de excitante e de insuportável ao mesmo tempo. Azel broxou.

— Você está me provocando! Não vou te pegar nem pela frente nem por trás.

— Pior para você, ofereça-me ao menos um vestido leve, transparente, que usarei no verão, quando venta; não vou pôr calcinha e assim vão ver meu ventre, meu baixo-ventre, minha bunda, e todos os homens cairão duros na minha frente!

Começaram a rir e depois se vestiram. Antes de sair do quarto, Azel ousou lhe perguntar:

— Por que você queria que eu te pegasse por trás?

— As moças que fazem questão da virgindade se deixam penetrar por trás; assim, não correm riscos. Durante algum tempo eu me dava assim; no começo não gostava, doía, mas depois, curiosamente, comecei a gostar; aí, de vez em quando gosto de variar o prazer, mas você parece não ser muito louco por isso...

— Não, quando eu era adolescente fiz algumas vezes com rapazes, mas nunca com moças. Eu não gosto muito. Desculpe-me.

El Haj estava jogado na sala, com uma moça em cada braço. Ele roncava, as moças seminuas riam baixinho. Não deviam acordá-lo. Azel pegou o carro de El Haj e propôs acompanhá-las. Cada uma havia recebido uma nota de cem dólares. Azel atravessou a cidade sem dizer nada. Siham lhe segurava o braço. Tinha vontade de fazer loucuras, mas Azel estava melancólico. Finalmente, ela voltou para casa. Por volta das cinco da manhã, Azel estava sozinho na esplanada da avenida Pasteur. Viam-se nitidamente as luzes de Tarifa. Ele pegou o caminho do porto passando ao lado do Teatro Cervantes em ruínas. Disse a si próprio que o dia em que tivesse a nacionalidade espanhola, voltaria para restaurá-lo. Na entrada do porto, um policial de mau humor caiu em cima dele.

— Ei, você! Aonde vai?

— Ver os barcos partirem!

— Cai fora, já estamos cheios de problemas com espanhóis e africanos rondando por aqui...

— Não se preocupe, não vou atravessar, só olhar os caminhões embarcando. É meu direito invejar os contêineres. Gostaria de ser um daqueles, mas não de estar dentro de um deles, pois eu sufocaria; gostaria de ser um contêiner de mercadorias depositado num galpão na Europa, numa terra de liberdade e de prosperidade; é, só um contêiner leve, de madeira, um contêiner anônimo no qual gostaria que estivesse inscrito em letras vermelhas "Frágil", "Alto", "Baixo".

— Você é doido!

— Absolutamente! Olha, pega uns cigarros.

O policial se serviu e pediu a Azel que o deixasse em paz.

— Diga-me, cá entre nós, olho no olho, você não queria estar no lugar de um daqueles contêineres?

— Me deixa em paz!

— Não fique nervoso, estou brincando.

— Vá aonde quiser; se achar uma boa oportunidade, venha me buscar. Eu também estou cheio. Mas me tira dessas histórias de contêineres. Você sabe como a minha mulher me chama? "*Sandok el khaoui*" (caixa vazia)! Isso porque eu não ganho o bastante para lhe oferecer tudo que quer. Sabe quanto eu ganho por mês? Dois mil dirrãs; só de aluguel eu pago oitocentos, e a gente vive, sobrevive com o resto! Vá embora e me deixe em paz.

Azel avançava lentamente, sentia um prazer particular em escutar o barulho dos motores dos grandes caminhões. Ele se aproximou, inspirou o cheiro do diesel, dir-se-ia que ele sentia o perfume de um buquê de rosas. Passou a mão numa roda, olhou e pensou até onde ela poderia levá-lo. Dois operários carregavam o caminhão. Perguntou-lhes qual mercadoria estavam transportando. Roupas, de grife, Boss, Klein, Zara, italianas, espanholas, tudo menos marroquinas!

Ele se viu como manequim vestido com uma daquelas grifes e colocado num daqueles contêineres para ser posto numa vitrine de Madri ou de Paris. Imaginou-se sendo moldado em cera e passando a fronteira disfarçado de manequim de vitrine, um objeto inanimado, não um ser humano que respira. A idéia o fez rir. Ao mesmo tempo, sentiu medo. Continuou sua visita, olhou embaixo do caminhão, lembrou-se da história do adolescente que tinha ficado escondido num lugar semelhante. Passada a fronteira espanhola, ele conseguiu fugir, mas foi detido por caçadores que o colocaram de novo nas mãos da polícia. Sua história foi contada pelas emissoras de televisão e rádio européias. Exibiram-no como um exemplo da loucura que toma conta de alguns jovens marroquinos. O consulado do Marrocos recuperou o infeliz aventureiro e o repatriou. Uma vez de volta a Tânger, ele jurou recomeçar.

Outros caminhões carregavam mercadorias mais pesadas. Azel se aproximou dos navios de partida. Tudo estava calmo. Os tiras tomavam o café-da-manhã, um deles lia um jornal. O artigo contava que a Espanha havia instalado recentemente ao longo de suas praias um sistema de vigilância eletrônica, com infravermelho, armas automáticas, ultra-som, ultratudo... Os clandestinos poderiam ser identificados antes mesmo que decidissem deixar o país! Com aquela artilharia, os tiras espanhóis eram agora capazes de prever tudo assim que um marroquino expressasse o menor desejo de atravessar o estreito de

Gibraltar. Bastava-lhe pensar e os espanhóis receberiam uma informação detalhada sobre o tipo em questão, sua idade, seu nome, passado, tudo, eles saberiam tudo. Era isso o progresso. Os marroquinos, no momento, só podiam tratar de se comportar bem. Não era mais possível sonhar com a Espanha! Uma nova lei e novas técnicas o proibiam. À mínima suspeita, as luzes da Guardia Civil se acendiam, os aparelhos detectavam o candidato à imigração que seria rechaçado antes mesmo de sair de casa. Não era mais preciso vasculhar os carregamentos dos caminhões.

No cais, Azel estava impressionado com as dimensões dos navios. Como uma criança descobrindo o mar pela primeira vez. Gostava do barulho dos motores e dos gritos dos marujos. Via-se em trajes brancos, capitão ou comandante, fechava os olhos para saborear aqueles momentos, dava ordens breves e precisas. Devia ser sete horas, e uma imensa embarcação se aprontava para acostar. Azel estava fascinado por aquela massa deslizando sobre a água calma. Fez sinal com a mão a uma passageira que se debruçava. Ela não lhe correspondeu, mas pouco importava, ele não estava nem aí. O que queria, naquele exato instante, era estar numa cabine de onde não sairia, e aguardar a partida para ir fumar um cigarro na ponte. Lá, conversaria com um turista alemão em cruzeiro com sua mulher para festejar suas bodas de ouro. Passaria mal, tomaria um remédio e iria se deitar em lençóis limpos, escutando o bater das ondas que o levariam longe, muito longe de Tânger e da África.

Imagens se acotovelavam em sua cabeça. Era como num filme que nos faz entrar nos sonhos do personagem. Ele estava todo vestido de branco, acompanhado de Olga, uma cantora de ópera, uma austríaca, vindo visitar seu irmão que passava o verão na montanha de Tânger. Ela o havia encontrado naquela casa onde todos os amigos de seu irmão eram homossexuais; notara-o de longe, farejara o homem que gostava de mulheres. Não se havia enganado. Mas o que estava ele fazendo na casa de M. Dhall? Tinha sido convidado pelo *chef*, que precisava de ajuda. De fato, ele não estava servindo, mas recebendo as pessoas, indicando-lhes o caminho. Olga pegou-o pelo braço e afastou-o até o fundo do jardim. Sem se falarem, eles se beijaram demoradamente. A mulher era muito ousada. Azel estava incomodado, mas deixava-se levar. Alguém o estava chamando. Ele se desvencilhou do abraço da bela austríaca e foi ter com o *chef*.

A embarcação se alinhava lentamente ao longo do cais. Azel levantou os olhos, ajudou os manobristas a colocar a escadinha. Os passageiros deixavam o navio, rindo. Teve vontade de subir, de se enfiar em algum canto e lá ficar. Era muito arriscado. Viu um gato pardo que tentava burlar a vigilância dos guardas. Foi expulso com um pontapé, o que não o impediu de tentar novamente entrar no navio. O gato era conhecido dos alfandegários e dos policiais, que ironizavam sua obstinação em deixar o Marrocos; ele também estava cheio, também tinha vontade de outra coisa, tinha necessidade de ternura, de carícias, tinha necessidade de uma família tranqüila que o mimasse; ele queria ir embora porque sabia por intuição que lá era melhor; ele também tinha suas obsessões, era teimoso, vinha todos os dias e fazia de tudo para saltar no navio que partia para a Europa; era, talvez, um gato cristão, devia pertencer a espanhóis ou ingleses, só mesmo eles para proteger e amar tanto os animais; para nós um gato ou um cachorro é sempre tratado como um intruso, nós os expulsamos, batemos neles, então era perfeitamente normal que aquele gato pardo também quisesse partir! Certa vez, havia saltado e errado a passarela do navio. Acabou sendo salvo por um pescador que se compadeceu dele.

Azel abandonou ali seus sonhos e fez o caminho de volta com as mãos nos bolsos, encontrou o gato, cumprimentou-o como se fosse um ser humano, você também quer partir, você também pegou o vírus da partida, é isso, você não se sente bem aqui, tratam-no mal, só lhe dão pontapés, você sonha com uma vida melhor, mais confortável, numa grande casa burguesa, vá, não se desespere, um dia vai conseguir. O gato o escutou atentamente, miou, depois desapareceu. Saindo do porto, Azel parou um instante diante do tira a quem havia dado o maço de cigarros que mal tinha aberto: Pegue, são americanos, verdadeiros, comprados no contrabando; fume, dê a seus pulmões um pouco desse alcatrão que fará ninho nas suas artérias; vai, companheiro, até qualquer dia desses!

Para subir à cidade, ele pegou o caminho de Siaghine e do Grand Socco. As ruas se encontravam numa calma perturbadora. Como sempre, o chão estava tomado de imundícies. Perguntou-se pela centésima vez por que os marroquinos eram limpos em suas casas e sujos fora. Lembrou-se do que lhe havia ensinado um professor de História no colégio Al Khatib. O drama do Marrocos é o êxodo rural; as pessoas do campo, que se instalam nas cidades, continuam a viver como camponeses, jogam o lixo na frente da própria porta. Enfim, não mudam nada em seus comportamentos. Tudo isso é culpa do céu, da seca, é ela que obriga as milhares de famílias a deixarem sua terra para vir mendigar na cidade.

Naquela manhã, os gatos selvagens eram particularmente numerosos. Eles nem estavam brigando, regalavam-se. Viu um mendigo vasculhando uma lata de lixo. Sentiu vergonha. O homem fugiu.

No Grand Socco, Azel se acomodou num tamborete bambo e pediu uma tigela de purê de favas. Pensou, adoro este prato, estou comendo aqui porque lá não tenho certeza de que o encontrarei. Estava tão feliz quanto os gatos, ainda que a imagem daquelas crianças com a cabeça dentro do lixo lhe causasse náusea.

6

MIGUEL

Ferido, jogado na calçada, Azel continuava consciente. Dois homens por cima dele estavam prestes a acabar com a sua vida. Sentia dor na barriga e nas costelas. Bem no fundo de si mesmo estava orgulhoso, tinha sido corajoso ao atacar um monstro, talvez o homem mais poderoso da cidade. Ninguém, até aquele momento, tinha ousado desafiá-lo e dizer-lhe na cara o que todo mundo pensava a seu respeito. Foi tomado por uma espécie de euforia interior que o tornava forte apesar dos ferimentos. Estava persuadido de que aquela noite lhe pertencia: soube, então, naquele exato instante, que sua vida ia mudar.

Estava tentando levantar-se quando levou um pontapé que o fez cair de novo no chão; foi aí que o carro de Miguel Lopez parou. Os dois homens desapareceram. Miguel e seu motorista saltaram para pegar Azel e transportá-lo até o carro. Depois eles seguiram rumo à Velha Montanha, onde Miguel tinha uma bela casa e da qual se via a medina e uma parte do mar.

* * *

Era um homem muito elegante que se vestia com gosto e refinamento, e apreciava flores a ponto de dedicar uma hora todas as manhãs à composição de diferentes buquês pela casa. A escolha das flores e a combinação de suas cores informavam sobre seu humor e suas disposições. Passava o verão em Tânger, o resto do ano em Barcelona e em viagens pelo mundo para organizar suas exposições. Era um homem generoso que nutria uma paixão pelo Marrocos por causa de sua qualidade de vida e também de sua complexidade. Para ele, era natural vir em socorro de um homem jogado no chão. Não entendia por que os clientes do bar não se mexiam e deixavam aqueles brutamontes agirem.

Miguel era parente de um dos primos do rei, um homem bem relacionado no palácio, que o havia colocado na lista dos convidados especiais, aqueles que o protocolo deixa entrar sem discussão. Miguel ficava felicíssimo em se ver duas ou três vezes por ano na corte de Hassan II — ele passava por um amigo do Marrocos, um artista que supostamente falaria bem deste país e sobretudo responderia àqueles que o atacassem.

Miguel tinha alma mundana. Adorava as noitadas em que freqüentavam celebridades. Divertia-se e sentia certo orgulho disso. Depois de múltiplas mágoas, havia decidido apostar na leviandade. As noitadas mundanas combinavam perfeitamente com a frivolidade de que precisava para esquecer os fracassos sentimentais, seus erros e errâncias.

Então, para que querer arrancar Azel de seu mundo e levá-lo para casa, na Espanha? No início, Miguel queria ajudar Azel. Só depois de tê-lo visto e revisto é que compreendeu que uma aventura ou até uma história séria seria possível. Cada vez que Miguel forçava um homem a iniciar um caso com ele, arrependia-se, mas não lhe desagradava sofrer e lamentar em sua solidão. Gostava da pele morena dos marroquinos, da inabilidade deles, palavra que usava para falar de sua ambigüidade sexual. Gostava de sua disponibilidade, que marcava a desigualdade na qual as ligações se teciam. Assim, ora empregado doméstico durante o dia, ora amante à noite. Vestido informalmente para ir à feira de dia, vestido com trajes seletos à noite para o desejo e o ato sexual. Como dizia o velho zelador do prédio onde viviam um escritor norte-americano e sua mulher: "Essa gente quer tudo, homens e mulheres do povo, jovens com boa saúde, de preferência do campo, que não saibam ler nem escrever, servindo-os de dia e depois fodendo com eles à noite. Serviço completo e, entre duas trepadinhas, um cachimbo com kif bem socado para que o americano escreva! Ele lhes diz, contem-me a sua vida, vou fazer dela um romance, vocês terão até seu nome na capa, não vão poder ler, mas não faz mal, vocês são escritores como eu, só que de vocês vão dizer que são escritores analfabetos, exóticos, eu quero dizer, estranhos, meus amigos! Eles dizem isso tudo sem falar de dinheiro, porque não se fala disso quando se está a serviço de um escritor, ora! Essa gente não é obrigada a aceitar, mas eu sei, a miséria, nossa amiga, a miséria, nos leva a lugares muito tristes. Na vida as pessoas se viram, é assim, eu vejo tudo e não digo tudo! Todo mundo tem o rabo preso, é como no açougue, você já viu uma ovelha pendurada pela pata de outra ao lado? Não, então, os marroquinos que andam com esses cristãos, é a mesma coisa!"

Na manhã seguinte, Miguel bateu à porta do quarto onde havia acomodado Azel. Queria saber como ele estava, qual era seu nome, o que fazia e a razão pela qual se encontrava naquele *pub*. Não obtendo resposta, bateu uma segunda vez antes de abrir a porta sem fazer barulho. Azel estava dormindo de costas, semicoberto. Miguel ficou estupefato com a candura daquele rosto e a beleza daquele corpo no qual se viam hematomas. Saiu na ponta dos pés e decidiu esperar que despertasse. Como tinha ficado perturbado, tomou mais uma xícara de café, coisa que habitualmente evitava por causa de seus problemas cardíacos. Foi de um cômodo a outro, subiu até a varanda e tentou se acalmar. Sentiu de maneira forte que aquele jovem ia revolucionar a sua vida. Estava convencido disso e não sabia ainda explicar por quê; era uma espécie de intuição e evidência. Precisava falar com alguém, contar o que tinha visto e o que estava sentindo. Mas desistiu, acalmou-se, esperando o final da manhã.

Aquela situação lhe trouxe uma lembrança que muitas vezes havia tentado soterrar. Era a época em que fugia da casa dos pais e ficava perambulando nos bares de Barcelona na expectativa do encontro amoroso que o tiraria de sua solidão e de sua melancolia. Seus pais, uma mãe católica e um pai comunista, não podiam imaginar que o filho preferisse relacionar-se com homens. Eles o obrigavam a levar uma vida dura, mal falavam com ele. Certa vez tomou alguns socos numa briga ao tentar separar dois homens bêbados. Com o olho inchado, era-lhe impossível voltar para casa, seus pais lhe fariam muitas perguntas e seriam até capazes de pedir à polícia que investigasse as amizades do filho. Na hora que se levantava, enxugando as gotas de sangue que lhe caíam da testa, viu que lhe ofereciam um lenço branco; durante alguns segundos, só notou aquele pedaço de tecido branco exalando um perfume delicado. Era a mão de um homem de idade madura, longa e fina, com manchas da idade nas costas. Um homem alto, usando um chapéu de feltro cinza e fumando um charuto. Ele o seguiu sem nada dizer; o homem andava com um passo decidido e Miguel observava seus gestos meio afetados. Para Miguel, esse foi começo de um caso de amor e de sexo complexo e doloroso. Deixou os pais, mas se tornou ao mesmo tempo um dependente, escravo de seu salvador tão rico e tão poderoso.

Enxotou com um gesto de mão aquela lembrança já antiga e pensou que o jovem que ainda estava dormindo não precisava temer nada semelhante. Por volta da hora do almoço, ele apareceu, tímido, constrangido de se ver ali, desculpando-se por ter dormido demais.

— Sente-se, você deve estar com fome.

— Não, eu queria apenas uma aspirina e um grande copo d'água.

— Como você se chama?

— Azz El Arab.

— É a primeira vez que ouço um nome marroquino tão difícil de pronunciar.

— Meus amigos me chamam Azel, é mais fácil.

— O que significa o seu nome?

— O orgulho, a glória dos árabes! Sou a nata dos árabes! Aquele que é precioso, querido e bom...

— Um pouco pesado para carregar, não acha?

— Meu pai era um nasserista, um nacionalista apaixonado pelo mundo árabe. Infelizmente, o mundo árabe está em péssimo estado; como eu, aliás. A propósito, queria lhe agradecer pelo que o senhor fez ontem à noite.

— É natural. Bem, coma alguma coisa.

Azel se sentiu mais à vontade, fez perguntas a Miguel sobre seu trabalho, sobre o que fazia em Tânger, sobre suas viagens. De fato, tentava saber se poderia ajudá-lo a obter um visto para a Espanha. Não falou a respeito e se aproveitou de uma breve ausência de seu anfitrião para desaparecer.

Miguel ficou contrariado. Perguntou a seu motorista se ele conhecia aquele rapaz. Khaled fez que não com a cabeça.

— Você vai achá-lo e trazê-lo de volta, gentilmente, sem violência.

— Sim, senhor.

Khaled estava triste, mas não ousava demonstrar diante de seu patrão, que fingia ter esquecido que entre eles tinha havido relações íntimas. Às vezes, Miguel possuía uma surpreendente capacidade de esquecer. Khaled teve de se resignar e se adaptar. Casou-se, como uma maneira de pôr fim àquela história e também de fazer cessar as fofocas e zombarias de seus companheiros de café.

Khaled conhecia Azel por tê-lo visto rondando nos bares com outros caras de seu tipo. Não tinha nem vontade de preveni-lo, de deixá-lo de sobreaviso. De todo modo, não era a primeira vez que Miguel lhe pedia para levar para casa rapazes de cara cheia que ele se propunha a ajudar.

Na manhã seguinte, Azel reapareceu na mansão trazido por Khaled. Vinha em companhia de sua amiga Siham. Miguel não fez comentários, recebeu-os de modo cortês e atencioso. Azel apresentou Siham como sua noiva. Ela entrou no jogo Rapidamente levou a conversa para o tema que o obcecava. Partir. Renascer alhures. Partir de qualquer jeito. Sentir-se criando asas. Correr na areia gritando sua liberdade. Trabalhar, realizar, produzir, imaginar, fazer alguma coisa de sua vida.

Azel não tinha necessidade de convencer Miguel. Este o escutava refletindo e fazendo-se, na desordem, todas as perguntas que remoíam em sua cabeça: Teria vontade de ajudá-lo ou mantê-lo perto de si? Como conseguir as duas coisas? Miguel não tinha mais a energia de antes, mas uma coisa era certa: faria daquele homem seu amante; não seduzia mais, esperava, na falta de amor, estabelecer um laço de amizade. A eventualidade de uma relação sexual com Azel melhorou seu humor. Olhá-lo falar, mexer-se, andar — mesmo quando estava acompanhado de sua noiva — bastava para arrebatá-lo. Foi Siham que teve coragem de perguntar:

— O senhor pode nos ajudar a obter um visto?

Azel ficou contrariado pela secura de seu pedido e se desculpou com Miguel; depois acrescentou:

— O senhor sabe, hoje, cada vez mais os jovens só sonham com uma coisa: partir, deixar este país.

— É triste — respondeu Miguel —, eu sei, vocês não são os primeiros a me pedir ajuda. Quando um país chega a ponto de sua "nata" querer partir, é muito triste. Não julgo nada disso, mas confesso que, se por um lado entendo vocês, por outro, fico embaraçado. Na sua idade, também tive esse sonho. Mesmo que as duas situações não sejam comparáveis. A Espanha estava inviável. Franco não queria morrer e seu sistema religioso e militar reprimia tudo em todo canto. Então, tive a oportunidade fantástica de deixar Barcelona por Nova York, havia ganhado um curso na Escola de Belas-Artes. Isso me salvou. Tive a impressão de estar passando da obscuridade à energia e à luz. Não podia mais viver uma vida limitada, hipócrita, em que tudo cheirava a umidade e a poeira ruim, aquela que não se vê e que gruda nas coisas, nas roupas, nos cabelos e sobretudo na alma. A Espanha inteira exalava esse cheiro de mofo; a gente ficava sufocado. O país só vibrava por futebol e tourada.

Azel não respondeu; levantou-se, deu uma volta na sala; nervoso, disse a Siham:

— Vamos, já abusamos do tempo do senhor.

— Me chame de Miguel.

— Sim, Miguel. Até a próxima!

À noite, ele encontrou amigos do bairro que estavam jogando cartas no café Hafa. As luzes de Tarifa piscavam. Não suportava mais vê-las. Pediu a Abdelmalek que mudasse de lugar e se sentou de costas para o mar.

— Você não quer mais olhar o território proibido? — indagou Abdelmalek.

— De que serve olhar esse horizonte tão próximo e tão distante ao mesmo tempo?

— Você se lembra de Toutia?

— Por quê?

— Simplesmente porque ela nos obcecava e éramos fantoches entre seus dedos.

— Não, estávamos tão chapados que inventávamos imagens e personagens. Toutia nunca existiu!

— Viram você na casa do espanhol, tome cuidado, ele adora os marroquinos — disse Said.

— Impressionante, fica-se sabendo de tudo nesta cidade! Só por isso já tenho vontade de emigrar.

—Você acha que ia ficar tranqüilo lá? — perguntou Ahmed.

— Ao menos não ia mais ver a cara de desempregados de vocês!

— Se você conseguir embromar o espanhol, vai nos ajudar? — quis saber Abdelmalek.

— Não tenho intenção de embromar ninguém.

—Vai lá, durma com ele, e seu problema estará resolvido.

— Não suporto que um homem me toque.

—Você vai ver quando rolar, vai pensar só no seu visto.

— Porque você é capaz de ir para a cama com um homem, acariciá-lo, beijá-lo como se fosse uma mulher, ficar de pau duro, gozar e tudo?

— Os homens não são a minha praia, mas quando você é obrigado, é obrigado, fecha os olhos e pensa na sua namorada, é só uma questão de imaginação, e depois pensa no que isso vai te trazer, e aí é uma questão puramente prática.

— Mas isso é prostituição.

— Chame como quiser, eu conheço um montão de gente que faz isso no verão, tem até quem conseguiu partir na bagagem do *zamel.* Uma vez lá, eles fogem com uma mulher, se casam e obtêm a nacionalidade, você sabe, o belo passaporte bordô. Depois, voltam ao país triunfantes e arrogantes. Outros ficam rondando as velhas, européias ou americanas, todas enrugadas, muito mal maquiadas, sozinhas, mas tão ricas... Eu conheci um cara que era até especialista, ele ficava no Café de Paris e esperava a presa. Você sabe que ele acabou se casando com uma canadense que lhe arranjou a nacionalidade e, como recompensa, entregou-lhe todo o seu patrimônio? Ele voltou para Tânger irreconhecível de tanto que tinha ficado rico.

Com os cabelos tingidos, trajava roupas de grife e falava com a gente um inglês bem precário. Ele achava que nos intimidava. A gente tinha pena dele. Um dia, um caminhão esmagou sua bela Mercedes novinha.

— E aí?

— Ele morreu!

— Você quer dizer que Deus o chamou para junto Dele porque tinha pecado?

— Não meta Deus nisso; ele morreu porque neste país a estrada mata indistintamente de dia e de noite, só isso.

Azel colocou as cartas na mesa, acendeu um cachimbo com kif, deu algumas baforadas e o passou a Abdelmalek. Era tarde e ele não tinha vontade de voltar para casa. Obviamente, Abdelmalek não lhe havia ensinado nada de novo. Deu, então, uma volta no *pub*. Não estavam lá nem Al Afia nem seus capangas. Alguns tiras se encontravam no bar. Rubio, um dos garçons, inclinou-se perto dele:

— As coisas estão mudando. Parece que o ministro do Interior deu ordem para limpar o país. Eles prenderam uns caras. Dizem que Al Afia já está na Espanha ou em Gibraltar.

Azel observou os consumidores um a um e teve o pressentimento de que alguma coisa grave ia acontecer. Havia um silêncio pesado, um mal-estar e indícios estranhos. Nada estava como antes. O *pub* devia estar sendo vigiado. Azel quis ir embora, mas sentiu que não podia se mexer. Estava marcado.

Chamou Rubio:

— Mas o que está acontecendo?

— Eu disse, é a desinfecção... No rádio, falaram de limpeza.

— Você quer dizer desinfecção mesmo?

— É, alguma coisa assim. Eles prendem primeiro, fazem a triagem depois. Você sabe, é como na história do cara que corre na rua e manda os outros homens correrem; um deles quer saber por quê, porque estamos em perigo, um louco munido de umas tesouras enormes está cortando os colhões de quem tem mais de dois, mas eu estou tranqüilo, sou normal, só tenho dois colhões; pois é, mas ele corta primeiro e conta depois!

— Mesmo em situações sérias você vem com piada!

— Tem que rir, ao menos uma vez por dia. Bom, voltemos às coisas sérias. Parece que Hallouf está foragido, que Hmara e Dib estão trancafiados com eles, e está cheio de jovens que não fizeram nada, mas nunca se sabe. Eu lhe dou um conselho de amigo, dê no pé, volte para casa e não saia esses dias, isso está cheirando mal. No Marrocos é quase sempre assim, deixam fazer tudo por anos e um dia decidem dar uma batida para servir de exemplo; então, não precisa que o exemplo passe por você! Lembra do negócio dos filhos de família que o rei mandou prender por consumo de drogas? Não, você era muito menino, ele pegou os filhos da burguesia só para dizer que podia fazer, que ninguém estava livre, e ao mesmo tempo para dar um aviso aos traficantes.

Na hora que Azel se apressava para ir embora, tiras à paisana invadiram o *pub*:

— Carteira de identidade, mostrem as suas carteiras de identidade, e rápido!

Azel não estava com a dele. Sentiu-se imediatamente culpado.

— Quem estiver sem, suba no furgão; vamos, rápido, temos muito trabalho, ordem de Rabat.

Azel obedeceu e aguardou no carro da polícia onde já havia alguns azarados: dois mendigos, uma puta e cinco jovens, entre os quais alguns com o nariz sangrando. Lembrou que Abdelmalek lhe havia dado um pouco de kif, e exatamente nessa hora um dos tiras apareceu e berrou:

— Não se mexa, filho do pecado!

Ele o revistou e descobriu o kif. Pouca coisa, mas o suficiente para justificar sua detenção e um longo interrogatório que permitiu à polícia aumentar o campo de investigação, passando da caça aos traficantes de drogas aos jovens formados sem trabalho e contestadores. Tudo se misturava.

A noite foi longa, dolorosa e cruel. Azel não agüentava mais contar sua vida, lembrar que não traficava nada, que nunca havia simpatizado com Al Afia e que acabou sendo surrado porque o havia insultado. Nada a fazer, a polícia tinha ordem de achar os traficantes, e Azel era uma presa ideal. Na manhã seguinte, o interrogatório recomeçou, desta vez com outros tiras despachados especialmente de Rabat. O tom era outro.

— Para quem você trabalha? Quem lhe dá emprego? Quem é o seu patrão?

Ele não respondeu, tomou algumas bofetadas que o aturdiram, mãos fortes o recolocaram na cadeira, dando-lhe um soco na barriga. O tira repetiu:

— Eu vou facilitar a tarefa para você, filho de um bastardo. Seu patrão é Al Afia, Hallouf ou Dib? Para quem você vende a droga que sai de noite para a Europa? Confesse, qual dos três é o seu patrão?

De novo, golpes cada vez mais violentos.

— É bom que você saiba, você que estudou, que nosso-rei-bem-amado-que-Deus-o-proteja-e-dê-vida-longa decidiu desen..., desin.., enfim, limpar o norte do país dos filhos-da-puta que envergonham a pátria. Sua Majestade está cheia de ver o nome do Marrocos sujo na imprensa internacional porque porcos enchem os bolsos vendendo drogas. Acabou a época do deixa pra lá, do deixa rolar. Agora você vai colaborar com a polícia de Sua Majestade-nosso-rei-bem-amado-que-Deu-o-guarde-e-lhe-dê-vida-longa e dizer tudo que sabe sobre esses sacanas, onde se escondem e para quem você trabalha!

Os tiras imitavam os atores de filmes norte-americanos. Socavam tudo mascando chicletes. Para eles, aquilo parecia viril.

Azel dobrava-se em dois de tanta dor, quando de repente teve uma idéia:

— Trabalho para o senhor Miguel.

— Não é um marroquino...

— Não, é um espanhol, o nome dele é Miguel Romero Lopez.

— O que nos interessa são os marroquinos metidos no tráfico de drogas, não os outros. O que faz esse Miguel?

— Não tem nada a ver com droga. É um marchand de arte, tem uma galeria na Espanha. Mora na Velha Montanha e eu trabalho na casa dele como secretário, ajudo...

Azel levou ainda alguns golpes nas costelas e caiu da cadeira. Um dos tiras estava falando ao telefone em linguagem codificada. Azel ouviu o nome de Miguel duas ou três vezes. Logo entendeu que se informavam a respeito dele. Os dois tiras se atiraram mais uma vez sobre ele, injuriando-o. Estavam furiosos porque acabavam de ter a confirmação de que Azel não era um traficante e que deviam achar alguns deles, ao menos um, antes da aurora. Deixaram Azel no chão e saíram para fumar um cigarro. Foi então que os dois homens decidiram passar à ação:

— Você é bonitinho, sabe, *zamel*, diga-nos, é ele que te fode ou é você que fode ele? Sempre quis saber quem é o ativo nesses casais de pervertidos. Em todo caso, a gente não dá a bunda, a gente mete, você vai ver o que fazemos com caras da sua espécie...

Trancaram a porta e bateram nele cada um de uma vez. Depois, um deles o segurou no chão para que o outro lhe tirasse as calças. Em seguida, rasgou-lhe as cuecas e abriu-lhe as pernas antes de cuspir entre suas nádegas e tentar penetrá-lo. O outro tira, para facilitar o serviço, imobilizou Azel. Cuspiram-lhe de novo e enfiaram-lhe uma espécie de cabo de vassoura no ânus. A dor o acordou. Os golpes e cuspidas se sucediam. Eles o penetraram, um de cada vez, machucando-o. Toma, *zamel*, sua bicha, delicadinho, sabe que você tem um rabo bonito?, o rabo de um intelectual é como um grande livro aberto, só que a gente não lê, a gente rasga; toma, safada, putinha, é, é assim que você faz com o cristão, ele fica de bruços e você enfia nele, a gente também enfia em você e você vai gostar, vai pedir mais até seu rabo ficar feito um funil, um verdadeiro túnel; toma, metido a intelectual; você está chorando, você chora igual a uma mocinha; me diz, diz pra gente que você está chorando de prazer, *dinemok*, puta da sua raça, você tem bunda de mocinha, não tem nem pêlo, é feito para qualquer trem passar em cima...

Havia sangue no chão, vômito e urina. Azel, semidesmaiado, não conseguia se levantar. Abrindo os olhos algumas horas mais tarde, reconheceu vagamente Miguel, que tinha vindo buscá-lo. Os tiras lhe explicaram que haviam salvo Azel na hora que vagabundos estavam prestes a violá-lo num quarto de hotel na rua Murillo:

— Era uma briga por causa de kif, interviemos porque o zelador do hotel chamou; felizmente, chegamos a tempo. Nós o encontramos no chão, com as calças arriadas... Precisa tomar cuidado com essas amizades nesta cidade!

Azel estava com o rosto intumescido, andava com dificuldade, apoiando-se no motorista de Miguel. Chegando a casa, Miguel lhe disse:

— Estou adivinhando o que aconteceu. Vou chamar um médico.

— Não, de jeito nenhum, tenho vergonha, vergonha!

— Vou sim, é absolutamente necessário um atestado médico para se poder processá-los; tenho algumas boas relações em Rabat, é inadmissível o que fizeram com você. O rei não lhes deu "carta branca".

— Mas a palavra da polícia vale mais que a minha, o rei está pouco se lixando. O que ele quer é que nada aconteça. Ele não entra em detalhes.

— Tudo isso não é bom para a imagem do Marrocos! Se a imprensa ficar sabendo, vai cair em cima!

— A imprensa? Se um dia disser a verdade, vão interditá-la.

Azel ficou vários dias em tratamento na casa de Miguel. Telefonou à sua mãe para tranqüilizá-la e explicar-lhe que estava em Casablanca para responder a uma proposta de emprego. Sua irmã Kenza veio vê-lo. Azel contou a ela a verdade e implorou que não repetisse nada que tinha ouvido. Ela estava tão humilhada quanto ele e prometeu que faria todo o possível para ajudá-lo a fugir daquela cidade e daquele país.

A campanha de desinfecção fez devassas. Alguns traficantes foram presos, outros conseguiram fugir. Alguns bancários que participavam da lavagem de dinheiro foram trancafiados na prisão, bem como alfandegários que faziam vista grossa ao tráfico. Na multidão, alguns inocentes foram acusados de atentado à segurança do Estado e condenados. O Ministério do Interior aproveitou para mandar prender alguns diplomados desempregados, os quais encarceraram sob diferentes acusações. A imprensa entrou no jogo e noticiou a campanha. Os processos se sucederam numa velocidade incrível. Todo mundo prendia a respiração, homens de negócios anunciaram uma grave crise econômica, explicando reservadamente que o país funcionava em parte graças àquele dinheiro sujo, e que a partir de então os traficantes depositariam seu dinheiro em bancos estrangeiros, já que não haveria mais segurança. Um político demonstrou no que a acusação de pessoas inocentes era eficaz: criar a dúvida e o medo. Isso permitia dar um golpe indireto na oposição. Interpelado pelos deputados quando das perguntas ao governo, o ministro do Interior justificou sua ação: o país está corroído pela calamidade do tráfico e da corrupção, o que haveria de mais natural do que ir à caça desses malandros? Temos ordem de desinfetar o país, então desinfetamos, é perfeitamente normal. A Justiça está fazendo seu trabalho: decerto, alguns juízes tiveram a coragem de atacar personagens que se acreditavam acima das leis porque conheciam um ou outro no governo, fazer o quê?, nada de comprometimento; se algumas cabeças precisam rolar, elas rolarão, e não vejo quem, entre esses honoráveis eleitos do povo, irá contradizer isso. A Justiça é independente, a polícia é sã, contentemo-nos com esse avanço rumo ao progresso traçado por Sua Majestade-o rei-que-Deus-o-glorifique-e-lhe-dê-vida-longa.

Um deputado, homem idoso e respeitado, dirigiu-se ao ministro:

— Estamos de acordo, senhor ministro, é preciso desinfetar; mas por que não começar por seus parentes, por sua própria família? Todo mundo sabe que seu filho fez negócios mais do que lucrativos graças às portas que Vossa Excelência lhe abriu. Vossa Excelência deve dar o exemplo se quiser ser idôneo. Ora, senhor ministro, Vossa Excelência dá lições de moral como se fosse irrepreensível. Já que Sua Majestade decidiu fazer uma faxina neste país, não se deve negligenciar nada, comece pela faxina à sua volta e não aproveite esta ocasião para meter na prisão opositores à sua política, que só conhece a repressão.

— Vossa Excelência é o decano desta venerável assembléia; eu não me permitirei responder às suas acusações infundadas.

O presidente da Assembléia decidiu pôr fim àquele incidente e suspendeu a sessão por uma hora.

Azel levou duas semanas para se restabelecer. Suas noites eram agitadas, ele tomava soníferos, mas tinha um sono povoado de cenas de violência. Recusou-se a dar queixa contra os dois policiais, apesar dos pedidos insistentes de Miguel.

7

LALLA ZOHRA

Lalla Zohra, a mãe de Azel, estava preocupada. Sempre que seu filho voltava tarde da noite ela ficava esperando por ele. Acomodava-se na salinha bem à frente da televisão e não adormecia antes que ele chegasse. Por mais que sua filha Kenza lhe dissesse que aquilo era ridículo, ela só agia de acordo com a sua cabeça e, mais que tudo, recusava-se a acreditar que seu filho freqüentasse gente nada recomendável em cafés e bares da cidade. Como todas as mães, suspeitava de alguma coisa, talvez Kenza estivesse lhe escondendo a verdade, e tinha medo de que Azel tentasse atravessar novamente o estreito.

Eu conheço o meu filho, ele não consegue ficar quieto no lugar, não se contenta com uma vida em que seja sustentado por uma mulher, mesmo que esta mulher seja a sua irmã, tem orgulho e sei que está fazendo de tudo para partir para a Espanha. Que Deus o proteja, que Deus lhe dê o poder de ser mais forte que o demônio, mais inteligente que os filhos do pecado. Mas por que ele não me telefona, por que esse silêncio? Será que está doente? No hospital? Tomara que não seja isso. Nossos hospitais estão num estado que é preciso rezar para que nunca um bom muçulmano seja obrigado a pôr os pés neles.

Era uma mulher de Chaouen, cidadezinha onde ainda se respeitavam as tradições, onde a vida moderna não tinha virado tudo de pernas para o ar. Ela não sabia ler nem escrever, mas todas as noites acompanhava as informações pela televisão. Pelo menos havia aprendido os números para poder telefonar.

Azel ainda era pequeno quando perdeu o pai num acidente na estrada. Tinha uma vaga lembrança daquele homem que trabalhava numa fábrica de cimento. O seguro havia dado um pouco de dinheiro à família, que se beneficiou de uma ajuda do governo. Durante anos ela recebeu alguns galões de óleo, um saco de farinha e algumas barras de açúcar. Azel gostava do papel azul no qual o açúcar vinha embalado. Usava-o para forrar as paredes de seu quarto. A mãe começou a trabalhar. Como várias mulheres de sua região e de sua geração, ela fazia contrabando. Era *bragdia*, como outras eram costureiras. O povo do Sul diz "*contrabondo*", o do Norte, "*bragued*". À noite, ela partia de ônibus para Ceuta, esperava a abertura da fronteira às cinco horas da manhã e se precipitava com centenas de outras mulheres no galpão da feira de atacado. Comprava produtos de consumo freqüente: queijo holandês, geléia espanhola, massas, arroz americano, xampus, escovas de dentes, enfim, tudo que podia dissimular sob suas roupas. Ela, que era franzina, ficava gorda em alguns minutos e passava de novo a fronteira com um cesto cheio de guloseimas para os filhos. Bem, era o que ela dizia ao alfandegário a quem dava uma nota de cinqüenta dirrãs para que se calasse. Lucrava com a diferença de câmbio entre a peseta e o dirrã, isto é, pouca coisa.

Os fronteiriços não precisavam de passaporte nem de visto para entrar em Ceuta, cidade marroquina ocupada havia mais de quinhentos anos pelos espanhóis. Bastava a carteira de identidade. A dela, ela havia plastificado para não estragar e a mantinha o tempo todo consigo. Com isso, nós comemos!, gostava de dizer à filha.

No início, tinha prazer em fazer contrabando — corria, voltava antes das outras para vender rápido e partir de novo. Era jovem, mãe de duas crianças, as quais deixava com a vizinha para tomar conta, uma mulher corajosa que não tinha conseguido ter filhos. Com o tempo, o cansaço e as dificuldades do mercado, progressivamente foi perdendo o entusiasmo. Ia cada vez menos a Ceuta e às vezes se contentava em revender o que as outras compravam.

Lalla Zohra tinha sonhos para Azel, via-o médico ou alto funcionário público. Esperava casá-lo com uma moça de boa família. Quanto a Kenza, esta havia estudado menos, trabalhava esperando dias melhores. Para se defender, ela dançava, adorava dançar cantos do Oriente Médio. Era talentosa. Não havia festa de família em que não a chamassem. Ela se deixava levar e usava seu charme e seu corpo bem-feito com sutileza. Acontecia-lhe de aceitar dançar na casa de vizinhos que, no final da festa, davam-lhe uma quantia simbólica. A mãe a acompanhava, velava por ela. Poderia ter-se tornado uma profissional, mas nesta sociedade uma moça que dança para ganhar a vida só pode ser de virtude duvidosa. É assim. Lalla Zohra fazia de conta que se preocupava com sua filha que não encontrava marido, mas estava sobretudo obcecada pelo futuro de seu filho. Ela o mimava, amava-o de maneira possessiva. Azel se sentia cada vez mais sufocado.

Quando o viu voltar depois da estada na casa de Miguel, pálido e emagrecido, berrou:

— Mas quem deixou você neste estado? O que aconteceu? Por que não me disseram nada? Oh! Meu Deus, eu sabia, tive um pesadelo, mas me recusei a acreditar que os sonhos podem ser verdadeiros; sonhei que tinha perdido um dente e o estavam colando de novo com uma massa amarga; agora entendi tudo: meu filho quase morreu! Você atravessou o mar? Diga-me, conte o que aconteceu...

Azel estava acompanhado por Khaled, que carregava imensos cestos cheios de comida oferecida por Miguel. Havia todo tipo de legumes e frutas da estação, metade de um carneiro e alguns dourados grandes. Khaled se afastou e deixou seu patrão passar a frente. Miguel apareceu, estava todo vestido de branco. Trajava uma bela túnica feita sob medida, babuchas, aproximou-se de Lalla Zohra e lhe ofereceu um magnífico buquê de flores.

Por um instante, Lalla Zohra pensou que ele estava vindo pedir a mão de Kenza. Chamou-a, e Kenza veio, bonita e emocionada, e apertou a mão que Miguel lhe estendeu.

— Azel me falou do senhor. Obrigada por tudo que fez.

— Mas é natural. Diga a sua mãe que eu estou muito contente em conhecê-la. Azel é um amigo, gostaria de ajudá-lo.

Lalla Zohra estava perplexa: quem era aquele homem que se perfumava como uma mulher, que era elegante como uma mulher? Tão bonito ainda por cima! O que ele queria?

Azel pediu à mãe que preparasse um bom almoço. Ela se recusou, desculpando-se: não tinha tempo suficiente para preparar a refeição, mas insistiu para que Miguel viesse comer no dia seguinte.

Quando ele deixou a casinha de Azel, permaneceu lá seu perfume adocicado. Lalla Zohra compreendeu tudo, mas forçava-se a acreditar que era por Kenza que ele tinha ido até lá.

— Você não acha que ele é um pouco velho para você, minha filha?

— É, mas que importa, é um homem bom e elegante. Não há tantos muçulmanos tão refinados e generosos como esse cristão.

— Que estupidez você está dizendo — interveio Azel. — Não se trata da questão de ser muçulmano ou cristão. De qualquer forma, somos especialistas em denegrir os outros e falar mal da nossa própria comunidade. Os árabes decidiram nunca concordar com nada, sabe-se muito bem disso; então, é preciso dar um ponto final nesses clichês.

— Eu só estava querendo dizer que gostei bastante desse homem, mas como você sabe, não sou eu quem interessa a ele!

Lalla Zohra fez de conta que não ouviu aquela última reflexão e pediu a Kenza que fosse comprar uma toalha branca em Fondok Chajra, onde ela vendia seus produtos de contrabando.

— Amanhã, o almoço terá que estar perfeito, meus filhos. E agora, Azz El Arab, você vai me contar tudo.

Ele se pôs a rir, apertou-a em seus braços. A mãe tinha lágrimas nos olhos. Azel também.

Na manhã seguinte, reinava uma atmosfera de alegria na modesta casa de Lalla Zohra. Ela repintou a entrada com cal azul e esperava com impaciência a chegada daquele que considerava providencial. Não dizia nada, mas esperava tanto que Azel encontrasse trabalho em qualquer lugar, com qualquer um! Em sua cabeça, Miguel era pelo menos embaixador ou cônsul, alguém com alta posição em algum lugar.

Durante o almoço, Lalla Zohra não saiu da cozinha. Não comeu nada e esperou a hora do chá para aparecer. Miguel estava feliz, não economizava elogios à sutileza da cozinha de Lalla Zohra, que ele chamava de "*Hadja*"; toda vez ela retificava: "Não, não, ainda não, no ano que vem, *inch'Allah*!"

Miguel convidou Azel e a irmã para o bota-fora que estava organizando. Pediu a Azel que chegasse um pouco mais cedo para ajudá-lo. Tudo teria de estar impecável. Em perfeita harmonia. Brilho e elegância, dizia Miguel. As flores, ah!, as flores, a casa inteira tem de estar florida! Os talheres, de prata obviamente! O champanhe, gelado mas não demais. No ponto exato. O serviço, absolutamente impecável. Jaouad e Khaled, vocês têm de estar barbeados e principalmente perfumados. Não sirvam amêndoas nem coisas que tirem o apetite. O aperitivo tem de abrir o apetite, não bloqueá-lo!

Tânger inteira estava lá. Os amigos íntimos de Miguel, assim como as grandes personalidades da cidade. O jantar havia sido preparado com rara minúcia. Tudo devia estar perfeito, Miguel não suportaria a mínima falta de gosto. Ao cair da noite, a mansão estava cheia de uma fauna mundana que parecia ter-se enganado de época. Podia-se cruzar tanto com uma velha princesa de um país longínquo quanto com um antigo ministro, ou ainda algumas *stars* de quem ninguém mais se lembrava. Uma senhora idosa toda vestida de azul, que alguns designavam discretamente com o dedo, passava por ter sido muito tempo amante do rei, mas obviamente era segredo. Contava-se até que tinha um filho com ele. Mas, claro, era só boato. Era uma boa senhora, havia protagonizado alguns filmes durante um tempo e depois o rei lhe pedira, parece, que parasse, uma decisão sábia, aliás, porque como atriz... Azel estava servindo, recebendo, guiando os convidados. Miguel lhe havia emprestado uma bela túnica branca. Vestido assim, ele parecia um príncipe do Oriente, ou um personagem de filme em preto-e-branco dos anos cinqüenta. Discreto e fino, passava entre os convidados como se fosse da casa. Miguel observava que ele tinha classe, estava contente de tê-lo atraído para si. No entanto, sentia uma preocupação, uma espécie de angústia que lhe oprimia o coração, mas que era incapaz de definir. Olhando aquele belo homem, de repente sentiu vontade de chorar, mas não deixou transparecer nada. Ocupava-se dos convidados com incomensurável atenção. Naquela noite, sua vida tomava um novo rumo. Miguel não festejava sua partida, ele apresentava o novo namorado. Os homens cochichavam, riam e acompanhavam com o olhar o garçom de túnica branca. Nada mal, esse jovem, tem até bastante classe! Miguel dessa vez se deu bem! Você acha que vai durar? Quem sabe? Mas vocês estão falando bobagem, esse cara não passa de um garçom, não é o novo amante de Miguel, enfim! Sabem, eu bem que provaria. Talvez goste de mulheres também.... Psiu, psiu, olha aí o Miguel!

O aperitivo era servido no terraço, de onde se via o estreito. Miguel havia florido toda a casa. Num cafetã cor de pistache talhado por ele mesmo, adornado com um belíssimo colar de coral, Miguel resplandecia. Ele falava de sua recente viagem à Índia e de sua vontade de voltar lá assim que possível. Deixou até escapar que esperava levar Azel. As coisas estavam agora claras para seus amigos, eles queriam saber quem era aquele novo namorado, aproximar-se dele, falar com ele, descobri-lo. Quanto a Azel, escondia-se na cozinha. Kenza se entediava. Tinha sido impossível recusar o convite de Miguel. Mas o que ele ia fazer exatamente de seu irmão? Ela não era boba. De repente, também ela sentiu vontade de chorar, mas forçou-se a sorrir. Naquela sociedade mundana, de cuja existência ela nem suspeitava, os homens eram inacessíveis. Um dia, sim, um dia, pensava, encontrarei o homem da minha vida. Ele será grande e generoso, bom e *sexy*, pouco importa que seja muçulmano ou cristão. Mas aqui, tudo é tão difícil. Se eu não entrar na linha, vou ficar solteirona e serei considerada uma *hboura*, uma encalhada.

Miguel se aproximou dela, pegou-lhe o braço e a apresentou a Ismael, o único solteiro heterossexual da festa. Ela percebeu que ele tinha as mãos úmidas. Era um sinal. Aquele homem não era para ela. No entanto, entabulou docilmente a conversa: Tânger-o-vento-do-leste-as-casas-da-Velha-Montanha-os-europeus-que-sabem-aproveitar-o-islã-que-está-progredindo-a-Espanha-que-se-vê-quando-o-tempo-está-claro...

Tinha raiva de si mesma por dizer tantas banalidades a um homem de mãos úmidas e ainda por cima de olhar vazio. Kenza mudou de registro e se fez provocante:

— Diga-me francamente, Ismael, o que você faz aqui esta noite?

— Sou convidado como você!

— Sim, mas o que você tem a ver com toda essa fauna? Quero dizer, você está aqui para se parecer com ela, para fazer parte da tribo?

— Estou aqui porque gosto de comer o cu de um bom cristão de vez em quando! Pronto, assim você está informada!

Kenza ficou contente em vê-lo perder as estribeiras. Ela sorriu e depois desapareceu. No caminho de volta, ficou olhando incessantemente aquelas figuras de uma Tânger cujo tempo havia passado nos anos cinqüenta.

Antes de tomar o avião, Miguel retirou no Consulado da Espanha um dossiê de pedido de visto e o entregou a Azel:

— Preencha; eu enviarei os documentos de que você precisa. Em princípio, se todos os papéis estiverem em ordem, você terá seu visto. Vou fazer de modo que o consulado receba um contrato de trabalho pelo qual o estou contratando. Seja responsável e não conte nada para ninguém; sou supersticioso!

Azel conhecia de cor aquele dossiê. Havia-o preenchido ao menos três vezes. Desta vez, teve a intuição de que daria certo.

Aplicou-se como na escola primária, escrevendo lentamente e colocando a mão sobre um mata-borrão tirado de um de seus velhos cadernos. Perguntavam coisas simples, mas precisas. Quarenta e seis questões. O nome da família de seu pai, sua data de nascimento. Ele escreveu "falecido". Neste caso, deveria apresentar um atestado de óbito. Em seguida, perguntavam o nome de família de sua mãe. A questão o embaraçou. Falou com Kenza, que o ignorava tanto quanto ele. Lalla Zohra surpreendeu-se:

— Mas por que eles precisam do meu sobrenome, se é você que está emigrando, não eu, ao menos por enquanto?

— É a administração; preciso responder a todas as questões até mesmo quando são idiotas. Então, como você se chama?

— Lalla Zohra Touzani.

A data de nascimento: presume-se nascida em 1936... Azel se lembrou do avô, que sempre lhe contava a história da guerra civil na Espanha. Tinha sido um soldado rifenho recrutado à força por Franco.

Ocupación actual: Azel não sabia o que responder. Desempregado? Estudante? Turista? Nada... *Nombre, dirección y número de teléfono de la empresa para la que trabaja.* Ele não estava trabalhando... *Finalidad del viaje*: visita a um amigo espanhol... *Fecha de llegada* e *Fecha de salida*: para dizer a verdade, ele não sabia de nada.

Quando os documentos estavam preenchidos e só faltavam os papéis que Miguel devia enviar-lhe da Espanha, colocou o pedido numa pasta de papelão, depois enrolou tudo num lenço de sua mãe:

— Olhe, Ma, é meu destino, está em suas mãos. Pegue este pacote e faça sobre ele algumas dessas orações de que conhece o segredo.

— Você quer que o abençoe?

— Não, Ma, eu quero que você me deseje boa sorte, mas que faça com suas palavras, com suas orações que vão diretamente ao céu. Sem suas bênçãos, eu estou perdido, não sou nada, você sabe. Tem de ser forte, porque às vezes algumas orações não passam do teto!

— Está bem, meu filho, meu menininho, luz da minha vida.

8

O PAÍS

Pela primeira vez em sua vida, Azel estava deixando o Marrocos e embarcando num avião. Sua mãe e irmã acompanharam-no ao aeroporto. Choravam muitas lágrimas. Azel estava mudo, emocionado, incomodado com o espetáculo que elas estavam dando. Tranqüilizou-se percebendo que não eram as únicas. Lalla Zohra havia preparado uma sacola cheia de comida, bolinhos de mel, crepes e azeitonas pretas. Azel se recusou a levá-la, mas a mãe suplicou-lhe que a pegasse. Ele estava com vergonha. A polícia foi correta, os alfandegários também. O avião atrasou um pouco. Isso o deixou nervoso. Sentiu vontade de reler a carta que havia escrito a seu país no dia em que recebeu o visto de entrada e de permanência na Espanha. Acomodou-se na cafeteria, pediu um café, tirou do bolso um bloco escolar e começou a reler o texto com um sorriso no rosto. Estava desconfiado, receava ser incomodado.

De tempos em tempos, parava de ler e, continuando a beber, observava o semblante dos passageiros. Num dado momento, surgiu uma abelha voando em torno da mesa, e ele se surpreendeu seguindo-a com os olhos. Depois, anunciaram que o embarque demoraria uma meia hora "em razão do atraso da chegada da aeronave". De repente teve vontade de sumir, de ir para longe dali a fim de ler em voz alta aquela carta que muitos de seus companheiros teriam desejado escrever.

Querido país (sim, é preciso dizer "querido país", o rei fala "meu povo querido")

Hoje é um grande dia para mim; finalmente tenho a possibilidade, a sorte de ir embora, de te deixar, de não mais respirar teu ar, de não mais suportar os vexames e humilhações da tua polícia; estou partindo, de coração aberto, o olhar fixo no horizonte, fixo no futuro; não sei exatamente o que vou fazer, tudo que sei é que estou pronto para mudar, pronto para viver livre, ser útil, empreender coisas que farão de mim um homem de cabeça erguida, um homem que não sente mais medo, que não fica esperando que sua irmã lhe dê alguns trocados para sair, comprar cigarros, um homem que nunca mais terá nada a tratar com Al Afia, o bandido, o canalha que trafica e corrompe, que nunca mais será fornecedor de El Haj, o velhote senil que fica apertando as moças sem se deitar com elas, que não fará mais bicos, que não precisará mais mostrar o diploma para dizer que ele de nada serve; estou indo embora, meu querido país, atravessando a fronteira, dirigindo-me a outros lugares munido de um contrato de trabalho; finalmente, vou ganhar a vida, a minha terra não foi clemente, nem comigo nem com muitos jovens da minha geração; acreditávamos que os estudos nos abririam portas, que o Marrocos acabaria enfim com os privilégios, com a arbitrariedade, mas todo mundo nos abandonou; foi preciso, então, nos virarmos, fazer qualquer coisa para nos safarmos; alguns bateram na porta certa, dispostos a aceitar tudo, outros precisaram, ao contrário, lutar...

Mas, querido país,

Não estou te deixando definitivamente, estás apenas me emprestando aos espanhóis, nossos vizinhos, nossos amigos. Nós os conhecemos bem, por muito tempo eles foram tão pobres quanto nós, e de repente, um dia, Franco morreu, a democracia chegou, seguida da prosperidade e da liberdade. Aprendi tudo isso no terraço dos cafés, é o lugar que nós, marroquinos, escolhemos para escrutar sem trégua a costa espanhola e recitar em coro a história desse belo país. Acabamos por ouvir vozes, persuadidos de que, de tanto fixar a costa, uma sereia ou um anjo teria piedade de nós e viria nos pegar pela mão para nos fazer atravessar o estreito. A loucura nos espiava lentamente. Foi assim que o pequeno Rachid se viu internado no hospital psiquiátrico de Beni Makada. Ninguém sabia de que mal ele sofria, pois só repetia uma única palavra, "Spania", e se recusava a se alimentar, esperando tornar-se suficientemente leve para voar sobre as asas do anjo!

Oh, meu país, minha vontade contrariada, meu desejo ardente, meu principal lamento! Guardas em ti minha mãe, minha irmã e alguns amigos, és meu sol e minha tristeza, eu as confio a ti porque voltarei e quero encontrá-las em boa saúde, sobretudo minha pequena família, mas livra-nos desses malandros que te sangram porque eles encontram em ti proteções onde só deveriam encontrar a justiça e a prisão, livra-nos desses brutos que só conhecem a lei para invalidá-la, nada os detém, "o dinheiro", como diz minha mãe, "põe açúcar nas coisas amargas"!

Não sou um tipo muito moral, estou longe de ser perfeito, ou absolutamente correto, sou apenas uma migalha nesse festim em que os convivas são sempre os mesmos, onde o pobre será sempre suspeito, e sua pobreza um delito, uma falta. "O dinheiro está aí, meu velho, basta pegá-lo", repetia-me sempre Al Afia. "Para não ser mais pobre, você só precisa se decidir!"

Também me senti tentado a fazer como os outros, no entanto, a mão de minha mãe, a mão de meu pai que mal conheci, puseram-me no caminho certo. Obrigado por não ter escolhido a facilidade.

Mas tenho de parar de escrever, estou com sono. E me imagino no avião. Não estou com medo, estou excitado, curioso, querido país, de te ver do alto; espero que o piloto tenha a boa idéia de sobrevoar, só para mim, Tânger, para que eu lhe diga até logo, para que eu adivinhe quem está naquela cabana que se vê ao longe, que sofre entre aquelas paredes rachadas, que vive naquela favela e quanto tempo ainda suportará essa miséria.

Um homem velho, de pequena estatura, bem-vestido, esperava Azel com um cartaz no qual estava escrito seu nome em letras maiúsculas. Ele foi logo dizendo:

— Eu me chamo Chico, é um apelido, trabalho na casa do senhor Miguel, sou pequeno, mas não estou nem aí.

Azel não soube muito bem o que responder, pegou sua mala e o seguiu. No táxi, Chico não abriu a boca durante todo o trajeto. Ao chegarem, Carmen, a velha governanta, instalou Azel num quarto e lhe pediu que aguardasse o retorno de Miguel. Alguma coisa a contrariava. Dava para ler em seu rosto. Ela conhecia muito bem Miguel para não prever o que ia acontecer. Vira-o muitas vezes apaixonar-se, e sempre acabava mal. Miguel se deixava levar. Ele nunca desconfiava o bastante. A tal ponto que era até o caso de se perguntar se ele não se deixava intencionalmente espoliar, achando nisso um meio de apaziguar sua culpa.

Azel estava aturdido, deslumbrado com tudo que descobria. Surpreendeu-se de ver pendurados nas paredes tantos quadros. Acomodou-se na sala e mal ousou acender um cigarro. Tudo estava em ordem. Nem sinal de poeira. Bibelôs de prata dispostos numa vitrine brilhante por si só já formavam um exército de objetos raros e preciosos.

Carmen serviu um café a Azel. Sua cabeça girava. O que se esperava exatamente dele? Pensou primeiro em sua mãe, em Kenza também. Um dia elas ficariam orgulhosas dele. Talvez pudesse até enviar dinheiro a Kenza e trazê-la à Espanha. Mas antes disso seria preciso encarar o presente. Encarar Miguel. Nos momentos difíceis que seguramente viriam, um dia ou outro... Miguel não fazia tudo aquilo por puro altruísmo. E, no entanto, era um homem intuitivo, inteligente, devia perceber também a que ponto Azel gostava de mulheres...

Miguel surgiu na sala. Sempre elegante, mas bem distante, muito discreto em seu terno e com um chapéu de feltro preto na cabeça.

— Fez boa viagem?

Ele não o deixou responder e prosseguiu abruptamente:

— Temos de resolver imediatamente o problema de seus documentos. Com seu passaporte já iremos amanhã à prefeitura preencher uma tonelada de papéis. Em seguida, passaremos no meu advogado para firmar o contrato definitivo pelo qual você ficará empregado. Por enquanto, você vai dormir no quarto de empregada, no último andar. É tudo desagradável, mas é absolutamente necessário passar por isso para ter paz.

Azel hesitou por um instante antes de lhe perguntar qual era exatamente o seu trabalho.

— Ora, ora, não banque o imbecil, você entendeu muito bem...

— Não, senhor Miguel, garanto...

— Olha, chega de perder tempo! Vamos cuidar dessas histórias de papelada. O resto veremos depois.

À noite, Azel se viu só no quartinho. Teve vontade de sair, mas temia a reação de Miguel. Triste e cansado, enfiou-se na cama sem conseguir dormir. Tudo revirava em sua cabeça, via imagens ora claras, ora obscuras. Muito perdido, abriu a sacola que a mãe lhe havia preparado e se empanturrou de bolinhos de mel como um garoto. Pensou que o paraíso com que havia sonhado não podia se parecer com um quartinho no último andar de um grande imóvel, com aquela solidão que o impedia de pegar no sono. A imagem de Siham atravessou-lhe a mente. Ele se lembrou de suas lágrimas e de seu corpo enlaçado ao seu. Sentia desejo por ela. Mas Siham estava longe de agora em diante. Ele se acariciou fechando os olhos. Depois, abriu seu caderno e prosseguiu sua carta ao país:

Querido país,

Eis-me aqui longe de ti e já sinto falta de alguma coisa; em minha solidão, penso em ti, naqueles que aí deixei, principalmente em minha mãe. O que estará ela fazendo enquanto te escrevo? Deve estar preparando o jantar, com certeza. E Kenza? Ela não vai demorar, a menos que seja a sua noite de plantão. Os amigos, vejo muito bem, estão no café. Rachid está de volta, não diz nada, os outros estão jogando cartas, acham que tenho muita sorte, eles me invejam. Eu os escuto, estão falando de mim com acidez. Isso é louco, tenho vontade de estar com eles, só por uma hora, e depois voltar para cá. Depois não, eu não tenho vontade de partir, mesmo que por uma hora. Quero parar de pensar em ti, em teu ar, em tua luz. Sabe, do Marrocos vê-se a Espanha, mas a recíproca não é verdadeira. Os espanhóis não nos vêem, estão se lixando, não têm nada a ver com o nosso país. Estou num quartinho, aqui o cheiro é de ambiente fechado, só há uma janela e não ouso abri-la; confesso que não estou decepcionado, apenas impaciente, vazio, cansado, a mudança de clima, e aí o medo, o medo do que é novo, o medo de não estar à altura... Vou tentar dormir pensando em ti, meu querido país, minha querida e tão generosa inquietude.

9

SIHAM

No momento em que Azel se instalava em Barcelona, Siham aguardava na frente do consulado da Espanha para entregar seu pedido de visto. O dossiê estava completo. El Haj lhe havia arranjado uma família saudita que vivia em Marbella e precisava de uma auxiliar de enfermagem para cuidar de uma senhora deficiente. Conforme lhe havia pedido, ela lhe enviara seu currículo e uma carta de demonstração de interesse em emigrar muito bem redigida. El Haj insistiu para que não esquecesse sua foto de identidade. Isso a fez crer primeiro numa armadilha, mas rapidamente recebeu uma carta da senhora doente explicando-lhe as razões de tal necessidade. Siham preferia lidar com uma muçulmana do que com uma cristã. Pensou em usar véu para a foto, El Haj lhe havia recomendado, mas por fim achou a idéia estúpida. Não gostava dos islamitas nem dos hipócritas. Um traje apropriado e um comportamento irrepreensível, eis o que contava realmente para ela. El Haj, que gostava bastante dela, tentou convencê-la:

—Você sabe, minha pequena Siham, o véu, às vezes, é uma boa coisa; as moças são menos molestadas na rua quando estão veladas e, principalmente, isso não lhes tira nenhum pedaço. Você se lembra de Bouchra, a bela Bouchra, que se casou com um homem de negócios muito mais velho do que ela, porém muito mais rico, ela vinha à minha casa completamente velada, eu até a chamava de "Fantomas". Pois bem, quando tirava a djalaba e o véu tornava-se uma outra mulher, usava blusas transparentes, calças apertadas... Ela era magnífica. Aliás, acabou levando a melhor, por quanto tempo eu não sei, mas parece que ela sabe fazer a coisa. O cúmulo, você sabe, para você posso dizer: era virgem! Guardava preciosamente o hímen para o futuro marido.

— Ela está feliz? De todo modo, não deve ter preocupações materiais.

— Não se iluda, caiu nas mãos de um homem avarento. Ela me telefonou outro dia, chorando. Mora numa casa grande, cercada de empregadas, mas é proibida de sair. Então, esse véu, vai usá-lo ou jogá-lo fora?

—Vou jogá-lo fora! Você sabe, minha avó, como veio do campo, usava o haique. Parecia uma mortalha larga, um pedaço grande de um pano de algodão branco em que se enrolava. Na época, ninguém criticava o uso do haique, era natural. Minha mãe usava a djalaba sem véu, e nunca nos pediu para usar véu, apesar das censuras do meu tio, que emigrou para a Bélgica. Quando ele vinha de férias, no verão, dava-nos lições de moral. Aquilo me fazia rir, pois suas filhas fumavam escondido, tinham namorado etc. Elas só obedeciam ao pai para fazer o que desejavam na mais completa tranqüilidade. Detesto essa hipocrisia. Cuidar das aparências e fazer imundícies na surdina, este é o Marrocos que me irrita.

— Não se irrite, minha filha, você verá, mesmo partindo, sempre sentirá falta de seu país. A gente se apega muito ao Marrocos, impossível esquecê-lo completamente, ele gruda, no verdadeiro sentido da palavra, como numa frigideira, não conseguimos esquecê-lo. Viajei muito na minha juventude, graças ao dinheiro fácil; meus pais não me faziam perguntas; fui muito longe e em todo lugar sentia falta do Marrocos, era uma coisa curiosa.

— E como você explica que aqueles que nos governam não fazem nada por nós?

Siham estava cercada de jovens que viviam obcecados pela idéia de fugir, partir, trabalhar em qualquer lugar. Não havia terminado seu curso de Letras por falta de condições, e acabara encontrando uma vaga de secretária num escritório de advocacia.

Siham obteve um visto turístico de quatro meses. No dia de sua partida, os pais a abençoaram, mas ela sentiu uma necessidade ainda mais forte de proteção; fez então abluções, tomou emprestado o tapete de orações de sua mãe e se dirigiu a Deus. A bênção de seus pais era necessária, mas insuficiente. Desconfiava que estava partindo para uma aventura desafiadora, principalmente dos árabes que povoavam Marbella e de suas histórias sobre tráfico de mulheres brancas e maus-tratos...

No porto de Algeciras, ela demorou para descobrir o caminho até o estacionamento onde, segundo a carta, uma Mercedes preta a esperava. O motorista acomodou-a atrás; ela estava orgulhosa de ser tratada como uma *star* norte-americana. O que não a impediu de esboçar um roteiro completo.

Seria raptada, violentada, para, em seguida, ser abandonada no meio de um campo deserto. Via-se seqüestrada pela família saudita, abusada pelo marido da mulher doente, jazendo no chão sem comida e sem água. Gritava, mas ninguém a ouvia. Tentava cortar os pulsos, mas não conseguia. De repente se controlou, atribuindo aqueles maus pensamentos a Satã. Para expulsar definitivamente aquelas idéias negras de seu espírito, recitou mentalmente o versículo do Trono. De nada adiantou, as cenas cada vez mais violentas continuavam a desfilar em sua cabeça. Finalmente tomou a decisão de rir daquilo tudo. O chofer se virou. Ela se desculpou e virou-se para olhar a paisagem.

Marbella parecia uma espécie de grande *resort* turístico para milionários. As pessoas do país do Golfo mandavam construir residências suntuosas nas quais passavam alguns dias por ano. Alguns, para uma simples noitada, compravam a travessia do estreito de Gibraltar. A maior parte do tempo, eles se trancavam em suítes de grandes hotéis de Tânger, mandavam vir álcool, comida, músicos e mulheres. As autoridades fechavam os olhos. Siham sabia de tudo isso por suas amigas. Contaram até que algumas moças haviam esperado uma noite inteira num quarto sem que ninguém viesse buscá-las. De manhã, voltaram para casa com alguns dólares no bolso. Siham não as julgava, mantinha sua distância e sua dignidade, e considerava apenas que todo mundo tinha sua parte de responsabilidade naquela banalização crescente da prostituição.

Uma surpresa a esperava na mansão do senhor Ghani. Ghita, a esposa marroquina do rico saudita, recebeu-a imediatamente. Siham a olhou, procurando sua deficiência. Ghita andava, falava e pensava normalmente. Diante do olhar de Siham, Ghita tomou a palavra:

— Eu sou marroquina como você está vendo; moro aqui grande parte do ano; meu marido vive na Arábia Saudita, onde tem seus negócios e sua outra família. Eu sou sua segunda esposa e acho que sou a preferida. O problema é o seguinte: nossa filha Widad é deficiente, tem doze anos, e apresenta dificuldade para se locomover e falar. Precisamos de alguém que fique com ela o tempo todo, que seja paciente, que seja também firme e nos ajude a mantê-la viva. Tivemos enfermeiras espanholas, mas elas são sindicalizadas e trabalham como funcionárias, e além disso, precisamos de alguém de nossa cultura, que fale árabe, que conheça nossas tradições e costumes, você entende, a menina tem dificuldade com tudo, então não precisa complicar-lhe a vida. Estou lhe dizendo a verdade, é um trabalho duro, cansativo, mas muito bem pago. Meu marido adora Widad, ele daria tudo para vê-la feliz e... normal.

Siham ouvia sem reagir, não se sentia preparada para aquilo, não se havia imaginado a serviço de uma criança diferente das outras. Partir de novo, considerar aquele deslocamento uma pequena viagem de lazer, uma mudança de ares, um mal-entendido. Partir de novo, sim, mas para onde? Para o Marrocos? Impossível, estava fora de cogitação recomeçar a fazer bicos em Tânger e levar uma vida apertada. Tentou se restabelecer, mas sabia que não entendia nada de deficiência, e nem tinha recursos interiores suficientes para assumir a responsabilidade de tal trabalho. Mas pegar de novo a mala, subir no navio e desembarcar no porto de Tânger não era mais viável.

Ghita não dizia nada, esperava. Depois de um momento de silêncio, Siham pediu para ver a menina. Ghita a preveniu:

— Ela foi hospitalizada anteontem. Bastou um único minuto de descuido, ela caiu e se machucou. Você vai precisar ser vigilante o tempo todo. Está pronta para aceitar este trabalho?

Siham pensou em seu amigo Azel e se convenceu de que não havia motivos para sentir vergonha por fazer aquilo.

— Aceito, mas seja indulgente, eu não me formei para executar um trabalho desse gênero. Fique certa de que farei o possível para que tudo corra bem.

Maria, a dama de companhia espanhola, chegou com uma bandeja cheia de bebidas e bolinhos. Em seguida, acompanhou Siham a seu quarto, um cômodo imenso com duas camas e um banheiro. Siham compreendeu imediatamente que dormiria ao lado da menina. Olhou os numerosos brinquedos de Widad e, na parede, uma série de fotos suas tiradas desde o nascimento. Ela era bonita e triste. Mas com alguma coisa de grave no olhar.

Ghita ofereceu a Siham um telefone celular.

— Ele tem de ficar ligado permanentemente. Você pode também usar para ligar para seus pais e amigos.

O primeiro encontro entre Siham e Widad quase deu errado. Cansada, de mau humor, a pequena chorava e se recusava a ir aos braços de sua mãe, ignorando a presença da nova babá. Não era preciso intervir, apenas aguardar passar a tempestade. Desde quando esperava melhorar sua sorte, Siham havia aprendido a paciência. Mas principalmente: nada de agitação, nada de gritos. Pegou um livro e se acomodou em seu quarto. Quando Widad entrou no cômodo e descobriu Siham sentada em sua cama, mostrou-lhe com um gesto claro que ela devia debandar.

Siham não se mexeu. Pela primeira vez, alguém resistia à criança. Widad sorriu, precipitou-se sobre ela e arrancou-lhe o livro das mãos. Siham compreendeu que acabava de ganhar alguma coisa inestimável: a confiança de Widad.

10

SIHAM E AZEL

Depois de três meses passados no quarto de empregada, Miguel convidou Azel para dormir no quarto de hóspedes situado a alguns metros do seu. A relação entre os dois acabou se apaziguando. Várias vezes Azel acompanhou seu benfeitor em suas viagens e carregava sua mala. O resto do tempo, cuidava da galeria, atendia o telefone, fazia pequenas compras. Usava roupas bonitas, entre as quais algumas haviam pertencido a Miguel, descobriu pulôveres e blazers de caxemira, sapatos ingleses e camisas sob medida. Usava os pertences de Miguel como se habitasse uma outra pele. Pela primeira vez em sua vida, sentia-se bem e gastava tempo cuidando-se. Miguel matriculou-o numa academia de ginástica e de ioga. O tanto que gostava de trabalhar o corpo empatava com o tanto que o aborreciam as aulas de ioga. Sem dizer nada a Miguel, decidiu não voltar mais. Siham sempre telefonava para Azel.

Ela queria que ele fosse visitá-la em Marbella, pois não podia deixar sob hipótese alguma a menina aos seus cuidados. Decidiu, então, ir vê-la e mentiu a Miguel, sob pretexto de ir fazer uma visita a um tio doente em Málaga. Era o único jeito de conseguir autorização para poder ficar um pouco sozinho. Miguel só disse uma frase:

— Espero que não esteja indo se encontrar com uma dessas mulheres que ficam rondando você!

— Mas quais mulheres, senhor Miguel?

— Nunca minta para mim!

— Juro que não estou mentindo.

— Os mentirosos sempre juram que não mentem.

Siham, por sua vez, havia negociado com Ghita a metade de um dia de liberdade.

— É meu noivo; ele trabalha em Barcelona, é um cara legal, culto, formado e tudo. Somos da mesma cidade, do mesmo bairro.

Ghita respondeu que aquilo não lhe interessava, contanto que aquela história não perturbasse sua relação com Widad.

— Fique tranqüila, senhora, vai dar tudo certo.

O reencontro foi breve, mas intenso. Tinham um desejo louco um pelo outro. Depois do amor, de uma garrafa de vinho e alguns cigarros, Azel passou às confissões:

— Tornei-me amante de Miguel.

Depois de um longo silêncio, Siham, que tinha vontade de chorar, perguntou-lhe se ele sentia prazer.

— Não sei, quando faço amor com ele, penso demais numa mulher; em você, por exemplo. Pronto, agora você sabe tudo. Desnudo-me diante de você. E um dia, se me casar, será com você, porque nos compreendemos, nos falamos e sempre me senti bem ao seu lado.

— Sabe, para dizer a verdade, eu já desconfiava. Não me fale mais nada a esse respeito. O importante é que a gente possa se ver para respirar, recobrar as forças e fazer bem o nosso trabalho.

Azel estava envergonhado. Fez perguntas sobre Widad.

— Estou contente em cuidar dessa menina, esse trabalho me estimula e me faz bem. É difícil, surpreendente, violento, mas descobri que enfrentar as dificuldades é muito bom para o moral. Os pais dela me dão liberdade, estou construindo alguma coisa de positivo com essa criança afetada por uma infelicidade inocente. Ela nasceu assim, não é culpa de ninguém. Mesmo que às vezes eu até chegue a duvidar da existência de Deus. Sabe, parece que essas crianças foram enviadas à Terra para espalhar a humildade, a modéstia entre os seres. Agora, ganho bem para mim e para a minha família, como também estou num bom caminho. Quando repenso as noitadas de El Haj, fico deprimida. Ao menos aqui sou útil. Lá, eu poderia ter virado a cabeça como tantas outras moças e entrado numa daquelas redes; é, eu poderia, mas encontrei você e fiquei apaixonada. Não por muito tempo, mas no começo fiquei maluca, só via você, cuidadoso, atencioso, apaixonado não, disso tenho certeza, mas bem presente... E eis que hoje reencontro você de bigode!

— Ah! Foi Miguel que me pediu, disse que eu ficava bem...

— Então, se é para o seu trabalho...

— Você é realmente uma garota legal! Gostaria demais de ser tão lúcido quanto você! Mas nunca me apaixonei na vida; isso é uma doença, uma coisa que me foi ensinada, o amor só é bom para as mulheres. Os homens têm de ser fortes, inabaláveis, enfim, todos esses tipos de clichês. Hoje, eu me sinto culpado, de dia estou a serviço de um homem, e à noite tenho de lhe dar prazer. Não sei quanto tempo vou agüentar. Preciso ver você mais vezes, tenho muito medo de acabar duvidando da minha sexualidade.

— Não se preocupe, não há apenas sexualidade na vida. Para mim, primeiro você é Azel, o homem que amei e amarei sempre. O que você faz para ganhar a vida, prefiro nem pensar.

Separaram-se depois de se abraçarem longamente.

À noite, Azel partiu à descoberta dos bares de Málaga. Encontrou compatriotas, muitos sem documentos, convidou-os a beber, um deles até lhe ofereceu haxixe "rifenho puro". Ele fumou um pouco, recusou gentilmente as investidas de uma puta africana, foi abordado por um tunisiano que queria lhe vender um telefone celular ou um relógio de ouro. Teve a impressão de que havia retornado a Tânger, nos meandros do Pequeno Socco. Ouviu o barulho de crianças que torturavam um gato doente, sentiu os cheiros nauseabundos dos esgotos da Casbah, viu imagens da televisão marroquina, nas quais jovens de terno e gravata cantavam languidamente, viu um ex-guia que tinha ficado cego tomando seu café-com-leite, uma mendiga andando com duas crianças novinhas, e sobretudo pensou ter visto Al Afia numa mesa do Café Central ao lado de Mohamed-Larbi, com sua barba longa e cerrada, vestido com sua grande djalaba branca. Chegou a ter a impressão de que havia caído numa armadilha. Desconhecidos haviam-no pego e colocado de volta num caminhão para o Marrocos. Ele se debatia, gritava, mas ninguém o ouvia. Era uma alucinação. Precisava deixar o mais rápido possível aquele bairro invadido pelos marroquinos. O álcool e o haxixe deviam ter surtido efeito. Tomou um táxi e voltou ao seu hotel para dormir. No quarto, teve vontade de continuar a carta a seu país, mas estava fraco demais para escrever.

Na manhã seguinte, antes de ir para a estação, ele retomou seu bloco:

Sou racista? Pode-se ser racista contra a sua própria facção? Por que os marroquinos me irritam tanto? Eles não se gostam, e no entanto basta que se emita a mínima crítica sobre seu país para eles se mostrarem suscetíveis e se enfurecerem. Por que prefiro evitá-los? Não seria a mim mesmo que estou evitando, de quem estou fugindo? Estou em fuga. E isso não é digno de admiração. Os marroquinos que encontrei ontem me lembram demais o que eu poderia ter-me tornado. Eles perdem tempo, vão e vêm como uma abelha num pote de vidro em que não há mais mel. Eles não têm muita imaginação. Resignam-se, tentando se virar com seus pequenos tráficos, coisa pouca, a ponto de só enriquecer um pé-rapado. E para isso precisam recriar a joutya, *o feirão de sua cidade, encontrar-se mesmo que não se suportem, e ao menos crer que estão no seu vilarejo, sentir-se protegidos.*

Sinto vergonha. Não me orgulho de mim. Oh, caro país, se visses o que me tornei! Não paro de arranjar desculpas, meios de me justificar. Fecho os olhos cada vez que Miguel me toca, ausento-me, deixo-lhe meu corpo, parto para dar uma volta, simulo, finjo, e depois desperto, levanto-me e tento em vão me olhar no espelho. Minha vergonha é enorme.

Ah, se minha mãe me visse! Nem ouso pensar nisso. Como lhe dizer que seu filho não é um attaye, *uma bicha, um homem que fica de bruços, um paspalhão, um traidor, um renegador de sua identidade e de seu sexo? Tenho certeza de que ela entendeu tudo sozinha, é inteligente. Seu filho é viril, faz amor com uma mulher, com um homem. São coisas que não se dizem.*

E, enfim, sejamos francos, Miguel é um homem admirável, refinado, atencioso. Ele sabe muito bem que não fico à vontade com ele na cama. Outro dia, ficou louco da vida ao encontrar preservativos no bolso do meu paletó. Como berrou. Você não tem nada que freqüentar outros homens! No máximo, estou dizendo claramente, no máximo, ainda prefiro que você dê uma com uma mulher qualquer de peitão do que com um homem. Eu não suportaria. Entendeu? Vocês, marroquinos, gostam de seios grandes, vivem mergulhados na nostalgia do peito da mamãe.

Era a oportunidade de lhe confessar minha relação com Siham. Logo ela, que tem seios tão pequenos!

À noite, Miguel se fechou em seu quarto. Adormeci na sala, em frente à televisão, com o controle remoto na mão.

11

MOHAMED-LARBI

Mohamed-Larbi era um rapaz discreto. Em seu canto, sozinho, arquitetava seus planos para enfim deixar o país e realizar seu sonho. Sadek, o tio materno, havia-lhe prometido levá-lo um dia para a Bélgica. Ele tinha partido para lá fazia já uns vinte anos e havia encontrado trabalho. Sua qualidade de porta-voz da comunidade muçulmana marroquina do bairro norte de Bruxelas permitia-lhe conhecer todos os mecanismos, todos os caminhos paralelos e clandestinos possíveis e imagináveis para partir. Além disso, tinha contatos com a maior parte dos meios da imigração. Quando de sua partida do Marrocos, tio Sadek não era nem mais nem menos muçulmano do que os outros. Estava com vinte anos, possuía uma incrível força de trabalho e a vontade de vencer. Via diariamente filhos de imigrados se darem mal, pais impotentes, ultrapassados e sobretudo aquela necessidade que sentiam de ficar em contato com a sua cultura, da qual, naquele lugar, não sobrevivia muita coisa. Em geral, isso se resumia às festas religiosas, ao ramadã, à quebra do jejum, ao Aid el-Kebir, mesmo que fosse cada vez mais difícil degolar carneiros na banheira ou no quintal dos fundos de casa. Os vizinhos e as associações de proteção aos animais haviam protestado e o Estado teve de intervir. Doravante, o carneiro viria dos abatedouros, pronto para ir ao forno ou para ser cortado. A festa perdia o espírito e o sentido, mas era preciso se adaptar de um jeito ou de outro. Um dia, Sadek, que sabia ler e escrever, decidiu fazer uma lista dos objetos culturais que povoavam seu ambiente: tapete de oração, terço, pedra negra polida para as abluções, cuscuz de sexta-feira, música andaluza, canções populares árabes e berberes, chá de menta, djalaba para ir rezar, antena parabólica para transmitir a televisão marroquina, bolinhos de mel, chaleira, mesa baixa, incenso, água de rosa, tarbuche vermelho, babuchas amarelas, relógio de parede com uma reprodução de Meca desenhada no fundo...

Depois, ele parou de repente e pensou em voz alta: E a língua? Que língua falamos com nossos filhos? Ah! A língua árabe dialetal; ela é tão poética no país e tão estrangeira aqui. Falamos um péssimo árabe enxertado com um péssimo francês!

Chegou, então, à conclusão de que o islã era a cultura de que os imigrantes, assim como ele, precisavam. Empenhou-se, com dificuldade, em fazer com que o conselho municipal admitisse a necessidade de construir uma mesquita. Ao final de três anos de esforços, graças a ele, aos imigrados foi oferecido um lugar de oração modesto, mas em pleno centro de seu bairro. Foi no início dos anos noventa, no momento exato em que os argelinos partiam para a guerra contra si mesmos.

Mohamed-Larbi, por sua vez, obteve o visto na mais completa discrição. Azel, que foi amigo dele por um tempo, já não o via há muito tempo e se perguntava se ele teria morrido ou apenas mudado de bairro e de amigos. Não, Mohamed-Larbi não havia morrido, ele trabalhava numa padaria e não saía mais à noite. Com isso, acabou sendo esquecido. Tinha um físico comum, nem alto nem baixo, a pele morena, os olhos muito negros. Azel se lembrava de que ele falava rápido e, quando bebia, ficava logo embriagado, delirava, insultava a religião misturando o sagrado e o profano. Ele se lembrava particularmente da noite em que Mohamed-Larbi atacou o planeta inteiro, injuriando Deus e seus profetas, e cuspindo nos transeuntes, querendo arranjar briga com eles. Os amigos precisaram detê-lo, só que ele tinha uma enorme força física. Ninguém entendia muito bem aqueles súbitos acessos de violência. Na realidade, bastaria a alguém ser um pouco atento para detectar nele um verdadeiro desequilíbrio psíquico.

Da noite para o dia, mudou de aparência e de atitude. Começou a freqüentar cotidianamente a mesquita, não ia mais ao café e não falava mais com seus amigos do bairro. Um dia Kenza o encontrou em sua rua. Adiantou-se para dar-lhe um beijo, como na época em que brincavam juntos. Ele a repeliu firmemente.

— Se você quiser que eu lhe dê um aperto de mão, enrole-a num tecido, prefiro também que não me dirija mais a palavra, é uma questão de respeito.

Obteve um visto e não o viram mais.

* * *

Desde a sua chegada à Europa, seu tio assumiu a responsabilidade dele. Incluiu-o num grupinho do qual era chefe e que se encontrava todas as noites para ler o Corão e ouvir um egípcio que se dizia "*alem*", isto é, douto em religião. Aquelas reuniões tinham alguma coisa de lúgubre. Mohamed-Larbi, já de cabeça feita por seu tio, não falava, ouvia e seguia as ordens do *alem*. Aquelas conversações abordavam um novo tema a cada vez: por exemplo, a relação do homem e da mulher, como manter a superioridade absoluta do homem sobre sua mulher, como desbancar a propaganda ocidental que tenta aniquilar o poder masculino, como assegurar seu dever conjugal sem cair no vício etc.

O *alem* falava de maneira muito direta:

— Não esqueçam, as astúcias femininas são terríveis, foi Deus que nos ensinou isso e que nos preveniu; saibam que o Mal tem origem no corpo e no coração da mulher, mas o Bem sabe também encarnar nele, pensem em nossas mães... Sobretudo, prestem atenção no futuro de suas filhas, aqui, em terra cristã. Pois não é que a polícia deste país convocou há poucos dias um de meus amigos, um homem virtuoso, para lhe pedir que se explicasse sobre uns tapas que havia dado na filha mais velha que lhe estava desobedecendo? Ela queria sair à noite, maquiada e pronta para qualquer aventura! Que Deus nos livre! Vocês percebem que aqui se pune um pai de família porque ele está cuidando da virtude de sua filha? O Ocidente está doente e nós não queremos que ele contamine nossos filhos. Vocês ouviram falar dessas leis que permitem que os homens se casem entre si e até adotem filhos? Esta sociedade está perdendo a cabeça! É por isso que vocês precisam redobrar a vigilância com seus filhos, principalmente as meninas, para que elas não caiam na moda do vício. Olhem então os muros de Bruxelas, chama-se isso de publicidade: moças quase nuas mostram o traseiro para ressaltar as qualidades de um carro qualquer! Homens maquiados como mulheres posam para vender um perfume! Não temos nada em comum com todo esse vício, esse esquecimento dos valores, da família, do respeito pelas pessoas idosas; estamos aqui porque este é nosso destino, Deus quis e estamos nas mãos de Deus, que olha por nós e nos põe à prova. Vamos oferecer a esta sociedade ímpia os nossos filhos? Vamos nos deixar levar sem reagir, sem nada dizer? Não, meus irmãos, somos muçulmanos, responsáveis e solidários, pertencemos à mesma casa, à mesma nação, à Umma Islamiya*! Ninguém escapa dessa grande casa. Nós nascemos muçulmanos e muçulmanos retornaremos ao Criador.

O *alem*, claro, só estava repetindo o que outros imigrados falavam nos cafés. Seus discursos não tinham absolutamente nada de original. Provavelmente, Mohamed-Larbi já tinha ouvido aquele discurso até mesmo em Tânger, principalmente no verão, quando as famílias de imigrados voltavam para lá de férias. Ou talvez ele só se lembrasse daqueles adolescentes arrogantes e insolentes, crianças sem educação, violentas, nem totalmente européias nem realmente marroquinas, que circu-

---

* *Umma Islamiya* — comunidade transnacional de crenças, que se choca com o nacionalismo. (N.T.)

lavam em carros luxuosos. Este último detalhe irritava-o ainda mais particularmente. De onde vinha o dinheiro? Alguns diziam que eram só carros alugados, para esnobar, outros viam nisso histórias do tráfico de kif. Nada era muito claro e não dava uma imagem muito boa da imigração.

Mohamed-Larbi conhecia o Corão por tê-lo aprendido de cor quando criança. Ele não entendia o que aprendia, mas os versículos tinham ficado impressos em sua memória. Em Bruxelas, onde seu tio lhe conseguiu uma vaga numa loja de autopeças, ele mergulhou pela primeira vez depois de muito tempo na leitura do Livro santo. O *alem* ofereceu-lhe um exemplar, realçando que lhe explicaria as suratas quando terminasse de ler tudo. Naquele ínterim, ficou sabendo que o *alem* tinha duas esposas e que elas viviam sob o mesmo teto. Depois da oração da sexta-feira, ele o convidou um dia para ir comer cuscuz em sua casa. Enquanto se descalçava, Mohamed-Larbi viu de relance o rosto de uma bela moça que se escondia atrás da cortina para observá-lo. O pai não se havia dado conta de nada, continuava sua pregação como se estivesse na mesquita. Quando foi embora, Mohamed-Larbi sentiu que alguma coisa havia sido inserida em seu sapato direito. Tirou dali uma bola de papel que enfiou às pressas no bolso. Assim que o *alem* virou as costas, apressou-se em desdobrá-la e leu: Telefone para mim, este é o meu número, entre dezessete e dezoito horas, Nadia, a moça detrás da cortina.

Muito intrigado, ele hesitou um certo tempo antes de telefonar. Era um número de celular. Examinou algumas hipóteses e depois telefonou de uma cabine. Nadia, no outro lado da linha, foi direto ao ponto e falou com uma dicção muito rápida:

— Estou de castigo, seqüestrada pelo meu pai porque ele me viu falando com um rapaz na saída da escola; estou proibida de sair e acho que ele mandou falar ao diretor que eu desisti dos estudos; você pode me ajudar, me salvar? Não diga nada a ninguém, mas encontre um pretexto para voltar a nossa casa, peça-me em casamento, leve-me com você, não tenho vontade de me casar, mas se é esta a minha única chance de sair dessa, então assim será. Tenho dezessete anos e meio, estou sufocando nesta casa, meu pai ficou louco, todas as minhas irmãs já estão casadas com homens de que não queriam nem saber. Desconfio que ele está arranjando alguma coisa para mim; se você quiser, poderemos nos salvar juntos. Preciso desligar, é o telefone de meu irmão mais velho, e ele vai voltar da mesquita onde foi com meu pai. Você tem um número para que eu possa ligar?

— Não, estou telefonando de uma cabine...

— Me liga na quinta-feira ao meio-dia.

O acaso fez com que, na mesma semana, o *alem* oferecesse a Mohamed-Larbi um telefone celular. Foi prevendo sua próxima viagem ao Egito, onde ele deveria ir fazer cursos de religião. Era uma oportunidade muito boa, dissera-lhe seu tio.

— Você tem a confiança do *alem*, não deve decepcioná-lo. Vocês serão uma dezena a partir do Cairo; lá, os irmãos cuidarão de vocês. Você vai ver, é bonito o Cairo, os irmãos são gente boa, bons muçulmanos em guerra contra a corrupção e o vício.

O primeiro telefonema foi para Nadia. Ele topou com o *alem*, que reconheceu o número. Ele não se enfureceu, nada disse, depois trancou-se no quarto e deu telefonemas em linguagem codificada. Naquele mesmo dia, a sorte de Mohamed-Larbi foi selada. Do Egito, foi enviado a um campo de treinamento no Paquistão do qual nunca mais o viram voltar.

12

MALIKA

A pequena Malika era vizinha de Azel. Certo dia, bateu à sua porta e pediu-lhe que mostrasse seus diplomas. Aquela atitude curiosa surpreendeu-o, ele a convidou a entrar e ofereceu-lhe um copo de limonada. Na sala estavam emoldurados e pendurados na parede seus dois diplomas de bacharel em Direito e em Relações Internacionais.

— Estão aí — disse Azel — cinco anos de estudos em Rabat. Cinco anos de esperança e nada de oportunidade. O orgulho da minha mãe e sua principal preocupação. Mas você, espero que esteja ao menos indo ao colégio e que vá fazer um curso superior para ter um bom emprego. O que você pretende fazer mais tarde?

— Partir.

— Partir? Mas isto não é uma profissão!

— Depois de partir, terei uma profissão.

— Partir para onde?

— Partir para qualquer lugar, até para aí em frente, por exemplo.

— Para a Espanha?

— Sim, para a Espanha, a *France*, onde já moro em sonho.

— E você se sente bem lá?

— Depende das noites.

— Como assim?

— De fato, depende das nuvens, que para mim são tapetes em que viajo à noite, mas quando acontece de eu cair, acordo com um galo na testa.

— Que sonhadora!

— Não só isso. Tenho idéias, projetos, você vai ver, vou conseguir.

Azel ofereceu-lhe uma maçã e a acompanhou até sua casa. Ele estava surpreso e comovido com a incrível determinação daquela garota.

Encontrava moças como ela todos os dias. Ele as via passar com a cabeça coberta por um lenço, em grupo, silenciosas, corajosas, prontas a enfrentar o frio da usina de camarões.

O sonho de Malika tinha o perfume da infância. Ela precisou batalhar para convencer os pais a deixarem-na ir ao colégio Ibn Batouta de Tânger. Ia a pé e muitas vezes chegava atrasada. Poderia ir de ônibus, mas não tinha dinheiro para a passagem. Andava com passo rápido, cabisbaixa. No caminho, pensava em tantas coisas que acontecia de se perder. Seus passos levavam-na sempre à avenida Pasteur, no terraço do Paresseux, de onde se via o porto e, com tempo bom, a costa espanhola. Ela parava e ficava observando o movimento dos navios que iam e vinham. Gostava de ver os navios brancos. E pouco a pouco ia se esquecendo de que estava ali, até que perguntava de repente as horas a um transeunte e depois corria rumo à escola.

Malika não conseguia tirar boas notas na escola. Em casa, não tinha lugar adequado para fazer os deveres nem para revisá-los. Ocorria-lhe sair à rua e sentar-se sob a luz de um poste para estudar as lições. Quando a encontrava fora, seu pai obrigava-a a entrar, tratando-a com rispidez. Era um camponês da região de Fahs, que se havia instalado na cidade depois da seca de 1986. Trabalhava em construção e ganhava pouco. Sobretudo não tinha interesse que sua filha fosse à escola. Para ele, uma moça devia ficar em casa; Malika faria melhor trabalhando como empregada em casa de família enquanto esperava que lhe arranjassem um marido.

Quando ela fez quatorze anos, seu pai considerou que já havia aprendido o suficiente. Tirou-a do colégio dizendo que aquilo não servia mesmo para nada. Olhe Azz El Arab, o filho de Lalla Zohra, nossa vizinha; ele fez muitos estudos e sua mãe se sacrificou para que ele fosse até o fim. Ele tem diplomas, ótimos diplomas, você sabe, e não servem para nada; você também os viu na sala dele. Por mais que ele procure em todo lugar, não acha nada. Então, o que dizer de você, que, além do mais, é uma moça! E, acima de tudo, não me contrarie!

Como sua amiga Achoucha, como sua vizinha Hafsa, como sua prima Fatéma, como algumas moças de seu bairro, Malika foi descascar os camarões da usina holandesa instalada na zona franca do porto. Caminhões frigoríficos levavam para lá, todos os dias, toneladas de camarões cozidos pescados na Tailândia e passados pela Holanda, onde eram tratados para a conservação. Ali chegados, mãozinhas com dedos finos descascavam-nos dia e noite. Depois partiam para o último destino onde eram colocados em latas de conserva antes de serem finalmente distribuídos no mercado europeu. Em Tânger, as moças ganhavam uma miséria. Mesmo com a maior boa vontade do mundo, raras eram aquelas que conseguiam ultrapassar os cinco quilos. Malika era uma das que nunca tinha conseguido. Ela voltava à noite com cinqüenta dirrãs no máximo, que logo entregava à mãe. Queixava-se incessantemente de sentir frio. E seus dedos haviam-se tornado quase insensíveis.

Na usina, sentia falta do tempo da escola e de suas escapadelas no terraço do Paresseux para olhar o mar. Ali ela não levantava a cabeça. Fazia gestos mecânicos e não perdia tempo. À noite, voltando a pé, não tinha mais vontade de nada. Às vezes, passava ao lado de seu colégio e imaginava o que poderia ter-se tornado. Mas seu sonho, o de partir, de trabalhar e ganhar dinheiro, havia-se tornado irrisório. Sentia dor nas costas e seus dedos se pareciam com os camarões que descascava. Ficaram completamente rosados e estragados.

Malika logo se deu conta de que não poderia agüentar muito tempo naquela usina. As moças iam embora depois de seis meses com os dedos roídos pelo eczema e algumas até acometidas por pneumonia.

Vendo-a doente e fraca, Zineb, sua irmã mais velha, levou-a consigo para tentar cuidar dela. Malika não havia renunciado a seu sonho, mas não ousava falar dele com a irmã, preferindo guardá-lo preciosamente consigo. Um dia, tinha certeza, acabaria pegando o navio para Algeciras ou para Tarifa, desembarcaria na Espanha e trabalharia lá. Seria vendedora numa grande loja, El Corte Inglés, por exemplo, de que sempre ouvia falar, ou como cabeleireira, ou — mas isso nem ousava imaginar —, talvez manequim, pois assim usaria belas roupas de todas as cores, seria fotografada, seria bonita. Esperaria primeiro fazer dezoito anos para tirar o passaporte. Entretanto, talvez, como as outras, não esperasse até lá. Atravessaria o estreito numa barca ou num contêiner de um caminhão de camarões...

O marido da irmã de Malika era pescador, um homem correto e gentil; barbudo, não perdia nenhuma das cinco orações cotidianas. Não se opôs à idéia de acolher Malika, horrorizado com a exploração da qual ela estava sendo vítima na usina. O mesmo lenço que usava, por medida de higiene quando descascava os camarões, Malika continuou a usar em casa para agradar ao cunhado. Ela não queria problemas, especialmente porque ele a tratava como sua própria filha. Malika ajudava a irmã. Tomava conta das crianças e continuava durante aquele tempo a cultivar seu sonho secreto. E logo percebeu que o pescador não gostava muito dos espanhóis. Ele contava que eram racistas, desprezavam os *moros* e pilhavam a costa marroquina pescando com redes ilegais. Nunca havia estado na Espanha, mas havia sido seu irmão, que trabalhava em El Ejido, no interior de Andaluzia, que lhe havia contado. Do alto de seus quatorze anos, Malika não poderia mesmo ir muito longe. Porém, descobriu uma escadinha que dava num céu azul todo o tempo. Subia sem fazer barulho nem levantar suspeitas do cunhado, e escapava por alguns instantes. No alto, havia um pequeno terraço. Malika se instalava ali e fechava os olhos. O vento acariciava-lhe os cabelos, que ela soltava, e assim se deixava levar o mais longe possível sem fazer esforço, sem emitir um grito nem uma palavra. Estava feliz em planar sobre um mar de um azul límpido.

Pelo fato de ter descascado mais e mais camarões, seus dedos haviam-se tornado completamente transparentes. Tinha medo de perdê-los, ou que caíssem como folhas mortas. Conseguia dobrá-los, mas sentia dor. Quando se deixava levar pelo vento, não sentia mais nada. No ar, muitas vezes, encontrava outras crianças enroladas num lençol branco. Elas partiam para algum lugar, com uma aparência perdida mas apaziguada. Disseram-lhe um dia que as crianças, quando morriam, tornavam-se anjos e iam diretamente ao paraíso. Malika acabava de descobrir que o caminho para o paraíso passava pelo seu terraço.

Descendo novamente para o seu quartinho, teve uma dúvida: os anjos não iam para a Espanha; ao contrário, eles se dirigiam para o interior do Marrocos.

Prometeu a si mesma verificar, da próxima vez, o caminho exato que eles tomavam.

Passou a noite toda tossindo, tremendo de frio. Não era a primeira vez que ficava doente. As *meninas-camarões* passavam por isso. Seu corpo raquítico, sua saúde frágil eram colocados à prova. Para resistir, para esquecer, ela pensava na escadinha e no azul do céu. Aquela noite, viu-se, por sua vez, enrolada num lençol branco e flutuando sobre a água. Sentiu medo, acordou aos prantos. Sua irmã a tomou nos braços e deu-lhe uma aspirina.

13

SOUMAYA

Azel decidiu de ir ao bordel ao menos uma vez por semana. Para ele tratava-se de uma questão importante. Deitava-se com Miguel, mas tinha seu prazer com as mulheres. Siham raramente podia ter uma folga, e ele fazia questão absoluta de manter a sua sexualidade em dia com magrebinas que encontrava no café Casabah. Era um bistrô que cheirava a vinho ordinário e a cigarro. Freqüentado principalmente por marroquinos e moças em dificuldades financeiras que encontravam ali um refúgio. O dono, que chamavam El Caudillo devido à sua semelhança com Franco, era um ex-pastor de ovelhas de Nador. Casado com uma espanhola, nunca mais tinha voltado ao Marrocos. Dizia que não sentia mais falta de lá. Sua infância tinha sido dura e infeliz, e toda a juventude havia se resumido a pequenos tráficos entre o Rif e o Atlas. Portanto, concluía, não se via dotado para a "felicidade *made in Morroco*".

Quando lhe pediam para definir seu país, tecia considerações gerais mescladas com algumas verdades: no Marrocos, é preciso fazer como todo mundo — degolar com as próprias mãos o carneiro do Aid-el-Kebir, desposar uma virgem, passar horas no café falando mal dos outros, ou, na melhor das hipóteses, comparando os preços dos últimos carros alemães, falar da televisão, parar de beber álcool três dias antes e três depois do ramadã, cuspir no chão, tentar levar vantagem sobre os outros, intrometer-se em tudo, dizer sim quando acha que não, e não esquecer de pontuar as frases com um "não tem problema", *makayene mouchkil,* e depois voltar à noite para casa após ter tomado algumas cervejas com os amigos, acomodar-se à mesa e se empanturrar feito um porco. Para terminar bem o dia, esse porco se enfiará na cama e ficará esperando que sua mulher acabe de arrumar a cozinha para penetrá-la, só que ela irá demorar um pouco e ele acabará adormecendo e roncando.

Azel gostava bastante de El Caudillo, especialmente porque ele não lhe fazia perguntas sobre a sua vida, o seu passado, as suas origens. Havia sido ali que tinha conhecido Soumaya, uma moça de Oujda que havia emigrado para a Espanha com o marido, que acabara abandonando-a sem um tostão. Uma história que ela contava com prazer, mas suspeitavam de que fantasiava um pouco alguns de seus episódios. A realidade era menos romanesca. Um amante kwaitiano lhe havia prometido mundos e fundos, casamento e uma bela vida... Partiram juntos para a Espanha, onde se instalaram num hotel. Mas certa noite, sem dizer nada a Soumaya, ele pagou a conta do quarto por um mês, deixou-lhe uma boa soma em dinheiro e voltou para o seio de sua família. Obviamente, ela ficou logo sem um tostão. Em vez de voltar para o Marrocos, deixou-se levar pela devassidão e pela vida fácil. Foi assim que desembarcou certa noite no Casabah, quando não sabia mais aonde ir. A mulher de El Caudillo a recolheu e propôs empregá-la na cozinha.

A primeira vez que Azel a viu teve certeza de que ela se tornaria sua amante. A maneira de ela olhar os homens era um verdadeiro apelo ao amor. Desde quando havia começado a trabalhar para El Caudillo, não havia se saído nada mal. Os pratos marroquinos que ela preparava faziam enorme sucesso. Soumaya morava num quartinho do último andar de um prédio antigo, não muito longe do Casabah. Mas de tempos em tempos chorava, lamentando seu destino. Sentia muita falta de seu país. Sabia, porém, que, antes de voltar, precisaria ganhar um pouco de dinheiro. Quando telefonava para a família, falava-lhes de Salim, o marido kwaitiano em viagem, e prometia-lhe que não demoraria a ir visitá-los.

Uma noite que estava com saudades do país, Azel a tomou em seus braços e consolou-a, cantando-lhe uma canção popular que a fez chorar de tanto rir. Ela se confidenciou com ele, triste:

— Nunca poderia imaginar que um dia fosse me tornar cozinheira num bistrô. Se meus pais me vissem, eles enlouqueceriam. Meu pai é alto funcionário na *wilaya* de Tânger, minha mãe ensina árabe numa escola particular. Fui uma menina mimada, é daí que vêm as minhas formas arredondadas... Os homens não detestam as mulheres cheinhas. Salim, ele mesmo, me adorava, jogava-se aos meus pés e dizia ordene e obedecerei! Ele me amou, mas seu dever o chamava, os homens daquela parte do mundo não são livres, eu já tinha sido avisada. Eles vêm ao Marrocos, pagam caro por uma boa temporada, e depois vão embora após terem feito um monte de promessas. É isso aí; eu mesma tenho uma amiga, Wafa, que conseguiu se casar com um saudita. Ela mora lá, não sei se é feliz, mas em compensação não trabalha na cozinha de um bar espanhol. Também nunca mais voltou ao Marrocos e seus pais não conseguiram visto para visitá-la. Talvez esteja morta ou simplesmente tenha sido seqüestrada para viver num desses palácios cujas portas são rigorosamente vigiadas...

— Como você é boa! Quero dizer, você é tão cheia de bondade!

— E também sou boa de cama! Sabe, é raro poder falar com naturalidade com um marroquino. Mas com você eu me sinto bem. Diga-me, por que aqui se vê com tantos maus olhos amar os homens? Sempre me recriminaram por mostrar que gosto deles. Não consigo esconder minhas emoções quando vejo um homem que me agrada; ajo de forma que ele perceba. Que mal há nisso?

Fazer amor numa cama pequena demandava uma certa acrobacia. Soumaya e Azel acabavam rolando para o chão, rindo às gargalhadas das posições complicadas em que eram obrigados a ficar. Agradavam-se e o diziam um ao outro. Soumaya usava um perfume forte para fazer esquecer os cheiros da cozinha. Por mais que tomasse banho, aspergisse água-de-colônia e perfume, não adiantava. Azel não tinha coragem de dizer-lhe isso.

14

AZEL

— A próxima vez que você for ver a sua puta, me avise, porque vou comprar um bom perfume e você vai lhe oferecer em meu nome...

Miguel não ficava zangado, apenas incomodado com os rastros das vagabundagens de seu amante, os quais desvelava muito facilmente.

Azel não disse nada, baixou a cabeça e se trancou no banheiro. Compreendeu logo que, naquela noite, dormiria em seu quarto. Não lhe desagradava nada ver-se novamente sozinho. Sabia que um dia se separaria de Miguel, mas que ainda não havia chegado a hora. Especialmente porque sua mãe e sua irmã, nos últimos tempos, vinham assediando-o sem parar. Elas lhe telefonavam várias vezes por semana. A cada vez usando um tom terno e nostálgico, sua mãe baixava a voz e murmurava:

— Como vai, meu filho adorado? Não está lhe faltando nada, espero. Você está comendo bem, ao menos? Diga-me como têm sido os seus dias. Você pensa em mim de vez em quando? Como tenho pressa em revê-lo! Nunca durmo antes de enviar minhas bênçãos a você! Deus me ouve, você sabe! Fez o que lhe pedi da última vez por Kenza? Falou com o cristão? Ele é tão amável, tão generoso, não vai se recusar a fazer um favor que lhe pedi, não é? Agora vou passar o telefone para Kenza, mas antes eu o abraço bem forte, meu filho adorado.

Kenza foi direto ao assunto.

— Você pediu a ele?

— Ainda não.

— Eu preciso saber! O que você está esperando para perguntar?

— É muito delicado, você sabe...

— Mas o que você está esperando, afinal? Que ele não o ame mais para então pedir o favor? Que ele encontre um outro qualquer, alguém mais bonito, mais inteligente e mais esperto do que você?

— Prometo que vou lhe telefonar o mais rápido possível.

Azel estava muito embaraçado e se perguntava como faria para atender a irmã. Ao menos queria esperar o aniversário do primeiro encontro deles. Ele próprio havia proposto a Miguel organizar uma festinha íntima em casa com os amigos. A idéia lhe agradou. Uma festa para esquecer a morosidade do tempo, rever algumas pessoas, crer que o amor é mais forte do que todo o resto, apesar de tudo, por que não?

Miguel, por sua vez, não era ingênuo. Sabia muito bem que Azel não era apaixonado por ele e que estava se aproveitando da situação. Claro, não era assim tão simples. Havia freqüentemente entre eles verdadeiros momentos de ternura, momentos em que se sentiam muito próximos um do outro. Mas Azel nunca se deixava levar, ele se controlava, tinha medo de suas pulsões. Não conseguia, portanto, ser espontâneo quando faziam amor. Com as mulheres, havia sexo e palavras alegres. Com Miguel, Azel fechava os olhos e não dizia nada.

Miguel nunca tinha considerado como problema a diferença de idade e de cultura entre eles. A seus olhos, Azel era um jovem que não se conhecia, propenso a se perder nos inferninhos de Tânger, apesar de seus diplomas e de sua inteligência. Aquele rapaz era tão cativante quanto irritante, às vezes contraditório e incoerente, e possuía também uma séria inclinação à facilidade e à preguiça. Muitas vezes, Miguel tinha sentido vontade de sacudi-lo, deixá-lo mais vivo, mais consciente do que estava lhe acontecendo. Gostaria de vê-lo mudar, assumir as rédeas de seu destino, como ele próprio tinha feito na sua idade. Mas ele se recusava a fazer comparações. A época atual era dura, muito mais dura, exigia um esforço constante, nunca nada era adquirido, dado, fosse a pessoa um marginal sexual ou filho de pequenos burgueses católicos e franquistas.

Azel cuidava dos negócios da galeria de maneira inconstante. Surpreendia seu patrão dando prova de um grande tino comercial e de boas relações. Seduzia os clientes, jogava com a sua aparência oriental, da qual cuidava apoiando-se na eficácia ocidental que havia aprendido observando como Miguel fazia. Mas de uma hora para outra, largava tudo, ausentava-se sem avisar, desaparecia vários dias e depois voltava sujo, sem fazer a barba e triste. Ele nem se dignava a responder às perguntas de

Miguel, que praguejava de impotência e suspeitava cada vez mais de que ele havia caído nas mãos de algum traficante ou proxeneta. Nisso ele se enganava redondamente. Azel, quando escapava, simplesmente se refugiava no apartamento de Soumaya. Ela o fazia descobrir proezas eróticas que jamais havia tido a liberdade de experimentar com Siham. Soumaya não tinha nenhum pudor, nenhum tabu, e entregava-se sem nada dissimular sua paixão, a que chamava de "o vício". Tinha uma maneira particular de passar languidamente a língua por todo o corpo de Azel, demorando-se sempre mais entre suas pernas e nádegas. Às vezes, ele lhe perguntava onde havia aprendido todos aqueles truques que lhe proporcionavam tanto prazer, e ela lhe respondia: é a intuição, a liberdade guiada unicamente pelo desejo!

Um dia, quando Azel estava voltando de uma de suas curtas estadas com Soumaya, Miguel quis dar um fim definitivo àquelas vagabundagens:

—Você está cheirando a mulher! Nesta casa, saiba que ninguém pode cheirar a fêmea. A propósito, não faça a barba e, principalmente, não toque no bigode. Amanhã, vamos nos divertir!

Azel tomou um banho e ficou aguardando as ordens. Miguel tinha convidado umas trinta pessoas para a festa à fantasia. O tema escolhido: o Oriente cor-de-rosa.

Miguel estava vestido de vizir das *Mil e uma noites* enquanto a maioria de seus amigos usava djalabas marroquinas ou *djabadors* e pantalonas turcas. Todas as tonalidades do rosa estavam presentes. Fechado no quarto de empregada, Azel não sabia pelo que esperar. Ouvia o barulho da festa, mas não se mexia.

Carmen lhe trouxe um cafetã, uma peruca quase vermelha, um cinto bordado a ouro, babuchas e um véu. Que trajes femininos! Percebeu de repente a intenção de Miguel.

— Vista-se e só desça quando eu tocar a campainha para você — determinou-lhe Carmen.

— Às suas ordens, bruxa velha!

Ela fez de conta não ter ouvido e desapareceu. Foi então que a imagem de Noureddine, aquele amigo que acabara morrendo afogado, impôs-se bruscamente a Azel. Apavorado, foi se olhar no espelho, mas só encontrou seu próprio rosto cansado, prestes a se tornar uma máscara.

Recobrando-se, Azel decidiu entrar no jogo e surpreender seu patrão. Maquiou-se como uma noiva, tomou o cuidado de vestir corretamente as roupas femininas, ajustou sua peruca e esperou pelo que estaria por vir. Quase à meia-noite, a campainha enfim tocou. Então, ele saiu do quarto e desceu lentamente os quatro andares. Quando empurrou a porta do salão, todos fizeram silêncio. Contemplavam-no com admiração. E em seguida alguns homens começaram a cumprimentá-lo:

— Mas que bela estátua!

— E que mescla perfeita: metade homem, metade mulher! Mas como Miguel nos mima!

— Oh, o bigode! Olha essa barba de alguns dias, como é excitante!

— É o "camarãozinho" mais bonito do Magreb!

— Não, não, não se iludam, ele não é um camarãozinho e muito menos uma coisa passageira; é coisa séria, eu garanto!

Azel avançava como um ator ou um dançarino antes de executar seu balé.

Miguel estava admirado e agradavelmente surpreso. Pegou a mão de Azel e se dirigiu à platéia:

— Meus amigos, estou feliz por apresentar-lhes minha última conquista: um corpo de atleta esculpido em bronze com uma pitadinha suplementar de feminilidade. Trata-se de um garanhão raro; ele estudou, mas conhece também os inferninhos de Tânger, a cidade de todos os bandidos e de todos os traidores; Azel, claro, não é nem uma coisa nem outra; ele é simplesmente um belíssimo objeto, um objeto de todas as tentações. Vejam, portanto, sua pele magnífica! Podem tocá-la. Façam fila, mas nada de empurra-empurra, ele está aqui, não vai embora. Acariciem seu quadril, por exemplo, e controlem muito bem suas pulsões. Ele é meu, e está fora de questão disputarem-no!

Miguel segurava Azel firmemente pela mão. Os convidados passavam na frente dele, uns após os outros, e fingiam que o acariciavam. Ele lhe disse ao ouvido:

— Agora, você vai dançar. E dançará como uma puta. Você se lembra daquele veado na feira em Tetouan, aquele que vendia bilhetes de loteria vestido de mulher? Você é aquele homem, bigodudo e mulher!

Azel não compreendia por que Miguel queria tanto exibi-lo e humilhá-lo ao mesmo tempo. Por um instante chegou a pensar que talvez ele tivesse bebido demais ou fumado muito haxixe.

Começou a dançar uma música egípcia. Mexia as nádegas pensando em sua irmã, tão talentosa para as danças orientais. Mas pouco a pouco sua imagem se confundiu com a de Soumaya. Apesar da tensão que reinava no ar, ele se concentrava o máximo que podia. Azel se considerava um empregado, um trabalhador a serviço de um patrão doido. Amaldiçoou a vida e o destino. Estava envergonhado, mas decidido a não naufragar na melancolia e no arrependimento.

Por volta das duas da manhã, Miguel o abandonou, deixando-o no meio daqueles homens, entre os quais alguns bêbados, enquanto outros, afundados nos sofás, se encontravam semi-adormecidos, os corpos às vezes enlaçados. Um grupo de músicos jovens, em vez de tocar, começou a transar por todo canto da casa. Azel se dirigiu à porta para voltar ao seu quarto, mas foi barrado por um colosso negro. Decerto, um segurança de casa noturna.

Percebendo a armadilha que Miguel lhe havia preparado, Azel arrancou a peruca, lavou o rosto e foi se esconder num canto da cozinha. Adormeceu, como uma criança esquecida, entre caixas de comida e garrafas vazias.

Na manhã seguinte, Azel raspou o bigode, arrumou suas coisas com o firme propósito de deixar definitivamente aquela casa. Não tinha para onde ir, mas a lembrança da noitada passada voltava-lhe à mente como uma acidez, algo amargo e fétido. Permanecer prisioneiro daquela situação era-lhe insuportável. Sentiu pela primeira vez em semanas a necessidade de abrir seu caderno e escrever. Nenhuma palavra saiu. Apenas um traço riscando a página.

Alguns dias depois, Miguel mandou chamá-lo. Agiu como se nada tivesse acontecido e falou-lhe de seus planos futuros:

— A festa foi uma ótima idéia! Por que não organizá-la em Tânger, em nossa casa, quero dizer, na minha casa da Velha Montanha...

Azel reagiu mal à proposta.

— Isto! E desta vez vou me fantasiar de macaco, égua ou mendigo, por que não?

— Mas você não está com nenhum senso de humor.

— É muito fácil falar de humor quando se está do outro lado...

A idéia de voltar a Tânger só lhe agradava em parte. Tinha vontade de rever a mãe, claro, de se aconchegar em seus braços enquanto ela estivesse lhe recitando alguns versículos do Corão. Mas tinha medo de enfrentar Kenza, que continuava esperando uma resposta. Medo também de reencontrar seus velhos amigos que não o poupariam quando o vissem com o espanhol. Pensou também em Soumaya, que não poderia ir junto.

— Tânger é uma boa idéia. Mas você disse "nossa" casa.

— É, disse "nossa" casa, como poderia ter dito "a" casa; enfim, você sabe que está em sua casa, seja aqui ou lá.

— O que quer dizer "estar na minha casa"? Quer dizer que eu posso fazer o que eu quiser na casa, dispor dela como bem entender?

— Se você quer saber se a metade da casa lhe pertence, a resposta é não.

— Porque ela pertence a alguém mais?

— Sim, a meus filhos!

Azel estava ouvindo falar deles pela primeira vez.

— De fato adotei duas crianças, órfãs de quem ninguém cuidava. Eles me chamam de papai e fico muito feliz por isso. Durante o ano, claro, não vivem comigo, instalei-as num internato em Casablanca. Nós nos vemos apenas nas férias.

Azel estava intrigado.

— Como se chamam?

— São gêmeos, Halim e Halima. São bonitos e muito inteligentes. Vou apresentá-los a você. Estou pensando em mandá-los vir estudar em Barcelona. Ficarão perto de mim. Sinto muita falta deles.

— Eles têm o seu sobrenome?

— Ainda não. Por ora, enquanto esperamos o fim dos procedimentos administrativos que são de uma complicação que você não faz idéia, estou cuidando deles como se fossem meus filhos. Eles ainda não possuem documentos de identidade. Este é um assunto muito importante para mim; não costumo ficar falando sobre isso, estou aguardando e penso neles o tempo todo.

Azel hesitou antes de lhe perguntar por que havia adotado crianças.

— Sou membro de uma associação marroquina criada por mulheres admiráveis; elas cuidam de mães adolescentes e também de crianças abandonadas. Toda vez que as visito, meu coração amolece. Eu sabia que seria muito difícil adotar crianças no Marrocos. Pode-se ajudá-las, mas acho que não é permitido dar-lhes o nosso próprio sobrenome. Um religioso me explicou que o islã pensa em todas as eventualidades. Até nas mais improváveis. Evitar, por exemplo, que as crianças adotadas que não conhecem a identidade de seus pais biológicos arrisquem ter, sem saber, relações sexuais com seus genitores, o que de fato equivaleria a um incesto cometido à revelia delas. Mas eles me disseram também que sempre é possível dar um jeito. Na minha cabeça, são meus filhos. No papel, ainda não é o caso. Tenho até a intenção de me converter ao islã se isso puder facilitar os trâmites. Pronto, Azel, você sabe tudo. Ah! Não, falta ainda uma coisa: por que quero tanto adotá-los? Pensei no destino deles e em meus dias de velhice. É um gesto egoísta e ao mesmo tempo generoso. Sim, já pensei em quando precisar ser amparado. É humano, afinal, que eu não tenha vontade de morrer na solidão como tantos outros velhinhos dos quais ninguém quer saber. No país de vocês, as pessoas idosas jamais são abandonadas. Mas aqui é diferente. Hoje, você está aí, presente, perto de mim. Fazemos até planos juntos. Mas chegará o dia em que aparecerá alguém, um homem ou uma mulher, e do nada você irá embora. Você vai me jogar fora como uma coisa velha. Daqui até lá, aprenda uma coisa: estou longe de ser um anjo!

Havia admiração e um pouco de inquietude no olhar de Azel. Ele não soube o que responder.

Desembarcaram em Tânger em pleno mês de agosto. As avenidas e bulevares estavam atravancados de carros de emigrados e circulava-se com dificuldade. As pessoas tinham mania de buzinar. A polícia não sabia o que fazer com os pedestres que não paravam de reclamar. Nos cruzamentos, jovens contratados pela prefeitura e munidos de alto-falantes recomendavam aos pedestres que atravessassem nas faixas. Eles gritavam frases em árabe clássico que ninguém escutava nem respeitava. A cidade estava superpovoada e vivia sempre suja. Mas, como dizia Miguel, aqui há vida.

Azel foi reencontrar sua mãe que o esperava como se ele estivesse voltando de Meca. Assim que o viu, soltou *youyous*. Kenza tentou fazer com que ela se calasse. Era a volta do filho pródigo. Os vizinhos estavam na sacada ou nos terraços. Azel chegava com duas malas grandes cheias de presentes. Única decepção: tinha saído de um táxi e não de um carrão. A mãe gritava, ele chegou de avião, de avião, deixou o carro na casa dele, na Espanha... Voltou para ver sua mãe antes que ela partisse em peregrinação... Kenza fez com que se calasse, você não tem vergonha, acha realmente que tem de contar sua vida, nossa vida, para o bairro inteiro...

Na primeira noite, foi uma festa. Azel contava sua vida, dizia qualquer coisa, exagerava, mentia mesmo que ninguém fosse ingênuo. Antes de dormir, Kenza o chamou num canto:

— Não agüento mais este país. Desde a sua partida, as coisas se agravaram; não tem saída, está tudo fechado. Felizmente o senhor Miguel às vezes pensa em nós, é você que nos manda dinheiro, não é?, mas a ordem vem assinada por ele.

Azel fez uma pausa, não estava sabendo disso.

— Que seja dinheiro dele ou meu, é a mesma coisa. Mas seu pedido continua sendo difícil de fazer a ele.

— No entanto, só você pode fazê-lo. Eu não o conheço o suficiente para lhe perguntar, assim, de supetão, o senhor quer se casar comigo só no papel?

— É claro, mas eu tenho medo de que a gente puxe demais a corda.

— Miguel não é uma corda!

— Não, claro que não, mas não se deve exagerar, afinal é um homem que tem princípios.

— Então, vou deixar nossa mãe se encarregar disso.

— Não, de jeito nenhum, ela vai estragar tudo, vai arriscar até perder a viagem a Meca que ele está pensando em lhe oferecer.

Foi numa noite, *tête-à-tête,* numa charmosa casinha em Asilah, que Azel falou sobre o pedido de sua irmã.

Miguel não se mostrou surpreso nem indignado. Conhecia bem esse gênero de transação e preferia ir fundo em seus sentimentos. Amava Azel e não conseguia, portanto, recusar-lhe nada. A única coisa que temia era o golpe baixo, a punhalada nas costas, a traição. Era loquaz sobre os mecanismos e as devastações da traição. Miguel tinha lido Jean Genet e se perguntava por que ele gostava de dizer que Tânger era a cidade da traição. Percebia muito bem que alguma coisa indefinível o perturbava no olhar de Azel, uma espécie de pseudo-sorriso, uma maneira implícita de estampar uma forma inconfessável de insinceridade. Mas Miguel também conhecia perfeitamente os pontos fracos de seu jovem amante: o dinheiro, as mulheres e o kif. Aceitando aquele casamento com Kenza, pensava criar em casa uma estabilidade que tornaria Azel mais confiável, mais dominável.

— Mas um não-muçulmano é proibido de desposar uma muçulmana! — observou Miguel.

— É a hora de se você se converter ao islã! Casado, você terá maiores possibilidades de agilizar o seu negócio de adoção... Com uma cajadada só, você matará dois coelhos!

— Como deverei fazer isso?

—Você vai ter dois *adouls**, homens de religião e da lei, vai proferir a *chahada***: eu atestarei que não há outro Deus senão Alá e que Maomé é o enviado de Alá.

— Só isso?

—Você vai precisar também mudar de nome e...

---

* *Adoul* — homem religioso que tem poder para casar pessoas, registrar nascimentos e heranças. (N. E.)

** *Chahada* — palavra árabe que significa "testemunho", é a profissão de fé dos muçulmanos e o primeiro dos cinco pilares do islã. (N. E.)

— E o quê?

— Circuncidar o pinto!

— Não, já estou velho demais para isso; além do mais, eles não vão fazer verificação.

— No dia em que a gente for até os *adouls*, você fará um esforço, se vestirá normalmente, sobretudo nada de cafetã, porque eles ficariam chocados e você correria o risco de eles recuarem; sobretudo não use colar de coral nem muitos anéis; você estará diante de pessoas tradicionais, não ajudará em nada você se fazer notar.

— Conheço o Marrocos tão bem quanto você e sei que é sempre melhor ser discreto. Só um conselho, aproveitando: nunca confie nas aparências!

— Sim, eu sei, o hábito não faz o monge, *senna kadhhak we el kalb kay thanne...*

— Traduza!

— O dente ri e o coração massacra! Acabo de inventar esse ditado. Às vezes gosto de citar os ditados e provérbios. Quando não os encontro, bem, eu mesmo os crio!

Foi assim que, por amor a Azel, Miguel se casou com Kenza e passou a se chamar Mounir.

15

MALIKA

Desde quando Malika viu imagens de corpos flutuantes espalhados pelo Canal Sur, ela nunca mais sonhou. Contou-os, imaginando-se vítima também daquele infortúnio. Deitava-se de costas, estufava a barriga, fechando os olhos, e flutuava. A bruma da manhã acariciava-lhe o rosto, a água gelada deslizava sobre seu pequeno corpo, e ela nada sentia. Fingia-se de morta, deixava se levar pelas ondas, esbarrava em outros corpos, depois voltava a alto-mar. Uma onda poderosa jogava-a na areia. Algas a envolviam. A água continuava a cobri-la, a embalá-la como se estivesse partindo para um longo sono. Mas era a aurora, a hora da oração; sua avó fazia abluções e não prestava atenção nela. Malika não a via nem a ouvia. Elas não estavam no mesmo cômodo, talvez nem no mesmo país. Gostaria de ter-lhe falado, chamado, mas nenhum som lhe saía da garganta. Pôs-se então, por sua vez, a rezar, mas sem se mexer e sem ter feito suas abluções. Falava ao céu, ao mar, às gaivotas, lembrando-se do que o pai certa vez lhe havia dito a respeito daqueles pássaros que se afogavam assim que perdiam a gordura. Ela havia tentado lavar uma gaivota com sabão. Quando a largou, o pobre animal afundou na água e ela não o viu mais. Chorou e achou que seu pai tinha inventado aquela história porque ele possuía muita imaginação. Desde então, assim que via uma gaivota pensava de novo naquela que havia morrido por sua culpa. Chegou até a dar-lhe um nome, "zbida", que significa "bolachinha".

O sono de Malika tornou-se leve sobre um fundo de tristeza. Ela não sonhava mais com a travessia, mas não havia renunciado a mudar de vida. Sua irmã a protegia, mas o cunhado, mesmo dizendo que a considerava como sua própria filha, vivia dando-lhe ordens. Como ele tinha dificuldades em controlar seu orçamento, quase sempre estava de mau humor. De qualquer modo, era pescador e sempre ganharia mal. E não seria sua mulher, vendendo pão na entrada do Grand Socco, que poderia ajudá-lo. Ela havia se associado a uma tia velha que os fabricava e só podia sair todo dia para vendê-los porque Malika ficava em casa tomando conta das crianças.

Assim que a irmã voltava, Malika sabia que poderia dispor de uma hora de liberdade. Então saía, corria pelas ruas até o bulevar Pasteur, diante do terraço do Paresseux. Sentava-se, comprava um pacote de sementes de girassol e ficava saboreando-as, olhando os barcos que saíam do porto. Acontecia-lhe de ser abordada por homens que a tomavam por uma moça da vida. Ela não lhes respondia, cuspia suas sementes na direção deles e isso bastava para afastá-los.

Malika não observava mais os barcos com o mesmo olhar de antes. Via-os partir, deslizando na água calma como grandes garrafas nas quais se contentava em colocar seus sonhos. Escrevia-os em folhas grandes, dobrava-as em quatro, depois em oito, numerava-as e classificava-as num caderno.

O sonho número um é azul. Tem o mar e adiante uma cadeira de balanço suspensa entre o céu e a terra. Ela senta e se balança. Seu vestido também é azul, largo e transparente. Do alto de sua cadeira, vê a costa marroquina, Tânger, a Falésia, a Montanha, o porto. À noite, as luzes não cintilam. Está escuro. Então dá impulso na cadeira e vira de costas para o Marrocos.

O sonho número dois é branco. Ela está numa escola onde todo mundo veste branco, tanto os alunos quanto os professores. A lousa é branca, e o giz, preto. Estudam-se as estrelas, seus movimentos, suas viagens, depois volta-se para a Terra, onde todos entram numa floresta cujas árvores foram pintadas com cal. Tal brancura a encanta. Ela pára, sobe numa árvore e vê ao longe o terraço da casa de sua irmã. É um terraço pequenino onde secam couros de carneiro. Centenas de livros estão pendurados nos galhos das árvores. Eles têm encadernações de todas as cores. Basta abri-los para aprender o que contam. São livros mágicos que não existem em Tânger. Malika decide ir ao país que tem uma floresta de livros.

O sonho número três é um trem que atravessa o estreito de Gibraltar. Tarifa e Tânger estão ligadas por uma ponte tão bonita quanto a que viu numa revista de turismo. O trajeto dura uns vinte minutos. Malika está sentada no primeiro vagão e observa com grande atenção o percurso da viagem. Na chegada à costa espanhola, um comitê de acolhida aguarda os viajantes, a quem oferecem flores, tâmaras e leite. Malika adora tâmaras. Ela pega três e as come com avidez. Os espanhóis lhe propõem ir para uma escola a fim de prosseguir seus estudos, que ela abandonou ao deixar Tânger. Quando se vira, não há mais trem, não há mais ponte.

O sonho número quatro é uma valise, uma velha valise marrom. Malika escondeu nela os brinquedos e objetos de que gosta. Há de tudo: uma escova de cabelos, um pedaço de espelho, um apontador, três botões de cores diferentes, uma agenda cheia de frases diferentes escritas de qualquer jeito, uma *khamsa** de prata — presente de sua avó —, uma folha de papel amarelado dobrada em quatro e circundada por um fio vermelho, uma agenda imitando um passaporte europeu, a qual, ao ser aberta, mostra sua foto de identidade colada e todas as informações habituais, uma borracha, um broche e pregos. Cada uma dessas coisas tem um significado particular para ela. É seu segredo. Ela só escreveu na parte de fora da valise, com uma caneta preta: "É minha."

* *Khamsa* — amuleto usado para afastar o "olho gordo", a inveja, utilizado nas culturas árabe e judaica. (N. E.)

16

MOUNIR

Miguel levou muito a sério sua conversão ao islã, do qual já tinha, obviamente, algum conhecimento. Comprou livros sobre a cultura muçulmana, uma biografia do profeta Maomé e uma nova tradução do Corão. Leu, releu algumas passagens. Tudo lhe interessava. Estava curioso e feliz em mergulhar num mundo no qual andava perto e pensava, equivocadamente, conhecer. Deu-se conta de que o islã não era realmente diferente do cristianismo senão pela ligação de Maria e de Jesus. Lendo a surata "As mulheres", parou nos versículos 156, 157, 158: *"Eles disseram 'nós matamos o Messias Jesus Filho de Maria, o Mensageiro de Deus'. Eles não o mataram nem crucificaram, porém maltrataram-no, de qualquer forma, (...) Deus chamou-o para junto de Si".* As três religiões monoteístas defendiam os mesmos valores. Quanto ao islã, ele reconhecia os outros profetas e pedia aos muçulmanos que os venerassem e os celebrassem.

Miguel queria se converter por amor, estando realmente persuadido de que é por amor, por causa dele ou graças a ele que se realizam as coisas mais importantes. Era uma evidência, uma verdade. Olhava para trás: sua vida não passava de uma sucessão de etapas em que a loucura amorosa muitas vezes havia sido determinante. Azel está me levando agora para o islã! Ah, se meus velhos amigos católicos me vissem! Eles diriam que estou fodido, que está tudo acabado, que a mãe de Azel me jogou algum sortilégio, que certamente me fizeram comer cérebro de hiena ou de chacal, eles nunca compreenderiam a diligência que tive em aceitar a oferta da família de Azel. Mas nada disso poderia mudar minha decisão, estou me casando, e além do mais por bem e com toda a honra. Estou aceitando este casamento, de uma "brancura" total, para fazer um favor, para ser útil. Só tenho nisso um único interesse pessoal: manter perto de mim aquele que me devolve novamente a esperança e a vida. Ah, meus amigos, vocês que estão resignados em suas belas casas onde passam o tempo rememorando a juventude, vocês se irritam, acham que a vida é injusta, que seu corpo os abandona, vocês se freqüentam como velhos no asilo, esperando a chegada da morte! Pois bem, eu escolhi, recusei-me a ver-me num asilo, ainda tenho ereção, ainda posso fazer amor, estou amparado, vou estar amparado, terei uma família e, se Deus quiser, também terei junto a mim meus pequenos gêmeos. Meus amigos, vou me converter ao islã, e isso me traz uma lembrança dolorosa: meu grande amor, meu primeiro grande amor, Ali, o acrobata, a estrela do circo Amar; Ali que me deixou louco; eu queria me tornar muçulmano por causa dele, para que vivesse comigo; infelizmente, depois de um acidente, ele largou tudo e desapareceu, nunca mais consegui ter notícias dele; continua um ardor no meu coração. Espero apenas que as coisas não se compliquem, que os *adouls* sejam legais, que eu não tropece ao pronunciar a *chahada*, já que desde ontem estou treinando: "*Ach hadou anna la ilaha illa Llah, Mohamed rassoulu Llah*", *Ach hadou*... é simples, basta pronunciar esta frase e nos tornamos muçulmanos, mas é preciso que o coração esteja convicto, pois Deus confia em você; se é para brincar ou blefar, não funciona, pois ser muçulmano é estar interiormente persuadido da unicidade divina.

Miguel estava mergulhado em suas reflexões quando Azel e sua irmã tocaram à sua porta. Eles tinham encontro com os *adouls* na Mandoubia, no Petit Socco, às quinze horas. Primeiro para a conversão, em seguida para o casamento.

Miguel se vestiu de branco e enfiou uma djalaba.

Azel lhe pediu mais uma vez para que não exagerasse. Miguel tirou a djalaba. Mas quando estavam prestes a sair, Azel lhe pediu também que tirasse a maquiagem. Miguel tinha o hábito de usar base e escurecer o contorno dos olhos com pó de *khol*.

— Você se chama Mounir, gosta de mulheres e se porta como um homem, verdadeiro, viril e sem ambigüidade.

Azel tomava a rédea das coisas. Miguel estava um pouco surpreso.

Na Mandoubia, os *adouls* os aguardavam. Eles estavam a par do assunto e rogaram-lhes que não fizessem perguntas. Seriam muito bem pagos.

O mais jovem dos dois *adouls* falava várias línguas. Recebeu Miguel calorosamente. O outro não dizia nada. Num dado momento, ele abriu um grande caderno onde anotou o dia e a hora. Em seguida, perguntou apenas se Miguel havia feito suas abluções, porque, depois da conversão, era recomendável fazer uma oração.

— Claro — disse Miguel. — Sou sério, fiz grandes e pequenas abluções. Isso é normal para mim.

Num estranho silêncio, ele disse a *chahada*, que todo mundo repetia depois dele como que para confirmar o ato. Miguel estava emocionado. Kenza mantinha-se atrás dos homens e esperava, com sua carteira de identidade em mãos.

Os *adouls*, Miguel e Azel se levantaram e foram fazer a oração na mesquita embaixo de Siaghine. Era a primeira vez que Miguel entrava numa mesquita no Marrocos. Tinha visitado algumas no Egito e na Turquia, mas nunca no Marrocos, onde os não-muçulmanos são proibidos de pôr seus pés. Ver seu amigo dar a impressão de crer no que estava fazendo desencadeava em Azel uma irresistível vontade de rir.

De volta ao pequeno escritório da Mandoubia, o jovem *adoul* leu a declaração solene da entrada de um cristão no islã:

— Em nome de Deus o Misericordioso e o Clemente, nós, Mohamed Laraichi e Ahmed El Kouny, homens de lei e de religião, atestamos que o senhor Miguel Romero Lopez proferiu a *chahada* e o fez diante de testemunhas muçulmanas: ele escolheu o nome Mounir, que Deus o ajude e proteja. Com isto, ele renuncia ao catolicismo e se junta à *Umma Islamiya*, que o acolhe para aumentar seus fiéis e enriquecer-se com sua boa-fé e vontade.

"Caro Mounir, você é agora nosso irmão, bem-vindo ao islã das luzes, dos valores de fraternidade, de dignidade e de grandeza espiritual. Nós lhe lembramos os cinco pilares do islã:

a atestação da fé; as cinco orações cotidianas conforme o movimento da Terra em torno do Sol; o jejum no ramadã, quando o devoto se abstém de comer, beber, fumar e ter relações sexuais, da aurora ao pôr-do-sol, durante um período de vinte e nove ou trinta dias; a *zakat*, esmola a oferecer aos necessitados em função de seus rendimentos; e, enfim, o *haj*, isto é, a peregrinação a Meca se sua saúde física, mental e financeira permitirem."

Os *adouls* leram em seguida a Fatiha, primeira surata do Corão, e rezaram para que sua vida fosse sã e boa até o dia do Juízo Final.

Redigiram um atestado no qual foram colados um selo fiscal de vinte dirrãs e as assinaturas dos *adouls*.

Fizeram uma pausa antes de entabular as formalidades do ato de casamento.

Kenza foi então trazida por sua mãe, que se encontrava à parte. Na hora da redação do ato, o mais velho dos *adouls* se inclinou diante dela ela e lhe murmurou:

— Mesmo convertido à nossa religião, ele continuará sendo um estrangeiro, um cristão; saiba que, mesmo que não seja da minha conta, eu sei o que está por trás disso.

— Você está enganado! — Kenza respondeu-lhe de modo que todos ouvissem.

Miguel se sentiu excluído de repente: falaram em árabe ele não tinha conseguido compreender.

O mais jovem se pôs a explicar a Miguel por quais razões o islã proibia o casamento de mulheres com não-muçulmanos.

— O senhor entende, a mulher é influenciável, se ela desposa um cristão, acabará desposando suas convicções religiosas, e depois os filhos seguirão o mais forte... Bom, o senhor deve saber também que a lei protege a mulher porque sua futura esposa tem o direito de mandar inscrever na certidão algumas condições, como a proibição de repudiá-la ou de tomar uma segunda esposa...

— O senhor sabe, uma esposa é mais do que suficiente, eu diria até que nenhuma esposa não é nada dramático!

— Estou vendo, senhor Mounir, que o senhor conhece bem as mulheres.

— Conheço-as o bastante para saber que a vida de casal não é sempre cor-de-rosa. É, aliás, a razão pela qual esperei tanto tempo para me casar.

— O senhor sabe o que diz o islã a respeito do casamento?

— Perfeitamente: um bom muçulmano se completa ao se casar.

—Vejo que o senhor não está fingindo!

Kenza mostrava-se tensa. Sua mãe se impacientava e falava sozinha; Azel, em seu canto, assistia à cerimônia pensando em Siham. Ele não se via pedindo-a em casamento. Gostava demais de sua liberdade e fugia das responsabilidades. Em sua imaginação, Siham e Soumaya se confundiam e isso o fazia rir.

Mounir e Kenza disseram "sim" aos *adouls* e assinaram o ato. Diante de toda a assembléia, saíram de mãos dadas.

Miguel havia mandado preparar um banquete na mansão. Era a primeira vez que recebia sua sogra. Lalla Zohra estava impressionada com o luxo e o refinamento do lugar. Não entendia por que ele colecionava todas aquelas coisas velhas: móveis, jóias, pinturas escuras, espelho quase opacos. Ela lhe propôs, inclusive, acompanhá-lo ao comerciante que conhecia e vendia espelhos novinhos e móveis bem sólidos e bem decorados. Miguel sorriu e lhe disse:

— Eu os guardo porque são lembranças que pertenceram a meus pais e avós!

Depois do banquete, Kenza e sua mãe voltaram para casa. Lalla Zohra chorava. Era a primeira vez que uma noiva voltava para dormir na casa dos pais.

Para todos foi um dia longo e difícil. Azel, constrangido, desapareceu, deixando Miguel sozinho.

17

ABDESLAM

Abdeslam gostava de estender um lençol branco no terraço de casa e sonhar. Não tinha nenhuma vontade de deixar o país.

Contentava-se em ficar imaginando em que teria se tornado a sua vida se tivesse emigrado. Desde que havia perdido seu irmão Noureddine, tinha abandonado todos os seus projetos. Sentindo-se culpado por tê-lo incentivado a tentar a sorte naquela barca do infortúnio, Abdeslam havia decidido voltar-se para a religião e por isso rezava todos os dias. Havia sido ele que tinha dado ao irmão uma boa parte de suas economias para pagar Al Afia, o passador... Azel podia contar como tudo tinha acontecido, pois estava presente na transação.

— Diga-me uma coisa, essa barca não é uma porcaria?

— Claro que não!

— Quantas pessoas você vai colocar nela?

— O número permitido, nem mais nem menos. Por que vocês estão tão desconfiados?

— Porque os afogados têm sido muitos nos últimos tempos.

— Eu sou um profissional, não um comerciante de desespero. Faço isso para ajudar a rapaziada do bairro; não será com essa miséria que enriquecerei.

— Miséria ou não — respondeu Abdeslam —, saiba que tivemos muita dificuldade para juntar este dinheiro. E o estou dando a você, é como um pedaço da minha carne, é tudo que tenho, então é bom que faça a coisa dar certo e que a "miséria" seja respeitada.

— Escutem, se vocês vão continuar a suspeitar de mim e a me ameaçar, peguem sua grana e me deixem em paz.

Noureddine o acalmou e o negócio foi fechado.

Abdeslam era pedreiro. Gostava de construir, colocar pedra sobre pedra e depois ver que tinham sido suas mãos que haviam feito o trabalho. Possuía a alma de um artesão. Algumas casas que havia restaurado tinham sido até valorizadas. Ele apreciava um trabalho bem-feito, detestava chegar atrasado e gostava acima de tudo de criar novos espaços no interior das antigas casas tradicionais. Alguns europeus costumavam contratá-lo, o que o lisonjeava e o tornava ainda mais exigente consigo mesmo e com seus serventes.

A imagem de Noureddine sorrindo para ele pouco antes de embarcar não o deixara mais. Ele havia tentado criar uma associação contra as travessias clandestinas e tinha conseguido reunir várias famílias que haviam perdido algum dos seus. Costumavam encontrar-se regularmente na mesquita e rezar juntos. Mais concretamente, ele havia reclamado com as autoridades para que reagissem face àquele problema, assim como tinha ousado escrever ao rei, suplicando-lhe que pusesse fim àquela hemorragia. Para sua grande surpresa, um dos conselheiros respondeu-lhe com uma bela carta nada convencional. Exprimia sentimentos muito humanos e anunciava que o rei ia designar uma comissão para preparar futuras leis que seriam debatidas no Parlamento, que ele lamentava sinceramente aquela situação dolorosa para o Marrocos e sua imagem no exterior.

Abdeslam sentia-se orgulhoso, pois a idéia da carta ao rei havia sido dele. Tinha trancado Azel num quarto para que a redigisse. Azel não acreditava que uma carta fosse alterar alguma coisa. Você acha que o rei não tem mais o que fazer, senão ler a sua carta? E mesmo que por milagre ele o faça, você acha, realmente, que ele tomará alguma atitude, como, por exemplo, responder? Você está sonhando. Tem tanta gente em volta dele, que chega a lhe ocultar a paisagem. Ele fica impedido de ver a realidade, tudo isso porque essa gente tem medo de perder seu lugar; então, todos os dias ele ouve: está tudo bem, Majestade, não precisa se preocupar, Majestade; Vossa Majestade deseja visitar o bairro de onde partem os clandestinos, Beni Makada ou Drissia, ou Hay Saddam, às vossas ordens, Majestade, estamos tratando da vossa segurança... Eles fazem com que esperemos alguns dias, o tempo de repintar os muros, de patrulhar os bairros etc.

Foi assim que Abdeslam se tornou militante do não-partir, um adversário ferrenho dos passadores. Ele ia em todo canto falar àqueles que se preparavam para fazer a travessia e lhes explicava que tinham uma chance em dez de conseguir pôr os pés na Europa. Havia fotocopiado a carta real e a distribuía em alguns cafés.

Mas o que dizer àqueles que lhe respondiam:

— Uma chance em dez? Já é alguma coisa. Trata-se de um jogo de pôquer, uma loucura. Ao contrário, se ficarmos aqui nesse café, nada, absolutamente nada, vai acontecer, e ficaremos ainda dez anos tomando o mesmo café-com-leite morno e fumando kif, à espera de que um milagre aconteça, um milagre, isto é, trabalho, bom trabalho, bem pago, com respeito, segurança, dignidade...

Abdeslam teria adorado fazer milagres, mas era apenas um pedreiro, um homem que havia perdido seu irmão e que sofria por isso dia e noite.

Quando tentava encontrar argumentos, começava a gaguejar. E zombavam dele.

— Sim, é isso, você vai nos fazer seu discurso sobre o país que precisa de seus filhos, o país que não se deve abandonar porque se todo mundo for embora não haverá mais país. Ora, ora, nós amamos nosso país, mas ele é que não nos ama! Ninguém faz nada para nos dar motivos para ficarmos aqui, você viu o que está acontecendo? Você tem dinheiro, você dá propina, você molha a mão com uma notinha, mostra-se compreensivo, e pronto! Enquanto for assim, como quer que a gente ame este país?

— Merda! Acontece que, no fim das contas, o país somos nós, são nossos filhos, os filhos dos nossos filhos!

Foi nesse momento da discussão que Azel encontrou Abdeslam roxo de raiva.

Os olhares que se voltaram para Azel continham algo de incriminatório. Ele era visto como aquele que tinha conseguido partir de um modo nada louvável. Ele lhes pagou bebida e lhes disse:

—Vocês sabem, vi lá adiante marroquinos miseráveis, mendigos, gente sem dignidade, perambulando pelas ruas, vivem de pequenos tráficos, não há por que sentir orgulho disso. Esperem um pouco, fiquei sabendo que a Europa vai precisar muito em breve de vários milhões de imigrantes; ela virá buscá-los e vocês partirão de cabeça erguida, sem correr o menor risco...

Uma voz se elevou no grupo:

— Para isso é preciso ter uma cara bonitinha como a sua!

E depois outro:

— É fácil fazer discursos quando não se trabalha com as mãos...

Azel não respondeu, levantou-se, seguido por Abdeslam.

À noite, confiou a seu amigo:

— Eles têm razão, sinto vergonha, mas tenho certeza de que estão com inveja. Teriam feito a mesma coisa se tivessem tido oportunidade. Agora está ficando complicado para mim, Miguel acaba de se casar com Kenza, ao menos no papel, ela vai ter um visto e poderá deixar Tânger, vai morar com a gente em Barcelona até encontrar trabalho e uma casa. Até a minha mãe nutre a esperança de ficar conosco! Você imagina? Que loucura! Quer que lhe confesse uma coisa? Não estou bem, não sei nem mais exatamente o que sou em toda essa história. Uma farsa, um falso de cabo a rabo, passo meu tempo fingindo, fugindo, só com Siham eu fico à vontade, mas ela é tão pouco disponível e não mora em Barcelona.

Abdeslam escutava-o em silêncio. Uma pergunta, no entanto, obcecava-o, mas ele não sabia como formulá-la.

— Você se lembra quando a gente ia fazer piquenique na Montanha, não havia meninas com a gente; depois da refeição, Kader desaparecia com o pequeno Sami, aquele garoto gorduchinho, depois ele voltava e nos dizia, é sua vez, e a gente ia e encontrava Sami de bruços; ele estava sempre esperando a gente...

— Por que você está me falando isso?

— Só para lembrar que tivemos experiências com garotos; então, o que eu queria saber é como acontece entre você e o seu espanhol? Quem é o passivo? Quem é o ativo?

— Sou um homem, não um *zamel*!

— Eu tinha certeza! Você sabe, o pequeno Sami se casou e tem dois filhos; portanto, nada é certo nem definitivo! Se você quiser vê-lo, ele trabalha no Ministério da Economia, tem um cargo importante, dirige um setor inteiro, muito dinheiro circula por baixo das mesas... Dizem que ele conseguiu porque transa, dizem também que leva uma vida dupla, que sua mulher sabe e não diz nada porque ela não quer escândalo; como você pode ver, as coisas não são sempre tão simples assim. No nosso país, o *zamel* é o outro, o turista europeu, nunca é o marroquino, tudo acontece em silêncio, mas é mentira, somos como os outros países, exceto que não falamos dessas coisas, aqui não vamos à televisão para confessar que gostamos de homens!

Azel olhou para ele, depois lhe perguntou o que fazia da vida.

— Eu construo casas, quartos, ninhos de amor; não me casei porque gosto de rapazes, é isso mesmo. Ninguém sabe, mas para você posso dizer.

— Você é homossexual!

— Não, eu alterno, ora um homem, ora uma mulher, tudo depende do clima!

— Por que do clima?

— Porque no verão as mulheres ficam enlouquecidas; no inverno prefiro os rapazes. Você é meu amigo, não é, confio em você, principalmente não conte para ninguém.

18

SIHAM

Azel preferiu voltar de trem para Barcelona. Parou em Marbella e telefonou para Siham. Ela estava transtornada. A pequena tinha acabado de lhe atirar um cinzeiro no rosto. Os pais não estavam em casa, tinham ido tratar-se no sul da França. Embora sentindo muita dor no ferimento, o que mais contava naquele momento era seu completo sentimento de desamparo e a certeza de que não estava preparada o suficiente para cuidar de uma criança deficiente. Esforçava-se constantemente, não reclamava, mas também não via progressos, o que a desencorajava. Por isso, esperava com impaciência o momento em que Widad decidiria ir dormir. Porque aquele era o seu único tempo de descanso. Habitualmente, desabava de cansaço, sentava-se diante da televisão e assistia a um programa qualquer. Às vezes punha-se a imaginar o que teria sido sua vida se tivesse ficado em Tânger.

Resignada, certamente teria se prostituído como quase todas as mulheres, não teria negado nenhum convite, nenhuma oportunidade de se reunir com conhecidas na mesma condição, teria cedido a seu patrão, que lhe permitiria, mesmo com dificuldade, ganhar a vida, acabaria se tornando sua amante à espera de um dia tê-lo como marido, teria caído em todas as armadilhas, teria utilizado todos os clichês, sonhado com todas as coisas impossíveis, comprado tecidos importados do Oriente para fazer cafetãs que usaria uma vez por ano, teria comprado um carro a prazo e levado sua mãe ao *moussem** Moulay Abdeslam, pouco a pouco teria perdido suas ilusões e acabado se casando com algum viúvo ainda jovem, teria tido problemas com seus filhos... Pensando bem, apesar de tudo, continuava preferindo sua condição atual se a comparasse com a de suas primas e amigas que tinham ficado no país. Havia tido notícias de Wafa, uma de suas amigas, ainda estudante, que acabara de ficar grávida e estava vivendo um verdadeiro pesadelo. O responsável ria e não tinha achado nada melhor a fazer senão lhe dar uma lição de moral: Não crie problemas, uma moça de dezessete anos que transa com o primeiro que aparece é uma puta, então não me amola; vai procurar a responsável do *hammam*, que ela colocará você em contato com algum médico simpático; quanto ao dinheiro, faça ponto por aí e você conseguirá sair dessa...

O cara falava como se estivesse num palco de teatro. Wafa não disse nada; um dia foi até a casa dele e pediu para ver sua

---

* *Moussem* — festa regional anual que associa uma celebração religiosa, geralmente em honra de um santo a atividades festivas e comerciais. Foram recenseados entre 600 e 700 *moussems* no Marrocos (N. E.)

mulher, a quem contou toda a história. Foi a esposa enganada que a ajudou a abortar em condições médicas decentes. Eu estou acostumada, disse-lhe ela, não é a primeira vez, meu marido é um verdadeiro obcecado sexual; ele não faz amor, enfia o pau no buraco e se alivia; é um coitado, eu o agüento porque tenho cinco filhos com ele, mas quando crescerem, vou me livrar dele!

Azel estava na sala esperando que Widad dormisse para finalmente poder ver Siham. Enquanto isso, olhava a decoração do ambiente. Havia dezenas de quadros de estilo oriental, todos falsos; enfim, cópias bastante bem-feitas. Para que pendurar um quadro falso em casa? Para lembrar o verdadeiro? Para mobiliar o espaço? Para mostrar o interesse que se tem pela maneira como os pintores do século XIX nos percebiam? Miguel não tinha cópias em casa, senão unicamente originais.

Siham preparou o jantar, Azel pegou uma garrafa de vinho e jantaram numa atmosfera de paz e candura. Ela lhe contou que havia falado com sua patroa sobre a existência dele, que ela lhe havia permitido vê-lo quando não estivesse em casa. A única coisa que lhe havia proibido era o álcool. Por esta noite, passa, não há nenhum risco de ela aparecer de repente. Não fizeram amor, mas conversaram até tarde da noite. Azel dormiu num sofá, Siham em seu quarto.

Siham tinha acabado de obter uma vaga num curso de formação, uma vez por semana, num centro para deficientes em Málaga. Ia todas as segundas-feiras e voltava tarde da noite. Um dia, propôs a Azel que fosse encontrá-la para jantar e depois fazer amor no quarto de hotel que o pai de Widad havia reservado para ela. Azel náo estava em seu melhor dia. Resmungão, constrangido, fumava demais e não conseguia se concentrar. Pela primeira vez ele falou em ir consultar um médico, talvez até um psicoterapeuta:

— Eu também não agüento mais, não sou feliz, vivo como um parasita, e as coisas acabam de se complicar, porque vou precisar arranjar um trabalho para Kenza, continuar fingindo; preciso de estabilidade, de clareza...

— O que Miguel é para você?

— Ele é importante, gosto muito dele, me ajudou, ajuda minha família, mas não se vive somente da ajuda dos outros. Ele diz que me ama, que está apaixonado, mas eu, eu não estou apaixonado, há até momentos em que não suporto que ele me toque. Nem tenho mais ereção, então outro dia ele me fez engolir um comprimidinho azul, Viagra, você pode imaginar isso na minha idade? Sou o mesmo que uma puta, eis o que sou, ou, mais exatamente, o que acho que me tornei.

Siham tentou acabar com o drama. Acariciando-o, ela descobriu que seu pênis não levantava.

— Não está com vontade?

— Não, não se trata de uma questão de vontade, é que estou perturbado, e então não fico excitado!

— Isso é passageiro, é o estresse, não se preocupe comigo, sei que você é homem, adoro quando faz amor comigo; ponha um pouco de ordem na sua cabeça e seja claro consigo mesmo, é só o que importa.

— Preciso ir a um médico.

— Se estivéssemos em Tânger, levaria você para ver El Haj Mbarek: ele é bom, e talvez você esteja com algum bloqueio, ou alguma mulher tem raiva de você e te amarrou!

— Deixa de besteira, você sabe muito bem que isso não existe.

Tarde da noite, Azel pegou o trem e dormiu como uma pedra na cabine.

19

KENZA

Três meses mais tarde, Kenza desembarcou em Barcelona como uma verdadeira princesa. Foi recepcionada no aeroporto por Miguel, escondido atrás de um imenso buquê de rosas; Kenza tinha as mãos e pés decorados com hena. Estava tão emocionada, que tropeçou e quase caiu. Miguel instalou-a no quarto de hóspedes. Nas bagagens, Kenza trazia uma caixa de comida preparada por Lalla Zohra. Azel se sentia incomodado, tentava sorrir, dizer que estava contente. Era o Marrocos desembarcando na Espanha com *tajines* de frango com azeitonas e picles de limão, *pastillas* de codorna*, docinhos "chifres de gazela"**, bolinhos de mel para o ramadã, especiarias,

* *Pastillas* — prato típico marroquino que se serve em ocasiões especiais, recheado com codorna, amêndoas e outros. (N.T.)

** "Chifre de gazela" — docinho à base de amêndoas. (N.T.)

hortelã seca, coentro moído, incenso e um dossiê a ser preenchido no qual estava escrito LALLA ZOHRA.

Azel fechou os olhos. Miguel espiava-o pelo canto do olho.

— Perdoe-me, Miguel, vou à feira comprar um quilo de paciência.

— E em qual feira tem isso?

— Na dos jesuítas!

— Essa agora. Eu nunca imaginaria isso. Trate de não voltar muito tarde.

Kenza se adaptou rápido demais. Falava espanhol, o que a ajudava em sua busca de trabalho. Queria encontrar um emprego na área social, servir, por exemplo, de intermediária entre os imigrantes e a administração. Estava decidida a se virar sozinha. Considerava fora de questão tornar-se um novo peso para Miguel. Ele lhe havia entregue algumas cartas de recomendação, assim como também tinha dado alguns telefonemas. Ao fim de um mês, ela já estava contratada pelos serviços da *Cruz Roja*.

Discreta, quis também ajudar Carmen na cozinha, mas esta, demonstrando seu descontentamento, recusou terminantemente. Miguel chamava Kenza de "a esposa fantasma" e sentiu por ela uma simpatia imediata: admirava sua energia e determinação para se virar sozinha, assim como sua mente aberta. Ele dizia, observando-a agir, você é o Marrocos de amanhã, serão as mulheres que farão o país se mexer, vocês são formidáveis, confesso que até tenho um fraco pelas mulheres de sua geração, elas me agradam e tenho confiança nelas.

Azel estava cada vez mais tenso e evitava ficar sozinho com a irmã. Miguel o enviou a Madri para substituir o responsável pela galeria, que tinha acabado de adoecer. Logo ficou sabendo que a galeria não permanecia aberta o tempo todo. Azel vivia se divertindo e só acordava no começo da tarde. Miguel sabia que era inútil reclamar. Azel estava cada vez mais teimoso e sobretudo sentindo-se muito mal consigo mesmo. Miguel tinha pena dele. Confidenciou-se a um velho amigo, que foi muito claro:

— Seu namorado Azel não foi feito para esta vida, você devia tê-lo colocado para trabalhar como operário numa construção, tenho certeza de que seria feliz, pois se sentiria um imigrante como milhares de seus compatriotas. Você lhe oferece uma vida de paxá, dinheiro a rodo, tudo muito fácil, e ainda por cima nem homossexual ele é! A família dele encontrou o Papai Noel. Logo, logo, você vai ser invadido, meu caro. Depois do filho e da filha, você receberá a mãe e até a avó, se ela ainda estiver viva. Quando acham uma bom trouxa, não fazem a menor cerimônia!

— Como você é racista.

— Não, é a experiência. Você se lembra de Ahmed, o belo, o sublime Ahmed? Ele me fez sofrer, me dilapidou, aproveitou-se da situação da maneira mais desavergonhada. É simples, ele sabia muito bem que poderia obter tudo com o meu sexo. Diante dele, eu era fraco, incapaz de recusar o que quer que fosse. Partiu com muito dinheiro. Ele me chantageava, queria ir contar tudo aos meus dois filhos com os quais tenho relações delicadas, difíceis, pois a mãe os incentiva a me rejeitar. Para evitar um escândalo, calei a boca. Resultado: ele me roubou tudo que pôde. Sabe que fim levou? É um salafrário internacional, especializado em velhos; disseram-me que está morando em Maiorca porque é para lá que vão os homossexuais alemães ricos. É um safado, um prostituído de marca maior. Se me encontrar com ele, serei capaz de massacrá-lo.

— Eu sei, ele fez uma fortuna com o seu sistema gerontófilo. Qualquer dia vai topar com um osso duro de roer, uma lâmina enferrujada que lhe rasgará as tripas.

—Você está dizendo isso para me consolar, mas ele é forte, ele disse até que é devoto, finge fazer o ramadã; contaram-me que está fugido, que está sendo procurado pela polícia de vários lugares. Ele teria causado a morte de um importante advogado norte-americano, fazendo-o engolir um comprimido contra-indicado para doenças cardíacas. Um dos filhos do morto pediu à polícia de Maiorca para fazer uma investigação, persuadido de que seu pai tinha sido assassinado. Ahmed é mesmo bem capaz disso; um dia, quando estávamos discutindo por causa das histórias de dinheiro, ele me ameaçou falando justamente desse comprimido. É um moleque sujo, espero que um dia pague caro por isso. É o tipo que acaba a vida com uma bala na nuca, jogado entre dois carros num estacionamento.

— Azel não é assim. Ele só está desorientado, tem vergonha de viver às minhas custas, principalmente desde que sua irmã veio para cá e começou a trabalhar.

— Quando a gente passa dos sessenta, meu caro, a sedução se torna problemática.

— Ah! A vida é bela!

— Sim, meu caro! Belíssima!

20

MOHA*

Moha, o velho Moha, Moha o louco, Moha o sábio, saiu de sua árvore, descabelado, a voz grave, o olho vivo, e se precipitou para Casabarata num café onde se fazem os tratos entre os passadores e os clandestinos.

No início, Casabarata era uma favela, mas, com o tempo, o lugar se transformou em feira para os pobres. Encontrava-se de tudo ali, de sapatos velhos furados a televisores. Vendia-se tudo que se pudesse imaginar. Progressivamente, os produtos chineses, as mercadorias falsificadas, foram invadindo tudo. Mas o que interessava Moha em Casabarata eram os homens que tomavam chá fumando cachimbos com kif.

Ele se apoderou de um jornal que estava sobre a mesa, pediu um isqueiro ao garçom, olhou fixamente dois homens

---

* *Moha* é diminutivo do nome Mohamed, ou seja, Maomé. (N.T.)

com jeito abestalhado por terem fumado, sacudiu o jornal e depois o queimou.

Eu também estou queimando, estou queimando como este jornal que não conta a verdade, ele diz que está tudo bem, que o governo está fazendo tudo que pode para dar emprego aos jovens, diz que aqueles que atravessam o estreito são uns perdidos, desesperados, sim, há por que estar vazio de toda e qualquer esperança, mas a vida passa e nos deixa à margem, à margem de quê, vai-se saber, eu não direi, a vida, mas que vida, a que nos esmaga, nos dilacera? Peguem, juntem as cinzas das notícias que queimei, tem um monte delas, falsas notícias, como esta moça que escreve a coluna "coração no coração", pé no pé, meu pé seu pé, para perguntar se deve deixar seu marido beijá-la nos lábios inferiores. Uma outra pergunta se a nossa religião autoriza colocar na boca o pênis do marido, mas que loucura é esta? Parece que essas cartas não existem, deve haver um cara cheio de imaginação que as escreve e envia ao jornal. Desde então, esse jornal de esquerda faz fortuna, é uma coisa de louco o quanto as pessoas têm vontade de saber como os outros se viram com seu sexo, bom, eu não vim aqui para dar lição de moral, se uma mulher quer se dar a seu marido, que o faça e não vá alardear nos jornais. Por isso vocês querem cair fora, partir, deixar o país, ir para o lado dos europeus, mas eles não estão esperando por vocês, ou melhor, eles os esperam com os cães, pastores alemães, algemas e um pontapé no traseiro, vocês acreditam que lá tem trabalho, conforto, beleza e graça, mas, meus pobres amigos, há tristeza, solidão, céu cinzento, tem também dinheiro, mas não para aqueles que vão sem serem convidados. Bom, vocês sabem do que estou falando, quantos caras partiram e se afogaram? Quantos caras partiram e foram mandados de volta? Quantos caras desapareceram no mato, não se sabe nem mesmo se ainda estão vivos, suas famílias não têm notícias, mas eu sei onde estão, estão aqui, no meu capuz, estão amontoados uns sobre os outros, emboscados como bandidos, à espera da luz para sair, isso não é vida. Ei, você! O gordo com o gorro que esconde a testa e as sobrancelhas, você se acha esperto, embolsa dinheiro e os envia à morte, um dia você será devorado por todos esses afogados, eles virão encontrá-lo em sua cama e vão comer-lhe o fígado, o coração e os colhões, você vai ver, pergunte aonde foi parar o Sif, é, o que mandava que o chamassem de sabre porque manejava o sabre como um revólver, foi degolado por mortos, é, centenas de cadáveres se apresentaram e lhe pediram que prestasse contas, ele puxou o sabre, que derreteu sob os olhares vidrados dos mortos, e ele ficou colado na parede onde mãos tão cortantes quanto uma faca de açougueiro o despedaçaram. Partir, sim, eu também tenho vontade de ir embora, olha, vou fazer a viagem na direção oposta, vou atravessar o deserto, vou atravessar o Saara como o vento, rápido, ligeiro, invisível, passarei entre as dunas, não haverá pegadas, cheiro, Moha passará por aí e ninguém o verá, mas aonde você vai, Moha? Vou à África, a terra de nossos ancestrais, a África é imensa, as pessoas têm tempo de olhar a vida mesmo que a vida não seja generosa com elas, mas elas arranjam tempo para fazer coisas gratuitas, a África, maldita pelo céu, a África, pilhada por negros de gravata, por brancos de gravata, por macacos de smoking, por gente às vezes até totalmente invisível, mas os africanos o sabem, eles não esperam que lhes expliquem o que está acontecendo, eu estou falando da África porque as pessoas de lá andaram dias e noites para chegar até aqui, em Tânger, disseram-lhes em Tânger que aqui já é a Europa, vocês sentem a Europa, vocês vêem a Europa e suas luzes, vocês tocam a Europa com os dedos, ela cheira bem, ela está esperando por vocês, basta atravessar quatorze pequenos quilômetros e estarão ainda melhor, vão a Ceuta e vocês já estão na Europa, sim, Ceuta e Melilla são cidades européias, basta escalar uma barreira de arame farpado, a Guardia Civil não pode controlar tudo, acontece-lhe de atirar a esmo, então, morrer nas águas geladas do estreito ou no asfalto da fronteira, vocês podem escolher, meus amigos, a África está aí e os caras acreditaram que a Europa fazia fronteira com Tânger, no porto, em Socco Chico, aqui neste café miserável, eles chegam como sombras vacilantes, homens da incerteza, homens esvaziados de sua substância, eles perambulam nas ruas, dormem nos cemitérios, comem gatos, sim, é o boato, eu acredito no boato, é uma maldade gratuita, os africanos perdem um pouco mais sua alma, nós, os árabes brancos, digamos, de pele mate, morena, marrom, nós nos sentimos superiores, estupidamente superiores, pensamos ter finalmente achado neles homens a desprezar, nosso racismo tinha necessidade de exercitar-se, já maltratávamos os pobres, mas quando os pobres são africanos de pele negra, não nos agüentamos, cremo-nos autorizados a olhá-los de cima, fazemos como alguns políticos europeus, eles nos olham de cima, e de fato eles nem mesmo nos olham, veja, eis o grande manitu, o supertira que não pára os passadores, perguntamo-nos por que ele os deixa tranqüilos, ah, não é um mistério, mas eu vou parar, eu não digo mais nada, me calo, fecho a boca, se vocês escutarem palavras, é que elas estão saindo sozinhas, elas vão para o alto-mar, se libertam, dizem a verdade, bom, me dê um copo d'água, a pequena Malika está precisando de mim, ela está tossindo, está doente de tanto descascar camarões no frio, ela pegou uma pneumonia, e é preciso achar-lhe medicamentos, os pais não têm dinheiro para comprar, vou fazer uma vaquinha, é preciso salvá-la, é uma bela moça que merece viver, rir, dançar, ir aos cumes das montanhas e falar com as estrelas...

Partir, partir! Partir de qualquer jeito, a qualquer preço, afogar-se, boiar na água, de barriga inchada, o rosto carcomido pelo sal, os olhos perdidos... Partir! É tudo o que vocês encontraram como solução. Olhem o mar: é belo em seu vestido reluzente, com seus perfumes sutis, mas o mar os engole e regurgita em pedaços...

Vou deixá-los, Malika está me esperando.

21

AZEL

Carmen não estava nada contente. Seu Miguel vinha perdendo a cabeça. Aquele casamento com a irmã do parasita, como ela o chamava, deixava-a fora de si. Via muito bem que seu protegido estava sendo manipulado, explorado, que ele se deixava levar, não suportava nenhuma crítica. Depois de ter pedido conselho a Maria, uma velha cigana e feiticeira, ela voltou para casa decidida a pôr fim àquela situação. Queimou incenso e dispôs cravos-da-índia em lugares precisos da casa. Segundo Maria, o efeito levaria algum tempo. Bastava esperar e rezar.

Miguel detestava o cheiro de cravos-da-índia, pois lhe lembrava demais o dentista. Perguntou primeiro a Kenza se era ela que usava aquele perfume, os camponeses do Atlas eram loucos por aquilo. Kenza ficou intrigada e procurou, por sua vez, de onde vinha o cheiro. Suspeitou de Carmen, que lhe lançava olhares maldosos, mas não disse nada. Poderia muito bem aproveitar-se da posição de mulher de Miguel e dona da casa, mas preferiu não fazer nada. Era-lhe necessário antes de tudo apaziguar a situação. Aquela casa estava se transformando num teatro em que se encenava uma peça ruim.

Kenza tomou a decisão de ir morar num quarto da *Cruz Roja* e tentar convencer seu irmão a mudar de comportamento. Aguardava ainda seu visto de permanência e de trabalho, o que lhe viria permitir enfim ficar completamente à vontade na Espanha, mas ela sabia que o verdadeiro problema era Azel, que ela via cada vez menos e sobre quem não tinha domínio. Ficava constrangida em falar de sexualidade com seu irmão, o que não se fazia nas famílias marroquinas; ela sabia tudo que estava acontecendo, mas com quais palavras dizer as coisas? Azel negava antes mesmo que ela abordasse o assunto; ele se irritava, gritava: que é isso, o que está pensando que eu sou? Eu não sou um palhaço, não sou um mendigo, Miguel é um amigo, um profeta enviado por Deus para salvar uma família, é um homem generoso; por que você está insinuando que essa generosidade está minada pelo interesse; afinal, você não sabe nada da minha vida, minha verdadeira vida, você está julgando, está preocupada, mas ao menos sabe se estou feliz, vivo bem, se meu moral está bom, se tenho vontade de estourar os miolos, de desaparecer, de não existir mais, pergunte-se isso e pare de pensar que estou aqui só para atos inconfessáveis; você suspeita de mim, você se preocupa mais com você, com a sua reputação do que com a sua própria vida; sim, faço esforços para viver, para achar prazer nas coisas; não sou herói nem monstro, sou um homem vítima da armadilha de suas próprias fraquezas, gosto de dinheiro, gosto da vida fácil, agora estou me dando conta de que isso se paga, e não vou lhe dizer o preço e menos ainda como estou pagando! Poderia ter seguido um itinerário normal, encontrado um trabalho depois dos estudos, um trabalho honroso, alguma coisa que me desse status, que me desse segurança e vontade de ir longe, poderia ter feito coisas maravilhosas, ser correto, manter minha fantasia ficando na realidade, sendo eficaz e útil; mas não, eu fui quebrado, não sou o único, somos muitos os jovens com um futuro bloqueado, podre, nada pela frente; você sabe, levantar-se todas as manhãs para reviver as mesmas coisas da véspera, viver na repetição, no retorno de merda das mesmas coisas, e mesmo assim nos pedem para manter o moral, não nos deixarmos levar por tentações, não aceitar qualquer mão estendida porque atrás dessa mão sempre há outra coisa, e justamente alguma coisa inconfessável. Ir todas as manhãs ao mesmo café e ver as mesmas pessoas, ouvir os mesmos comentários sobre o que eles viram na véspera na TV, ouvir dois diplomados brigando para saber se o motor de tal Mercedes é mais confiável do que o da tal BMW, se o preço do terreno em Tânger vai subir ou cair, se o verão será quente e úmido, se a Espanha vai fechar suas fronteiras aos mouros, tomar o mesmo café-com-leite e fumar cigarros norte-americanos comprados de contrabando, sentir que o tempo não passa, o tempo se arrasta, se torna preguiçoso, as horas levam um tempão para atravessar o ar; estamos aí, olhamos além, falamos qualquer coisa, fazemos de conta que estamos interessados, temos vontade de mandar tudo à merda, dar um pontapé na mesa, virar o café-com-leite na camisa branca daquele que sabe tudo e fala o tempo inteiro; então a gente joga cartas, dominó, esquece o tempo que se incrusta em nós como uma sanguessuga, que nos absorve a energia, mas não temos o que fazer com essa energia que nos deixa feito baratas tontas, então falamos das mulheres, as que existem, as que inventamos, falamos da bunda delas, dos seios, nos aliviamos, e não ficamos orgulhosos, não, eu não sinto orgulho... e ainda por cima é preciso nos comportarmos bem, mantermos a linha, estarmos apresentáveis; contudo, minha querida irmã mais velha, a pobreza não nos permite manter a linha, ela nos prega no lugar, ali, numa cadeira bamba, você não pode se levantar, ir ver noutro lugar se o céu é mais clemente; não, a pobreza é uma maldição, eu não sou o único que sofre, você também é vítima dela, você merece mais do que esse conluio, um casamento branco para ter documentos, para apagar a nossa miséria, a nossa amargura; sim, eu não sou o único, vá ver o que acontece no México, é, na fronteira do México e da América do Norte: as pessoas se infiltram, correm riscos, deixam sua terra para ir tentar a sorte no país onde o dinheiro é soberano; em todo lugar as pessoas têm vontade de se mandar, de partir como se fosse uma epidemia, uma doença de que é preciso escapar, sim, a pobreza é uma doença, vá ver as africanas que se prostituem por uns trocados, vá ver os marroquinos que traficam feito uns tontos, um dia vão acabar sendo pegos, dirão que os espanhóis são racistas, que não gostam de *los moros*, é isso, quando não se tem mais argumentos, resta sempre o racismo, sim, somos *moros* e não somos amáveis, perdemos nossa dignidade, ah! Se você visse, minha irmã, o que acontece nos inferninhos desta cidade no interior deste país, você não acreditaria! Se visse como tratam os *espaldas mojadas*, é assim que nos chamam, nós que conseguimos passar entre as malhas da rede; eles têm razão, dá para ver que temos as costas molhadas, acabamos de sair da água, a água do mar não evapora, não seca, fica nas nossas roupas, na nossa pele; as *espaldas mojadas*, eis o que somos, antes, bem antes, tratavam os italianos de *ritals*, os espanhóis de *espingüins* ou de *judengos*, e sei lá mais o quê, e com a gente não mudou, somos *los moros*, os *zarabes*, *zarabes* de costas molhadas, surgimos do mar como monstros ou fantasmas! Agora vou cair fora!

À noite, Miguel chamou Kenza:

— Estou preocupado, Azel não se encontra em lugar nenhum, seu telefone só fica chamando, receio que tenha lhe acontecido alguma coisa.

Aparentemente, aquele não era o momento de comunicar a Miguel acerca da proposta de Carlos, um amigo que ela havia reencontrado e ido até a casa dele, e que lhe havia sugerido, uma ou duas noites por semana, dançar em seu restaurante e assim ganhar algum dinheiro. Ela tentou tranqüilizá-lo o máximo que pôde, mas sabia que era causa perdida, seu irmão já não suportava mais a situação. Ela estava lamentando sinceramente, mas era bem capaz que Azel tivesse embarcado numa dessas situações perigosas só para provar a si mesmo que ainda se mantinha sendo ele próprio. Ela sabia que ele freqüentava há tempo um grupo de marroquinos desocupados que viviam de pequenos tráficos. Mesmo não gostando da maneira deles viverem, encontrava-os com freqüência e se colava neles como se tivesse necessidade de reencontrar um minuto que fosse da miséria que havia deixado para trás. Entre eles havia um certo Abbas, sem documentos, sem domicílio conhecido, sem trabalho, que se vangloriava de enganar todo mundo, a guarda civil, os órgãos de segurança, o escritório de imigração, os dedos-duros, os policiais civis, o consulado do Marrocos, a Espanha dos socialistas e dos não-socialistas...

Após um momento de silêncio, Kenza falou de Carlos.

— Mas é uma excelente idéia, minha querida, especialmente porque se trata de um restaurante muito bem freqüentado; nada de inferninho. Vá, estarei na primeira fila, você dança divinamente bem...

22

ABBAS

Abbas mostrava-se incansável no que dizia respeito às contas que pretendia acertar com aquele país. Tinha pequena estatura, pele mate, olhos vivos mas muitas vezes vermelhos por causa de tudo que ingeria; tinha chegado à Espanha ainda adolescente, escondido num caminhão de mercadorias. Quase havia morrido sufocado durante o trajeto. Aliás, sentia um certo orgulho disso e guardava sobretudo um rancor doentio contra a Espanha que o havia expulsado uma primeira vez, depois de tê-lo prendido e devolvido às autoridades marroquinas quando de uma segunda tentativa de imigração clandestina.

Eu os conheço, os *spanioulis*, uns pobres que ficaram ricos e esqueceram que foram pobres, eu me lembro, meus pais me contavam que os *spanioulis* vinham ao nosso país como mendigos, eles eram mal-vestidos, varriam ruas, cortavam cabelo, dirigiam ônibus, eram piores do que nós, a gente não tinha nada, mas tinha casa, só que eles pretendiam ser melhores do que nós, você entende, *Spania*, o país das calças remendadas, dos colarinhos esfiapados, do perfume que fede; no Marrocos eles viviam como reis, ficam se achando superiores, meu pai me dizia que na independência do Marrocos eles tiveram o maior cagaço da vida deles, pensaram que iam fazer com eles como na Argélia, na nossa cidade ficaram com tanto medo que se refugiaram na igreja. Foi só assim que conseguiram ver que éramos gente de bem, finalmente, que não íamos massacrá-los. Alguns anos mais tarde, eu quis retribuir a gentileza, quero dizer, vir ao país deles, me apresentei ao consulado, fiquei numa fila durante horas debaixo de sol, preenchi um dossiê tão indiscreto como se eu fosse um criminoso procurado; pois bem, depois de tudo isso, *walou,* nada de visto, nada de você no nosso país. Então, foi aí que me irritei, jurei entrar no país deles sem nenhum documento, anônimo, como *Superman*, não ia saltar de pára-quedas, mas tinha uma ideiazinha, pensei, a Europa os mimou, deu a eles um monte de grana, eles até se tornaram democráticos, isso graças a Juan Carlos, desse aí eu gosto bastante, tenho certeza de que se falar diretamente com ele não vou ter nenhum problema, foi ele que pôs a democracia na cabeça dos *spanioulis*, ele é talentoso; tem também Felipe, até servi uma vez um chá de hortelã para ele, quando trabalhava no Café de Paris, é, eu era engraxate oficial, tinha minhas latas de graxa, meu avental azul, mas um dia não tinha mais sapatos de couro, nem trabalho, mudei de avental e me tornei garçom, não é grande coisa, foi depois disso que peguei o navio, não paguei a travessia, me infiltrei como se fosse marinheiro; chegando em Algeciras, eles me acolheram com armas, mãos ao alto e todo o bochicho, é incrível, eu tinha me tornado importante, eu disse, calma, não tenho armas, nada de documento, não tenho nem dinheiro comigo para aliciar vocês, eles me entregaram ao comandante do navio, um filho de adultério, ele me prendeu e me esqueceu no porão durante três dias e três noites só com uma garrafa de água da torneira, nem mineral era, o mesquinho, eu berrava, batia pés e mãos na porta, estava morrendo de fome, feito um bicho acuado; o sacana, quando me reviu, me disse "não, eu não te esqueci, te deixei de molho no teu próprio caldo para que nunca mais sonhes com a Espanha", ele não devia ser *spaniouli* cem por cento, devia ter sangue árabe, tenho certeza de que tinha alguma coisa de nosso, porque a cara dele não era branca, ele se parecia com o general Oufkir, em todo caso, por ser assim tão mau ele não devia estar muito bem consigo mesmo, talvez não gostasse da própria cara, é por isso que estava se vingando, eu era seu prisioneiro; uma noite, então, que o barco estava acostando no porto de Algeciras, um marinheiro me libertou. Ele me disse num cochicho: "Cai fora e boa sorte." Enfim, agora que estou aqui, não me mexo mais, eu conheço os *spanioulis*, eles não engoliram os séculos de ouro e prata dos árabes de Andaluzia, eles pensam, não é possível, os *moros* ocuparam o sul de nosso país, *los moros* e *los judíos, lyahoud*, todos fora, senão a gente queima eles, não quero dizer que hoje a gente está voltando, mas eles não gostam de ver a gente rondando perto de suas fronteiras, é instintivo neles, assim que vêem um *moro*, desconfiam, vêem *una mala pata, una cosa negra*, são supersticiosos, é melhor eles tomarem cuidado porque não somos fáceis, eu sei do que estou falando, os *spanioulis* são desconfiados mas ainda muito ingênuos, você vê, todos esses muçulmanos que se instalam, alguns pensam em reconquistar o que seus ancestrais perderam, eu acho que é exagero, não há nada para reconquistar, mas há fitas cassete que circulam por aí e falam disso, eu não tenho certeza de que não vai estourar um dia, o país anda rápido, a Europa está puxando ele para cima e afastando-o de nós, antes a gente pensava que éramos próximos, quero dizer, que éramos vizinhos, quatorze quilômetros, quatorze pequenos quilômetros, quatorze infelizes quilômetros nos separavam; na verdade, há alguns milhares de quilômetros entre eles e nós; para eles, marroquinos quer dizer muçulmanos, eles se lembram do que a Igreja dizia sobre os muçulmanos, nada de muito bom, tem-se que admitir, então somos muçulmanos, pobres, sem documento, portanto perigosos, por mais que a gente diga que cada vez mais cristãos estão se convertendo ao islã, eles têm cada dia mais medo... eu conheço eles, eu sei o que estão pensando e entendo eles, não somos presentinhos, você vê todos esses caras que não têm trabalho, que perambulam nas estações, nas grandes praças, que transformaram o Barrio Chino num bazar, num *souk;* que fizeram do Barrio Gótico uma Medina suja, eles não têm nada para fazer, estão esperando, fazendo uns bicos, aliás, faço parte deles, mas eu sou mais esperto, deslizo entre as malhas da rede, e a rede, quando sinto que vai chegar, fujo e depois, pronto, durmo na mesquita e desapareço... É preciso tomar cuidado, não tenho nenhuma vontade de voltar para aquele fim de mundo, o *bled*, nenhuma vontade, eu faço uns bicos, como bem, bebo bem, fumo um pouco e a vida é bela, muito bela! Não é, Azz El Arab? Você não encontrou sua felicidade neste país? Está parecendo acabrunhado, o que está acontecendo? Não está contente de comer o velho? No entanto, ele te enche de grana, você deveria estar satisfeito; eu tentei, mas caí num avarento, então logo brochei, deixei ele de cu pro ar, roubei seu relógio, um verdadeiro Rolex de ouro e prata e revendi para um árabe de passagem, deu para viver uns dois meses, depois, o velho avarento não ousava se aproximar do meu quartel-general, é um cara da política, temia por sua reputação, além do mais, ele é casado e tem filhos... Você sabe, você não deveria se aborrecer, pegue a vida como ela vem, faça seu lugar neste país e vá em frente, principalmente sem arrependimento nem remorso, faça como eu, que roubo, trafico, nada de grave, não vou vender droga na saída das escolas, não, isso é nojento, para eles eu vendo telefones celulares com chips trambicados, eles telefonam sem pagar, nada mal, né? Dá certo um tempo, depois o telefone quebra, eu estou lá para substituir, vendo também cartões para assistir a todos os canais de televisão do mundo, bem baratinho você tem o planeta inteiro ao seu alcance, basta ter um decodificador, não precisa assinar e pagar um montão, não, graças aos cartões pirateados, eu vivo muito bem, veja lá, quem faz o trabalho não sou eu, eu sou incapaz de achar os códigos na Internet, não, é um paquistanês campeão da pirataria que faz isso por mim, ele me diz que é a nossa revanche, pois não somos mais bobos do que eles, ser pobre não quer dizer ser estúpido, eu gosto bastante dele, é trabalhador e discreto, quando me lembro da minha vida lá no *bled*, não fico descontente por estar aqui, mesmo que não seja o paraíso, no país, a gente não precisa mais contar lorotas do gênero, a Espanha é um sonho, o paraíso na Terra, dinheiro fácil, mulher dando sopa, a previdência social etc. etc., mas eu acho que no fundo as pessoas sabem a verdade, vêem TV, vêem bem como nós somos recebidos aqui, vêem muito bem que não é o paraíso, mas realmente ele fica onde, o paraíso nesta Terra? Você sabe? Eu sei, o paraíso é quando eu estou na minha cama, sozinho, fumando um baseado e pensando no que eu teria me tornado se ainda estivesse no *bled*, e depois eu tomo um trago ou dois e me deixo levar pelo sono, contente, sereno, feliz, não exigente demais, durmo e tenho um monte de sonhos coloridos, em árabe, em espanhol, com peixes multicoloridos que dançam na minha cabeça e uma música tocada pela mais bela mulher do mundo, a minha mãe.

Enquanto fazia seu discurso, um homem sentado numa esteira ao fundo da loja minúscula tossiu repetidas vezes. Azel se informou sobre ele.

— É Hiamou, um cara que atravessou uma parte do mar numa barca e outra a nado. Pegou pneumonia ou alguma coisa assim: ele tosse, cospe umas porcarias, precisa achar um médico que não o denuncie à polícia; seu amigo, ele deve poder arranjar isso, né?

Azel não queria meter Miguel naquela história.

— Eu poderia juntar um pouco de dinheiro para comprar remédios para ele...

— Não, deixa para lá, eu acho que os Irmãos vão cuidar dele. Eles gostam de prestar ajuda nesse tipo de situação.

Azel entendeu que "Irmãos" eram islamitas. Não fez comentários, mas Abbas viu que Azel tinha feito careta.

— Bom, eu sei, os Irmãos não fazem nada de graça, eles vão voltar e pedir favores, até o momento eu não queria a ajuda deles, é por isso que eu te falei do teu amigo, mas se é impossível, vou ser obrigado a aceitar a oferta deles; entre eles há médicos, advogados, gente cheia da nota, eles são bem organizados, eu não sabia que os muçulmanos podiam ser tão bem organizados.

—Você é realmente racista!

— Não se pode ser racista contra o seu próprio lado; não é racismo, é lucidez. Eu não estudei, me viro, a escola da vida me ensinou um monte de coisas, por exemplo: se a gente quiser progredir, tem que aceitar ouvir coisas não muito agradáveis sobre sua própria comunidade; atenção, estou falando assim, na sua frente, na frente dos *spanioulis*; ao contrário, eu sou mais árabe que o Kadhafi.

— Então você acha que Kadhafi é uma referência?

— Não, eu acho que ele prejudica a gente, mas é dos nossos.

— Não, ele não é dos nossos. Você sabia que ele é bilionário em dólares?

— E daí? Eu sou pobre em euros!

Abbas ria dando tapas nas costas de Azel.

—Você estudou!

— É, mas isso não me serviu para nada.

— Francamente, eu que sou um desaforado, pois bem, você sabe, me acontece de chorar sozinho no meu cubículo, é, de tempos em tempos, derramo grossas lágrimas sobre a minha vida, minha condição; sinto uma falta terrível da minha mãe, falo com ela por telefone, mas não posso ir vê-la, não tenho mais nenhum documento, nem passaporte marroquino, nem carteira de identidade, nem visto de permanência, se sair daqui, irei algemado e com um grande pontapé na bunda. Você acha que isso é vida? Sou campeão de todas as categorias da clandestinidade, fico negro como a noite para que não me vejam, fico cinza como a aurora e a bruma para passar despercebido, evito lugares desertos, estou sempre pronto para correr, marquei todas as entradas das igrejas da região, assim, nem uma nem duas, bumba nos braços do padre, eles não podem me desalojar, já me aconteceu, era Natal, eles largaram as buscas e passei as festas com os padres, eles vivem bem, fiz até orações, eu me adapto, sempre, sou um verdadeiro campeão da adaptação! Queriam que eu trabalhasse com eles, subentendendo-se que me tornasse cristão, mas isso nunca, eu não sou um bom muçulmano, bebo, nem sempre faço o bem, não rezo, mas mudar de religião por interesse, fora de cogitação, tenho princípios, apesar de tudo.

Azel o convidou para beber. Ele lhe disse que eles dois poderiam muito bem montar um negócio.

Abbas não levava Azel a sério, gostava bastante dele, mas o considerava alguém que já tinha chegado lá.

Azel invejava a facilidade que Abbas tinha para falar de sua vida, contar seus problemas, suas dificuldades, confidenciar-se, pois ele mesmo não ousava. Alguma coisa naquela loja onde tudo era ilegal e arriscado o atraía. O lugar pertencia a um outro marroquino procurado por tráfico de haxixe, e Abbas o substituía esperando seu retorno. A polícia, por sua vez, deixava passar, esperando encontrar indícios que a conduzissem ao fugitivo. Os telefones celulares vinham, em sua maioria, do contrabando. Abbas, para se virar, jogava em vários campos e conseguia até corromper alguns alcagüetes que o protegiam. Azel, para dizer a verdade, nada tinha a fazer naquela loja; contudo, ele gostava de passar ali o tempo, principalmente quando estava deprimido. Naqueles momentos, ele não se cuidava, não se barbeava e fumava demais.

23

NÂZIM

Seus pais lhe haviam dado o nome Nâzim em memória ao poeta turco Nâzim Hikmet. De grande estatura, moreno, olhos claros, arvorando um bigode espesso, ele trabalhava como garçom num restaurante de comida oriental onde Kenza costumava ir de tempos em tempos com suas amigas da *Cruz Roja*. O restaurante Kebab pertencia a um longínquo primo curdo radicado em Barcelona há uma dezena de anos. Nâzim tinha deixado seu país em condições obscuras: ora ele dizia que havia sido por razões políticas, ora por razões familiares. Embaralhava as pistas. Com seu sorriso e seus belos olhos, Kenza sucumbiu ao charme dele. Suas amigas a provocavam, ela ria.

Saindo uma noite da *Cruz Roja*, ela topou com Nâzim, que lhe disse estar ali por acaso. Convidou-a para tomar um café, mas ela recusou, pois precisava ir dançar no restaurante de Carlos. Ele insistiu, ela lhe prometeu que voltaria logo para vê-lo no Kebab, e então acertariam um encontro.

Ele a seguiu. Quando a viu entrar no restaurante, ficou persuadido de que estava sendo esperada. Empurrou a porta, fazendo de conta que estava procurando um amigo com o qual teria um encontro. O rapaz o fez sentar-se numa mesinha ao fundo e lhe disse:

— Enquanto aguarda, aproveite o espetáculo! O senhor vai assistir à mais bela dançarina do Oriente, Estrela, dançar.

Uns vinte minutos depois, apareceu Kenza, maquiada, usando véus de várias cores e dançando com graça e sutileza. Os clientes a aplaudiam, alguns lhe colocavam notas de dinheiro em volta da cintura. Ela, bela e soberana, estava inteiramente concentrada no ritmo e em seus movimentos a fim de que cada parte de seu corpo mexesse o mais delicadamente possível. Tinha uma maneira inimitável de fazer vibrar os ombros ao mesmo tempo que as nádegas, sem dar um passo sequer; imóvel, ela dançava ainda, como se todo o corpo tremesse. Nâzim não a reconheceu de imediato. Seu espetáculo durou uns bons quinze minutos, antes que fosse substituída por uma asiática. Nâzim aproveitou para ir embora.

Quando, tarde da noite, Miguel viu Kenza chegando, abriu os braços e a apertou contra si. Ele estava contente em revê-la e esperava sobretudo falar-lhe novamente de Azel, que o preocupava cada vez mais.

— Lamento mil vezes, queria ir ver você dançar, mas tive um telefonema de Nova York que demorou muito tempo. Mas ei-la aqui, enfim. Estou tão feliz em vê-la. Você quer se refrescar, tomar um banho? Afinal de contas, está em sua casa.

Jantaram na sala, sozinhos. Kenza, pela primeira vez, tomou um copo de vinho, um Rioja 1995. Uma ótima safra, disse-lhe Miguel, que se pôs a lhe falar sobre sua paixão pelo bom vinho e lhe explicou as virtudes desse dom da natureza. Kenza era toda ouvidos, fascinada por aquele saber e principalmente pela maneira como aquele homem tão fino falava de alguma coisa que ela assimilava ainda diretamente com o vício e a devassidão.

— Se eu nunca toquei em vinho, é porque em nosso país — disse-lhe ela — os homens, quando bebem, exageram sempre e não sabem parar, eles bebem até perder o equilíbrio e a razão. Lá não se experimenta, não se bebe: se embriaga.

Para dizer a verdade, ela não sabia o que pensar daquele copo de Rioja. Guardava na boca um gosto estranho e teria bebido um segundo copo com prazer. Estava alegre, feliz, e lamentava que Miguel se mostrasse tão preocupado àquela hora com o comportamento de Azel.

Miguel se lembrou subitamente de que era muçulmano:

— Sabe, você vai me dizer que sou um mau muçulmano porque tomo vinho; imagine que me informei muito bem a respeito desse negócio: há interpretações contraditórias de alguns versículos a respeito do vinho. Acho que o islã não aceita a embriaguez porque acaba se perdendo a dignidade e não se sabe o que se está fazendo, principalmente quando é preciso rezar. Nesse ponto, todas as religiões estão de acordo: não nos dirigimos a Deus quando não somos mestres de nós mesmos; é normal. Eu bebo por prazer, não para perder o equilíbrio, como você diz.

—Você reparou que aqueles mesmos que se embriagam se recusam a comer carne de porco, que mesmo o presunto não fazendo nenhum mal ao equilíbrio nem à dignidade, eles o rejeitam. É curioso, não acha?

— Cuidado, se abusarmos de presunto, acabaremos tendo colesterol alto, mas duvido de que seja esta a verdadeira razão pela qual os muçulmanos que ingerem álcool não comem porco. Azel diz até que é alérgico a essa carne. Que má-fé!

Depois do jantar, Miguel acompanhou Kenza até sua casa; contou-lhe os problemas que tinha com Azel e a galeria de Madri. Haviam acabado de lhe dizer que, apesar de seu salário e do reembolso de todas as suas despesas, ele se autorizava a roubar o caixa.

— Azel me toma por Jean Genet, você sabe, o escritor francês que vinha muito a Tânger, homem rebelde, grande poeta, homossexual, que ficou na prisão por roubo; ele gostava de ser roubado por seus amantes, achava isso uma espécie de traição que o assegurava ou excitava, dependendo do caso. É curioso, mesmo que eu tenha certeza de que Azel não leu Genet, ele deve achar que está me agradando portando-se como um malandro.

Kenza estava chocada que Miguel o tratasse de "malandro". Ela sabia, no entanto, a que ponto faltava retidão a seu irmão, que ele fazia qualquer coisa e decepcionava todo mundo. Tentou em vão encontrá-lo. Na mesma noite, recebeu um telefonema de sua mãe que também estava preocupada com ele. Tinha ouvido na rádio que a polícia espanhola havia prendido marroquinos suspeitos de pertencer a organizações terroristas. Kenza ficou tão surpresa pela associação da mãe com Azel, que tratou logo de dissipar um possível mal-entendido. Seu filho só poderia estar fora dessas coisas. Kenza queria tirar aquilo a limpo logo, mas Azel estava totalmente fora de circulação.

A noite foi longa e em claro. Imagens feias e angustiantes se imprimiam de maneira obsessiva em sua cabeça. Sangue numa camisa branca, cabeças esmagadas, mãos cortadas, a polícia em todo canto, palavras em árabe, outras em espanhol, rostos anônimos atravessavam a noite, os olhos de Azel suplicavam a um carrasco, uma voz lia versículos do Corão num tom fanhoso, um gato preto saltava sobre corpos de crianças abandonadas, sombras se incrustavam na parede, e uma grande agitação reinava ao derredor.

Impossível dormir. Ela tomou um banho, vestiu-se e saiu para andar na rua.

Barcelona de manhãzinha é uma cidade que perde seu caráter metálico, ela é doce, grande como um sonho em que tudo transcorre bem. As lojas estão fechadas. As avenidas, limpas. Algumas luzes desaparecem na bruma. A cidade desperta. Ela tira seu roupão e acolhe os primeiros transeuntes. As bancas instalam seus cavaletes, os bistrôs arrumam as mesas na calçada, cheiros de café e pão torrado sobem no ar. A cidade começa a despertar suavemente nos primeiros raios do dia. Kenza não pensava mais nos sonhos desagradáveis da noite, estava vivenciando um discreto sentimento de felicidade. A imagem de Nâzim impôs-se de repente. Ela o via na multidão. Ela sorria como nos filmes americanos nos quais se vêem um homem e uma mulher que acabam de se encontrar e viverão um belo romance, uma dessas histórias que só existem no cinema. Ela estava até persuadida de que uma câmera a filmava desde que pusera os pés para fora, de tanto que se sentia. Uma voz lhe dizia: apesar de tudo, você está feliz nesta cidade, você fez bem em forçar o destino para deixar Tânger, a família, os problemas cotidianos, você é bonita e livre, tem sorte em ter encontrado Miguel, que é um homem de qualidade, sobretudo, não pare, continue seu caminho, você está em paz consigo mesma, não é responsável nem por seu irmão nem culpada pelas besteiras que ele pode estar cometendo, Kenza, sou eu que estou falando, eu sou a outra Kenza, a que sempre a levou adiante, a que lhe ensinou a lutar, a não se resignar, a que fez de você uma moça livre, não escute demais a sua mãe, ela vai devorá-la, preste mais atenção em você, em sua vida, não se deixe prender na rede da fatalidade, levante a cabeça e olhe os pássaros migrantes que marcaram encontro num pedaço do céu de Barcelona, observe como eles seguem o ritmo do balé que executam nesta manhã só para você, para seus olhos que tanto têm necessidade de luz. A vida é bela mesmo que sejam muitos os imbecis a precipitarem o infortúnio, a propagá-lo, você está fora do alcance deles, você está indene, corra, viva e ria...

Ela se instalou numa mesa e pediu café preto e torradas; um momento de prazer, um momento de bela solidão. Depois o barulho da cidade começou a nascer, seguido da agitação habitual própria àquela hora do dia. Era preciso agora pensar em ir para a *Cruz Roja*.

À noite, ela convidou suas amigas para jantar no Kebab. Procurou Nâzim com os olhos. Ele não estava lá. Talvez fosse o seu dia de folga. De fato, ele havia se escondido porque tinha sabido que os fiscais do trabalho viriam fazer uma inspeção. Na saída, ela lhe deixou o seguinte bilhete: "Nós somos três mulheres à sua procura; o Kebab não é grande coisa sem você."

Depois de algum tempo, ela percebeu que o que havia escrito era bastante ousado; quis, então, voltar atrás para recuperar seu bilhete e rasgá-lo. Mas deteve-se por um instante e renunciou finalmente a mudar o curso das coisas. Mais tarde, a caminho do restaurante de Carlos, ouviu passos se aproximando. Ofegante, Nâzim abordou-a e desculpou-se por ter-se desencontrado dela no restaurante. Ele falava um francês impecável, aprendido na escola.

— Só um drinque, um drinquezinho ou um chá antes de voltar...

Ele insistiu. Ela não podia aceitar e ainda menos dizer-lhe que ia dançar num restaurante chique.

— Amanhã, no Kebab por volta das nove horas, prometo. Esta noite estou muito cansada.

Acabou ficando ansiosa. Enquanto ajustava seu vestido de dançarina oriental, pensou em Nâzim. Depois entrou em cena, inserindo-se entre as mesas como um anjo enviado pelas estrelas. A música egípcia era perfeita. Ela fechava os olhos e acompanhava o ritmo, imaginando-se num casamento em seu país. As pessoas aplaudiram-na calorosamente, sobretudo na hora que ela vibrava todo o corpo. Ela cumprimentou, lançou seus véus na direção de seus admiradores, depois foi embora. Atrás dos bastidores, ela apressou-se em se trocar, assinou uma folha que lhe estendia um dos garçons e desapareceu na noite.

Na manhã seguinte, chegou atrasada ao Kebab. Nâzim a esperava, sorrindo; de súbito, ele se pôs a recitar-lhe poesia.

— Escuta o que dizia Nâzim Hikmet sobre este país:

A Espanha é uma rosa sangrando desabrochada em nossos peitos.
A Espanha, nossa amizade na penumbra da morte,
A Espanha, nossa amizade na luz de nossa esperança invencível.

E as velhas oliveiras despedaçadas, e a terra amarela e a terra vermelha perfuradas de fora a fora.

"É da Espanha de 1939 de que ele está falando. Nada a ver com a bela democracia de hoje. As pessoas mudaram, as mentalidades se tornaram modernas. Um único problema subsiste: alguns espanhóis não gostam muito de *los moros*. E eu sei um pouco sobre isso, porque aqui me tomam freqüentemente por um *moro*. Quando digo que sou turco, eles não acham nada melhor para responder senão que os turcos estão bem situados para conhecer *los moros*. Um dia, a um proprietário andaluz que encontrei num trem, citei nosso grande poeta:

Tenho em mim uma árvore,
Da qual trouxe a muda do sol,
Peixes de fogo suas folhas balançam
Seus frutos como pássaros gorjeiam.

"Ele me olhou, riu, depois repetiu 'frutos gorjeiam'! Em seguida me estendeu a mão e disse: 'Você não é um *moro*!' Para ele, o que estava dizendo era um cumprimento.

"Esse ódio contra os árabes é incompreensível para mim."

Kenza o escutava e sorvia suas palavras. Não estava mais com sono, não tinha mais vontade de voltar para casa. O tempo estava ameno. Deram um passeio de mãos dadas. Ele lhe falava da Andaluzia árabe, daquela época em que judeus e muçulmanos compunham poemas e músicas juntos, numa bela simbiose.

24

KENZA E NÂZIM

O Kebab fechava às segundas-feiras. Kenza pediu um dia de folga à sua diretora e foi encontrar Nâzim no café da estação. Eles haviam decidido passar o dia juntos numa cidadezinha a meia hora de Barcelona. Conhecerem-se, falarem-se sem pressa e sentirem-se um pouco de férias. Nâzim estava elegante e sedutor. Adiantado, observava os viajantes que estranhamente se pareciam todos uns com os outros. Era curioso, eles corriam, se acotovelavam e pareciam ter a cabeça noutro lugar. Felizmente, uma família de africanos acabava de desembarcar. Com todas as suas cores, ela trazia à melancolia da estação um vento de areia quente, um ar de alegria, uma música que dava vontade de dançar. Enquanto esperava, Nâzim se misturou àqueles visitantes alegres e encantados por estarem ali. Eles vinham do Máli e haviam transitado pelo Marrocos. Não eram imigrantes, invasores, como lhe disse o pai de família. Permita-me apresentar-me, sou o professor Mohamed Touré, osteopata convidado pelo decano da faculdade de medicina de Barcelona para dar uma série de conferências. Minha mulher é pediatra, veio ver o serviço da *Cruz Roja*, que está desenvolvendo um programa para a África Ocidental. Nossos filhos costumam nos acompanhar em nossos deslocamentos. Há dois meses, estávamos todos em Princeton, foi muito interessante, o único problema é que todo mundo se expressava em inglês, uma língua que entendo, mas não falo, contrariamente ao castelhano, que estudei há muito tempo na escola. E o senhor, o que faz?

Nâzim se apresentou. No mesmo instante, viu que Kenza o estava procurando. M. Touré lhe deu seu cartão. Se um dia o senhor for ao Máli, telefone, precisando ou não de um osteopata. As cores deixaram o saguão da estação. Kenza havia desaparecido. A multidão estava ainda mais densa e mais cinza do que minutos atrás. Era, em todo caso, assim que Nâzim via o mundo. Tratava-se de um defeito de percepção ou apenas uma visão cheia de sarcasmo e decepção? No entanto, estava certo de ter visto Kenza. A dúvida o invadiu. Corria em todos os sentidos, mas não via mais nada. Voltou ao café, instalou-se e pediu uma bebida gasosa.

Kenza apareceu de repente, como saída da cartola de um mágico. Estava usando um vestido florido, debruçou sobre Nâzim e lhe murmurou: Não percamos mais tempo.

No trem, eles se sentaram frente a frente, observando-se e nada dizendo. Kenza achava que ele estava com um ar preocupado e tentava compreender por que se encontrava naquele estado. Talvez estivesse chocado com iniciativas que ela vinha tomando. Quando os olhos de Nâzim se deitavam no corpo de Kenza, ela sentia uma candura estranha apoderar-se dela. Nâzim tinha belas mãos, grandes e finas, mas Kenza olhava com desejo os lábios grossos dele e imaginava mordê-los. Então riu. Ele lhe perguntou do quê. Ah, meu amigo, se você soubesse! Nâzim não adivinhou o que ela subentendia e não ousava olhar seus seios bem-feitos, seus olhos sorridentes de um castanho claro, sua cabeleira comprida e densa, as pernas, a boca.

Desde sua chegada à Espanha, Nâzim só havia saído com duas mulheres. A primeira era uma compatriota que acreditava ter encontrado nele um marido e um pai para o filho que criava sozinha. A relação deles acabou sendo breve e tumultuada. A segunda era cubana, uma funcionária administrativa. Havia deixado seu país depois de ter-se apaixonado por um professor espanhol que tinha ido dar conferências na universidade de Havana. Com a expiração de seu visto, recusou-se a voltar para o seu país e se tornou clandestina como milhares de imigrantes da América Latina e do Marrocos. Entre ela e Nâzim, o entendimento era somente sexual. No final de alguns meses, separaram-se sem drama. Desde então, Nâzim procurava uma mulher menos estrangeira à sua cultura. Ele precisava ouvir falar o turco ou ao menos o árabe, vibrar com a música de seu país e compartilhar emoções, pensamentos. Kenza correspondia inteiramente àquele perfil. Árabe, mesmo que tivesse a aparência de uma européia do sul, disponível, bonita e principalmente instalada legalmente na Espanha. Ele esperava secretamente poder aproveitar-se do status de Kenza para regularizar sua própria situação. Estava cansado da clandestinidade. Mas Nâzim, a esse respeito, era prudente. Não queria passar por um oportunista, um homem interessado e desprovido de sinceridade.

Na pequena estação de Sabadell, alguns policiais estavam dando uma batida para checar documentos de identidade. Paravam sistematicamente os africanos e outros magrebinos e ciganos. Kenza pegou Nâzim pelo braço e avançou tranqüilamente. Por um instante, ele sentiu medo, mas depois viu que Kenza estava segura de si e apertou-lhe a mão com força como que para agradecer-lhe.

Eles se beijaram na calçada. Nâzim estava constrangido; Kenza, de modo algum. Foi ela que o puxou para si para colar os lábios nos seus. Tal como um adolescente, ele enrubesceu; estava emocionado e contente. Ele lhe propôs tomar um café-com-leite. Ela recusou, pois era da espuma do *frappé* de café que ela gostava.

Kenza resolveu, então, assumir o controle da situação. Enquanto mulher livre e determinada, levantou-se e lhe disse: Siga-me, vamos passar o dia no Bristol; é um hotelzinho cheio de charme, você vai ver.

Fazia mais de um ano que ela não tocava a pele de um homem. Despiu Nâzim e lambeu seu corpo, cheirando-o como se fosse uma flor; ela fungava, acariciava-o, chupava-o. Ele se deixava levar e perguntava-se em qual momento chegaria a vez de tomar as rédeas da situação. Quando se deitou sobre ela, Kenza puxou-o com todas as suas forças, dizendo-lhe me esmague, eu quero sentir todo o seu peso em cima de mim, não quero perder nada do seu corpo, quero-o em mim, inteiro, profundamente.

Fizeram amor como famintos. Ela lhe falava em árabe dialetal de Tânger, ele respondia em turco. As sonoridades de suas línguas os excitavam. Indo ao banheiro, ela deu alguns passos de dança, cantando. Nâzim sabia a que ponto ela era talentosa para a dança oriental, a qual tornava erótico o menor dos seus gestos. Ela aproveitou a oportunidade para lhe confessar que duas noites por semana dançava no *Huile d'Olive.* Ele gostaria de ter-lhe dito que já sabia, mas preferiu não fazer comentários.

Na volta, mal se falaram, submersos pelo belo cansaço e plenos um do outro.

25

AZEL

Azel levou uma bofetada que o derrubou e deixou atordoado. Nunca havia imaginado que um dia Miguel lhe batesse. Demorou até um certo tempo para se dar conta do que estava acontecendo. Quando levantou, Carmen lhe trouxe sua mala e lhe mostrou a saída. Várias vezes tinha avisado Miguel a respeito de alguns comportamentos de seu protegido, mas até aquele momento ele sempre havia respondido com gestos de impotência e com sorrisos. Era a época em que ainda estava apaixonado.

Azel entendia que daquela vez não poderia negociar nada. Tinha ido longe demais, não havia mantido a palavra e só estava colhendo o que merecia. Foi à porta, então, sem protestar, balbuciando que voltaria para buscar suas coisas. Carmen estendeu-lhe a mão para que devolvesse as chaves da casa. Azel hesitou um instante antes de vasculhar seus bolsos, e tirou um molho que colocou sobre a mesa da entrada. Seu olhar de repente exprimiu algo patético. Carmen baixou a cabeça e deu meia-volta como se ele não estivesse mais ali. Miguel precisava partir para Madri a fim de preparar a grande exposição de Claudio Bravo, que não expunha na Espanha havia mais de quinze anos. Encontrava-se em seu quarto à espera de que Azel deixasse a casa para poder sair. Miguel, que não gostava de conflitos, muitas vezes já havia deixado que Carmen se encarregasse deles. Justificava sua covardia persuadindo-se de que um novo confronto com seu amante não mudaria nada. A última briga deles por pouco não tinha virado um drama. Quando contrariado, ele se tornava mau e vulgar. Nesses momentos, seu lado malandro das Ramblas, que no entanto rechaçava por detestá-lo, voltava de repente. Poderia então se apossar do primeiro objeto cortante que estivesse por perto para golpear quem o provocasse. Ora, era exatamente isso que o comportamento de Azel desencadeava nele.

Azel estava cada vez mais desorientado. Inventava um mundo para si, acreditava firmemente no destino, nos sonhos premonitórios, e se deixava guiar pelo que chamava de "eflúvios do perfume da morte". Tinha se tornado um verdadeiro mentiroso profissional, um ator que sabia reverter a situação mais inextricável a seu favor. Confiava em seus olhos negros e sorridentes, e em seus cílios longos. Sua mãe lhe dizia que era o menino mais bonito de Tânger. Atualmente levava sua palavra ao pé da letra e a aplicava em todas as circunstâncias.

Azel acendeu um cigarro, sabia que estava deixando para sempre o bairro residencial Eixample e partiu em direção às

Ramblas. O céu de Barcelona estava inundado de uma luz sublime, mas o coração de Azel mostrava-se amarrotado, apertado entre os dedos de uma mão estrangeira. Tinha lágrimas nos olhos, e a boca seca e amarga. Quis acreditar que era por causa do cigarro e do vinho ruim que havia bebido na véspera. Caminhava cabisbaixo. Sem vontade de falar, sem vontade de pensar. Como gostava, no entanto, daquela grande avenida Passeig de Gracia, onde se podia caminhar infinitamente. Mas naquela manhã, nada mais era como sempre havia sido e as pessoas com que cruzava pareciam sombras, corpos transparentes anunciando alguma desgraça iminente. Tinha a impressão de estar descendo uma ladeira perigosa. De tempos em tempos, parava um instante e se encostava numa árvore. Os ruídos da cidade chegavam ampliados em seus ouvidos, ressoando em sua cabeça com uma violência de pesadelo.

Ao alcançar as Ramblas, na entrada do Barrio Gótico, reconheceu alguns rostos, marroquinos, pequenos traficantes ou jovens ociosos que perambulavam ao longo do dia nas ruas à procura de novos conluios ou de novas aventuras. Nenhuma vontade de falar-lhes; naquela manhã, ele se sentia até estrangeiro à língua deles, a suas maneiras, a seu mundo. Amargava uma piedade por eles. Apressou o passo sobretudo para não receber oferta de algum objeto para comprar ou trocar por um pouco de kif.

Tomou um café sem açúcar, cuspiu no chão e amaldiçoou o dia em que pela primeira vez havia pisado o solo daquele país. Um gato selvagem atravessou velozmente a rua. Azel invejou sua liberdade.

* * *

Sujo, com a barba por fazer e com olheiras, Azel bateu na casa de Kenza, que estava dormindo profundamente para se recuperar de suas noites de plantão. Ela se recusou a lhe abrir a porta e pediu-lhe que passasse mais tarde. Ele se pôs a socar a porta. Nâzim, que estava dormindo na casa dela naquele dia, levantou-se para cessar com a baderna. Abrindo, tomou um soco no queixo.

— O que este *judengo* está fazendo aqui? A menos que seja um desses *khorotos* que rondam as moças de família?

Kenza, quase despida, pediu a Nâzim que se afastasse, aquele assunto não lhe dizia respeito. Depois, dirigindo-se a Azel, ela urrou sua raiva:

— Não é nem um *judengo* nem um *khoroto*, este homem tem um nome, um sobrenome, um país; este homem trabalha, fique sabendo...

— Ah, bom, mas por que você não me disse nada? De onde vem esse cara?

— O nome dele é Nâzim, ele é turco.

— É justamente o que estou falando, é um *khoroto*!

— Não fale nesses termos. Eu o proíbo. Você me decepciona, Azel, com você nada dá certo, você perde tudo, estraga tudo.

— Tá bom, mas eu não suporto que ele toque em você.

— Mas quem é você para suportar ou não suportar? Eu não estou nem aí para o que você pensa. E, além disso, você se olhou? Viu o estado em que está?

— Não gosto dos turcos. Não gosto da língua deles, não gosto de seus *loukoums**, não gosto do olhar deles.

---

* *Loukoum* — espécie de doce. (N.T.)

—Você é racista!

— E daí? Eu tenho o direito de não gostar dos turcos, nem dos gregos... os homens, especialmente os que tocam você, não suporto que pertença a eles....

— Não quer juntar à lista os árabes, os judeus, os africanos?

— Os árabes? Não posso nem sentir o cheiro deles. Eu sou um árabe que não gosta de si mesmo. Pronto. Ao menos as coisas ficam claras. Bom, vá lá, eu vou embora, você está indo mal, está se tornando uma puta e magoando a nossa mãe.

— Isso, fale de nossa mãe! Sei de alguém que ficaria muito triste se visse o que seu filho querido se tornou.

— Tudo por sua culpa! Poderíamos ter ficado juntos, nunca nos separado, ser unidos como os dedos da mão. Mas você fez mutreta para deixar o país e a família, e agora cai na depravação! Um turco comendo a minha irmã, como você quer que eu suporte isso?

Azel bateu a porta e saiu correndo. Estava chorando. Parou num bar e se pôs a beber uísque; um copo atrás do outro. Uma vez embriagado, tomou um táxi e se apresentou novamente na frente da casa de Miguel.

Vomitou no tapete da entrada. Carmen pegou sua mala e colocou na calçada, ordenando-lhe que nunca mais aparecesse. O choque o ajudou a ficar novamente lúcido, e conseguiu ver as coisas com clareza e precisão. Soube que era o fim. Soube que era a última vez que passava por aquela porta. Teve então como que um sentimento de alívio. Estava enfim livre para ir fumar kif, beber um vinho ruim, perambular pelas ruas e rever os companheiros com os quais compartilhava o mesmo desespero. Foi-lhe necessário um tempo para chegar a pé ao Barrio no qual reinava seu amigo Abbas. Assim que o viu, berrou:

— Estou livre, enfim livre, não preciso mais trepar com homem para viver confortavelmente!

26

MALIKA

Malika temia a noite. Era o momento em que tossia mais. Tossia tanto que às vezes quase sufocava. Seus olhos choravam quando tentava soltar o catarro que inundava seus brônquios. Para se tratar, engolia colheradas de mel, gostava de sentir aquele líquido atravessando-lhe a garganta. Acalmava por um breve instante; depois, assim que se deitava, a tosse recomeçava e ela ficava nervosa. O marido de sua irmã reclamava porque toda vez aquilo o acordava. Foi a irmã de Malika que um dia a levou ao hospital Kortobi, o qual ficava a uns cem metros da casa deles. Esperaram uma manhã inteira até conseguirem uma consulta com o clínico geral. Para ser atendida logo, era preciso enfiar uma nota de cinqüenta dirrãs na mão do enfermeiro, só que ela não tinha. O médico era um sujeito jovem, parecia esgotado pelo trabalho. Doentes demais e péssimas condições de trabalho. Ele também sonhava em se instalar no centro da cidade e ganhar melhor a vida, talvez ir trabalhar numa clínica particular ou até num complexo hospitalar de Oslo, por exemplo. Na Noruega, com a falta de médicos, recentemente haviam recrutado alguns magrebinos que não temiam o frio intenso. Por ora, ele era obrigado a cumprir seu serviço à comunidade naquele hospital público construído havia mais de quarenta anos; logo após, a independência. Tudo estava degradado: as paredes, as salas, os empregados, os estagiários, os gatos e cães vira-latas. Apenas as árvores haviam crescido e pareciam estar em boa saúde.

Mal ele viu Malika, exclamou:

— Mais uma vítima dos camarões!

Era naquele hospital que os pobres se consultavam. E eram justamente os filhos dos pobres que trabalhavam na usina de camarões. Malika estava com medo e começou a chorar. O médico disse que não a machucaria. Mas não era da consulta que ela sentia medo, era de morrer, de partir sem realizar seu sonho, de partir sem ter deixado o país, de cair num buraco e ser sepultada sob a terra fria. Tinha medo porque havia lido no olhar do médico a gravidade de sua doença. Tinha visto que seu estado o havia impressionado. Apesar daquele trabalho arrasador que o contrariava, aquele médico permanecia, no fundo de si mesmo, humano. Não poder tratar aquela garota deixava-o realmente irado. Assim mesmo, mandou que fizessem uma radiografia, examinou-a, depois telefonou a um outro médico com quem falou em termos técnicos. Ela ouvia a palavra "neo" voltar à conversa, depois a palavra "pneumonia"...

Ele tomou a decisão de interná-la e mandou que a acomodassem numa sala com outros doentes. À irmã de Malika, ele deu uma receita comunicando-lhe que havia prescrito medicamentos fortes, mas que infelizmente custavam caro. — Eu vou me virar — respondeu-lhe ela, que acabava de se dar conta de que o estado de Malika era grave. Na farmácia, a conta passou de mil dirrãs. Ela tirou imediatamente um de seus braceletes de ouro e correu para vendê-lo a Hassan, o joalheiro da rua Siaghine. Além dos remédios, comprou torrone, que sua irmãzinha adorava. No hospital, o enfermeiro, um tal Bargach, deu-lhe a entender que poderia cuidar muito bem de Malika. Entregou-lhe, então, cem dirrãs. Ele a aconselhou a não deixar de modo nenhum o pacote de medicamentos sobre a mesinha. — Aqui se rouba tudo — preveniu. — É melhor trazer-lhe os comprimidos do dia e guardar o resto em casa. O que ela toma são antibióticos importados da França, são muito caros e por isso muito procurados pelas pessoas do hospital. Não se preocupe, estou vigiando; a menina, se Deus quiser, *inch'Allah*, estará curada e sairá como uma flor, pois esse antibiótico é muito forte e muito caro, e quanto mais caro mais cura, é normal, né? A aspirina, por exemplo, não custa muito caro, pois é, mas também não cura quase nada. Vou lhe dar uma dupla porção de sopa, essa menina é simpática, vou vigiá-la, vá tranqüila, o médico é um homem de bem, vai cuidar dela como se deve.

Malika não sabia o que fazer para conter as lágrimas, era o medo que caía de seus olhos e escorria em suas faces. Olhou à sua volta. Todo mundo estava sofrendo em silêncio. Quando um médico passava de repente, num instante as cabeças se levantavam e pediam ajuda.

Malika tossia menos, mas não conseguia dormir. Mantinha os olhos abertos e estava persuadida de que a morte a espiava do corredor, que talvez já tivesse até entrado no dormitório em busca de um candidato para a grande partida. Tapou o nariz. O cheiro da morte tinha invadido todo o espaço. Sim, pensou, a morte tem um cheiro, alguma coisa de acre, de pernicioso, um cheiro entre o pus e o mofo, um cheiro de verão coberto pela umidade do inverno, um cheiro que tem uma cor, uma espécie de amarelo pálido que cai um pouco para o cinza, um cheiro que pesa sobre o corpo. Suspeitava agora que a morte tivesse levado a velha mulher do leito bem ao lado do seu. Ela não estava mais respirando. Por mais que Malika fixasse seu peito, nada mexia; estava realmente morta. Malika esticou a mão para tocar a testa da velha senhora, estava fria, e a boca, aberta. Malika soltou, então, um grito. Os enfermeiros chegaram sem se apressar com uma maca; eles estavam habituados: quando um grito jorrava repentinamente na noite, era que alguém acabava de morrer. Os dois padioleiros fizeram barulho e brincavam como se estivessem embarcando uma mercadoria avariada. Tomaram a direção do necrotério. Malika tremia. A morte havia soprado seu ar glacial. Agora ela imaginava aquela mulher num quarto frio. Lá, pensava, ao menos ela não sentirá mais frio. E amanhã sua família estará, enfim, reunida em volta dela, em lágrimas. Como dormir quando a morte ronda em torno da gente? Continuava a senti-la. Seu cheiro a traía. Punha-se a sonhar. Se ao menos eu estivesse na França, não estaria num hospital, simplesmente porque não estaria doente, não teria trabalhado numa usina glacial, não teria pego essa doença dos pulmões, não estaria tendo de suportar o cheiro nauseabundo da morte que me impede de fechar os olhos porque ela é capaz de achar que não estou mais respirando e levar-me com seu impulso; acontecia-lhe de se enganar, de cometer erros terríveis, em todo caso, ela não teria essa sorte, nem ali nem noutro lugar. Devia ter partido, devia ter segurado a mão de Azel e não largado mais, ele é bonito e tão gentil, ele nunca a teria abandonado. Ah, Azel, onde está você agora? Por que não vem me levar para o outro lado do mar? Eu devia ter aceitado entrar naquele carro cheio de crianças adormecidas, mas não queria causar sofrimento aos meus pais, eles teriam me procurado em todo lugar, minha mãe teria ficado louca, então recusei, no entanto teria sido fácil, o homem tinha um passaporte com as fotos de seis crianças, ele partia de noite, as crianças dormiam, o guarda alfandegário dava uma olhada atrás do carro e depois carimbava o passaporte. Essa história me contaram várias vezes. Aquele homem vinha do norte da Itália, entregava, em seguida, as crianças a um outro marroquino que as fazia trabalhar na rua; eu, tinham-me prometido que eu trabalharia numa casa de família e continuaria meus estudos. Fiquei tentada a aprender italiano, a conhecer o país, mas eu não podia deixar meus pais, nem cheguei a falar com eles desse projeto, não valia a pena preocupá-los, principalmente a minha mãe, mas eu me arrependo, eu devia ter tentado a aventura... Minha mãe me disse outro dia que a irmã de Azz El Arab foi para a Espanha, até a mãe deles estava prestes a encontrar o filho e a filha, tudo isso porque um homem rico quis ajudá-los, que sorte eles tiveram! Se ao menos...

Malika estava dormindo agora, os remédios começavam a fazer efeito. Ela sonhava. Ela está curada, é grande e bonita, usa um vestido longo azul, anda lentamente num tapete vermelho estendido para aquela ocasião. Outras mulheres tão bem vestidas quanto ela desfilam ao seu lado, ultrapassam-na, depois, ao chegarem ao fim do tapete, desaparecem como se houvesse uma falésia abrupta que as abocanhasse subitamente. Malika decide diminuir o passo, não tem vontade de desaparecer, procura com os olhos alguém para pegar-lhe a mão. Antes de chegar ao fim da corrida, um homem todo vestido de branco lhe estende os braços, toma-a pela mão para conduzi-la a um pódio onde um carro preto bem longo a espera. É então que reconhece o médico que cuidou dela. Ele mudou de expressão, parece apaziguado, feliz. O porão de um imenso transatlântico está aberto. A limusine já entrou até a metade. Malika se deixa conduzir. O médico lhe sorri, fala com ela, mas como num filme mudo ela não ouve o que ele lhe diz. O carro em que ela entrou desliza lentamente e se encontra agora no fundo do porão. Outras limusines estão estacionadas ali, enfileiradas com precisão. Um leve movimento se faz sentir, depois é a calma total. O navio avança no mar sem barulho. O médico desapareceu. É então que ela reconhece, sentada ao seu lado, a velha senhora morta. Malika urra, mas nenhum som sai de sua garganta. Ela rasga o vestido. A velha sorri e vê-se sua boca sem dentes. No lugar dos olhos, tem buraquinhos escuros. Quanto mais ela sorri, mais Malika urra. O navio se afasta do porto de Tânger. Desaparece na noite. A velha agora não sorri mais. Malika não grita mais. É num silêncio eterno que ela deixa o país. Ela enfim partiu. Para sempre.

27

KENZA

Kenza se olhava no espelho e pela primeira vez se achava bonita. Estava feliz. Para brincar, escondia os cabelos num lenço horrível e imitava as muçulmanas. É a liberdade delas, não tenho nada com isso, pensava, minha liberdade é amar um homem que tem tudo para me agradar e me fazer feliz. Em Nâzim, o que preferia era seus olhos claros, quase verdes, as mãos longas e fortes, a pele morena e o sorriso. Enquanto tomava um banho, sentia-se submersa nas lembranças de infância. Ouvia seus gritos de alegria no dia em que seu pai lhe deu uma bicicleta para ir à escola. Era a única menina do bairro a possuir uma bicicleta. E depois olhou atentamente seu corpo, acariciou a barriga, sopesou os seios e acabou por achar-se muito desejável.

Então foi preciso que eu deixasse o Marrocos para que enfim me apaixonasse, para que conhecesse este estado maravilhoso que nos torna tão leves e tão presentes; foi preciso que me livrasse de tudo que me pesava, tudo que me detinha e me levava à resignação e ao silêncio para que me tornasse uma mulher, uma amante nos braços de um homem maduro, atencioso, diferente de todos os marroquinos que conheci. Com ele ousei agir, e minha liberdade se afirmou. Minha virgindade me obcecava; aos vinte anos decidi me livrar dessa pendência e me entreguei a meu primo Abderrahim, que dizia estar loucamente apaixonado por mim. Má lembrança! Que drama! Precisei ajudá-lo a me perfurar, ele tremia tanto! E depois, quando viu o sangue, seu pintinho encolheu de repente e desapareceu entre as coxas. Ele transpirava e gaguejava. Não tinha nem certeza de que a operação havia dado certo. Passei a considerar que não era mais virgem, o que para mim era essencial. Uma vez, antes de sua partida, cedi a meu primo Noureddine, com quem Azel tinha esperança de me ver casada. Ele era vigoroso, um pouco bruto, talvez. Não me fez gozar, mas ao menos seu pênis era enérgico. Eu o revejo ainda, orgulhoso de si, limpando os lençóis manchados de esperma; falava de sua viagem como nossos avós falavam da peregrinação a Meca. Para ele aquela partida ia resolver todos os seus problemas. Obviamente, eu fazia parte de seus planos, casamento em Tânger, reunião familiar em Bruxelas, filhos e todo o resto. Eu o deixava sonhar. Não tinha necessariamente vontade de fazer minha vida com ele; achava-o agradável, bonito, mas não me sentia apaixonada. Quando contava isso, minha mãe me dizia: Por acaso você acha que eu estava apaixonada pelo seu pai? O amor, o que vocês jovens chamam de amor, é um luxo, vem com o tempo ou não vem nunca; com seu pai, não tivemos tempo, ele foi levado muito cedo; vamos, minha filha, não perca esse rapaz, case-se com ele e somente depois você fará o que quiser dele; eu vou ajudar, você vai ver; é a mulher que decide tudo, ela faz o homem crer que ele é o chefe, mas, na verdade, o chefe é a mulher!

Azel não devia saber que tínhamos dormido juntos. De minha parte não tinha intenção de ir anunciar aos quatro ventos, mas no dia de sua morte, no dia em que seu corpo foi devolvido à família, não pude evitar de lhe contar sobre a tarde que havia passado com Noureddine na cabana de Agla. Via seu caixão e pensava que tinha sido a última mulher a lhe dar prazer. Chorei muito tempo. Hoje, sou uma outra mulher, digo isso porque por um tempo tive medo de nunca mais desejar outro homem. Aquela morte me dilacerou. Ao mesmo tempo que meus sentimentos se limitavam a uma atração física, a morte havia perturbado as minhas emoções e me persuadido de que havia estado apaixonada por Noureddine. Era contra a minha vontade. Durante meses vivi com seu fantasma, tinha sentimentos estranhos, amava um homem que não existia mais, um morto, um homem desaparecido, enterrado. Um dia, fui à tal cabana. Eu a abri e me deitei na cama onde os lençóis não haviam sido trocados. Inspirei-os: estavam cheirando muito mal. A morte havia passado por ali e depositado um pouco de suas cinzas. Então saí correndo da cabana. Um cão selvagem me perseguiu. Foi o guarda que me salvou, oferecendo-me, em seguida, sua égua para subir a falésia. Havia ali grupos de africanos sentados na sombra; eles estavam esperando. Eu não podia evitar de pensar que alguns entre eles se afogariam logo mais na noite escura. Imaginava a infância deles numa cidadezinha maliense ou senegalesa, suas vidas pobres mas não necessariamente tristes; imaginava suas mães, avós, tias preparando a comida; adivinhava seus sonhos, mas tinha a impressão de que eles não estavam com medo de morrer. Apesar de sua condição de miséria e isolamento, eles gracejavam e riam... De volta a casa, recomecei a chorar. Era preciso acabar com aquela história, não pensar mais em Noureddine, não escalar mais a montanha de seus sonhos que agora se encontravam tragados no fundo do Mediterrâneo. Ver aqueles africanos sorrindo e rindo me fez bem.

Foi preciso... Foi preciso que deixasse meu país, minha família, que me tornasse primeiro a mulher de um personagem encantador, que o acaso me pusesse depois no caminho de Nâzim, um imigrante ou um exilado, eu nunca soube, um homem verdadeiro, para que não somente saísse de minha história triste, mas também para que conhecesse o amor, o grande amor, aquele que dá arrepios, o que nos faz virar de pernas para o ar, que nos torna transparentes, frágeis, prestes a tudo. Eu não conhecia esse estado em que o corpo, quando é tão desejado e tão amado, sobe nos cumes e olha a cidade com o apetite de quem quer experimentar tudo, devorar tudo, abraçar tudo, abranger tudo.

No início, Nâzim era tão atencioso que quase acreditei que estivesse fingindo. Na cama, ele me acariciava muito tempo, me preparava, como dizia, e me levava ao céu, de costas, entre as mãos, nos braços, ele dançava, me apertava contra si, depois vinha a mim sem que eu me desse conta, penetrava-me devagarinho e me deixava louca. Não havia conhecido nada assim até então. Ele me falava em sua língua, me fazia rir. Eu lhe respondia em árabe dialetal de Tânger e ele gostava dos sons agudos dessa língua. Eu lhe pertencia. Estava feliz. Confidenciava-me com meu marido. Miguel ficava contente. Ele me dizia, você é tão bonita, merece ser amada por um homem desta qualidade! Ah! Se você soubesse como a invejo!

Kenza saiu do banho, pôs um roupão e correu para o telefone. Era a polícia que lhe pedia que fosse buscar seu irmão. Lá, Azel estava num tamanho estado de embriaguez que mal a reconheceu. O policial lhe disse que haviam encontrado com ele o seguinte papel: "Em caso de urgência, ligar para minha irmã Kenza, n.º 93 35 36 54." Ela o levou para casa, colocou-o na cama e esperou que se desembebedasse. De jeito nenhum, pensou, chamar Miguel.

Quando finalmente Azel acordou, tomou uma ducha, pediu café e insistiu para que Kenza ouvisse suas explicações. Primeiro ela se recusou, precisava voltar ao trabalho. Ele a obrigou a telefonar para avisar que chegaria com uma hora de atraso. Azel tinha uma necessidade incomensurável de falar.

28

AZEL

Minha irmã, primogênita, minha amiga, você tem que me escutar, preciso de você, isso não pode continuar, estou afundando num inferno que você nem faz idéia. Estou perdendo tudo. Na semana passada, fui encontrar minha namorada Siham, que trabalha em Marbella. A gente se gosta bastante. Sempre gostei da companhia dela... Desculpe-me, minha irmã, preciso lhe dizer coisas que não se dizem entre irmão e irmã, a relação entre Siham e eu é principalmente sexo, eu precisava disso para não perder a minha virilidade, ela também tinha o seu proveito, éramos cúmplices, nós nos ajudávamos mutuamente e sentíamos prazer nisso. Pois bem, na semana passada, *walou*! Sabe o que quer dizer *walou*? Nada de nada, fiquei impotente, desculpe-me, mas eu preciso falar, é preciso que a vergonha saia, a imensa vergonha, a *hchouma*! Ela foi gentil, não fez comentários, só disse não faz mal, é o cansaço, o estresse, a mudança de clima. Que cansaço, que estresse? E por que não a cotação do dólar e a invasão dos gafanhotos? Estou fodido, não sou capaz de ser um homem, não sei o que fazer, ontem visitei a pequena marroquina que virou puta desde que seu pseudomarido kwaitiano a abandonou, eu não sei mais como ela se chama, sei apenas que curtia demais quando estava comigo, que berrava quando gozava, pois bem, eu a vi ontem à noite, eu tinha tomado umas para me dar segurança, estava com medo de não ser homem de novo; quando tirei a roupa, ela morreu de rir, disse, mas onde foi parar o seu amigo? Eu lhe perguntei, mas que amigo? Ora, o amigo do homem, aquele que acorda assim que vê uma mulher, que a cumprimenta e fica bem rijo para deixá-la louca... *Walou! Walou*! Eu me tornei um *walou*, um nada, uma ausência, uma lembrança de homem, uma sombra... Tenho certeza de que foi aquela ordinária da Carmen, a velha, aquela que domina Miguel e dirige a vida dele; ela nunca me suportou, sempre me olhou como se eu fosse um intruso, um ladrão, ela deve ter acionado seus bruxos ou bruxas, ela me bloqueou, isso não acontece só no nosso país, essas histórias, até os europeus recorrem a esse tipo de coisa, só que não se desconfia deles, acredita-se que sejam civilizados, racionais etc., mas no fundo são como nós, desde que se trate de sexo e dinheiro reagem do mesmo jeito!

Tudo isso sei exatamente de quando data. Uma noite, uma verdadeira noite de horror, Miguel recebeu a visita de seus amigos brasileiros, uns loucos furiosos por sexo, ele me pediu que fizesse amor com uma mulher muito bonita que, na verdade, era um cara, um horror, fiquei enojado, enquanto eles ficaram me olhando transar, estávamos no meio da sala, no começo eu estava me divertindo, brincando, estava em forma, depois o homem-mulher me disse em português que mijasse nele, eu não entendi, ele pegou seu pinto e fez mímica, Miguel me disse, faça o que ele está pedindo, mije nele, descarregue sua urina, isso o excita, vai nessa, ele não está pedindo para você bebê-la, só para regar! Eu estava enojado, não tinha vontade de mijar, meu sexo não concordava, gritei e saí da sala. Eles eram loucos, aqueles brasileiros; por que Miguel os havia convidado? Desculpe-me, mas falar com você me alivia, eis aonde cheguei, no chão, não valho nada, não tenho mais nenhum respeito por mim mesmo. Depois dessa história, fui ver meu amigo marroquino, você sabe, o espertalhão, o grande manitu, eu não ousei falar, ele viu que eu estava infeliz, me deu uma coisa para beber e fumar, não lembro mais exatamente o que era; resultado, às dez horas da noite a polícia me recolheu, eu estava na calçada, eles acharam que eu tinha tido um mal-estar. Num certo sentido não estavam errados, só que era um mal-estar antigo, muito antigo, um mal-estar que já dura muito tempo, um imenso mal-estar, alguma coisa que dói, como agulhas cutucando meu coração, meu fígado, acidez, ânsias de vômito. A polícia tentou me interrogar, mas eu estava dormindo, em seguida um médico me deu uma injeção, me acordou um pouco, mas estava mal, muito mal, tinha vontade de morrer, vontade de me jogar debaixo de um ônibus... Foi então que telefonaram para você. E felizmente eles a encontraram, minha irmãzona!

Posso dormir na sua casa?

Kenza estava chocada, nunca tinha imaginado que algum dia seu irmãozinho lhe contaria semelhantes histórias. Não sabia nem o que dizer nem o que fazer, mas via claramente que Azel ia mal, muito mal. Depois de um longo momento de silêncio, ela se levantou, pegou sua bolsa e lhe fez notar que não poderia hospedá-lo por muito tempo. Era preciso encarar seriamente seu retorno ao Marrocos. Azel berrou, depois começou a chorar como um menino. Kenza precisava ir trabalhar. Ela lhe pediu que não atendesse o telefone e principalmente que dormisse.

Do trabalho, ligou para Miguel. Ele estava acamado, derrubado por uma bronquite. Foi ele que abordou diretamente o assunto de Azel; sabendo-o doente, Kenza não ousava aborrecê-lo. Ele não vai bem, né? Isso tinha de acontecer, infelizmente... Você sabe, eu me sinto um pouco responsável, achei que ele era maduro o bastante, que sabia o que estava fazendo quando partiu comigo... Mas sua vontade de deixar o Marrocos era tão forte que acabou por cegá-lo e falseou tudo o que ele começou. Não quero mais vê-lo, ele foi longe demais. Nunca lhe confessei, mas ele me roubou coisas preciosas que deve ter revendido a preços ridículos, comportou-se como um vagabundo da pior espécie, ele sabia que dinheiro não era um problema entre nós, mas queria mais, ele queria me humilhar. Uma noite com amigos, ele foi odioso, insultou-os, quebrou uma garrafa de vinho e quis arrumar briga. Não, Kenza, minha Kenza, minha amiga, minha esposa querida, seu irmãozinho é irrecuperável, você tem razão em dizer que seria melhor que ele voltasse para casa; ao menos lá, ele reencontraria seus pontos de referência e limites. Aqui, ele teve tudo com muita facilidade, não sabe o quanto eu trabalhei, o quanto eu sofri para chegar aonde estou hoje, mas é isso aí, quando estamos apaixonados, não raciocinamos, obedecemos aos sentimentos, às emoções. Eu fui apaixonado por Azel, ele nunca o foi por mim, agia como se eu não me desse conta de que estava simulando. Sou macaco velho, você sabe, para cima de mim, não! Bom, vamos parar um pouco de falar dele. Quando você vem mimar seu marido? Na verdade, eu nem lhe havia dito ainda, mas aí está, graças a algumas boas intervenções seu dossiê terminou, você é espanhola, é cidadã européia, o aval das autoridades chegou ontem, basta que você vá assinar e retirar o documento que lhe permitirá pedir o passaporte bordô escrito em dourado "União Européia"! Depois, a gente se divorcia quando você quiser, adoro você, minha linda, você é uma mulher maravilhosa!

Antes de voltar para casa, Kenza fez um desvio para visitar Miguel. Na porta, Carmen lhe respondeu que ele estava dormindo profundamente. Ela baixou a cabeça e se foi. Só então se lembrou de que havia prometido ir dançar à noite no restaurante. Foi direto para lá e chegou no horário. Sob os olhos dos espectadores, ela teve prazer em se deixar levar e fazer de seu corpo uma esplêndida metáfora do erotismo e do sonho. Produziu-se várias vezes e ganhou, naquela noite, um bom dinheiro.

29

NÂZIM

Nâzim estava em frente ao prédio de Kenza, preocupado, nervoso. Ele esperava sempre o pior. Era sua natureza e era talvez por isso que desde cedo tinha cabelos brancos. Naquela noite, estava decidido a dominar sua angústia, não havia nenhuma razão para inquietar-se. Kenza estaria ali de uma hora para outra, ele a pegaria nos braços, a ergueria e partiria para longe com ela. Tinha tanta vontade de ser livre, de ter seus documentos em ordem, assim como tanta vontade de ter um pouco de dinheiro. Desse modo, poderia levar Kenza à sua Anatólia natal, mostrar-lhe a insolente beleza das montanhas e a densidade das árvores. Pensou repentinamente nos seus, naqueles que não via há mais de dois anos, aquelas pessoas que lhe faziam falta, mas das quais nunca falava, era sua maneira um pouco mágica de afastá-las de seu pensamento, de mantê-las num território de espera, persuadido que estava de que iria reencontrá-las um dia, num dia particularmente especial, com o coração cheio de luz, os olhos cheios de lágrimas felizes, um dia realmente diferente dos demais, um dia em que voltaria a ser ele mesmo, aquele que havia dito: um dia em que o exílio seria bruscamente apagado de sua memória.

Quando Kenza apareceu enfim no final da rua, correu para ela e envolveu-a com seus braços. Disse-lhe o quanto estava feliz em vê-la, o quanto sua ausência lhe havia custado, beijou-lhe as mãos e lhe recitou uma vez mais um poema turco. Mas Kenza se mostrava embaraçada, Azel estava dormindo em sua casa, ela não podia convidá-lo a subir. — Vamos ao hotel! — propôs Nâzim. Kenza hesitou. — E por que não na sua casa? Eu nem sei onde você mora. O hotel é para os amantes clandestinos ou para as prostitutas, em Sabadell; no começo era diferente, estávamos viajando. — Nâzim insistia: — Você sabe, a minha casa é miserável, você merece mais do que meu ninho de rato. — Ela lhe pediu que a esperasse o tempo de subir e pegar algumas coisas para o dia seguinte.

Nâzim ficou andando de um lado para o outro. Começava a se impacientar. Talvez Azel não a tivesse deixado descer para encontrá-lo, talvez ela tivesse mudado de idéia. A luz estava acesa no apartamento. Enfim, depois de vinte longos minutos, Kenza estava ali. A idéia de passar de novo a noite num quarto de hotel excitava Nâzim. No caminho, pôs-se a cantar em turco e em árabe:

Você é minha embriaguez
De você não me desembriaguei

Não posso me desembriagar
Não quero me desembriagar.

Ela ria, tinha vontade que a possuísse imediatamente, hesitava, isso não se faz, é malvisto, ainda por cima vindo de uma mulher árabe. Mas ele certamente podia compreender. Mesmo que ela tivesse percebido que ele era quase tão possessivo e ciumento quanto os homens marroquinos. Andavam agora de mãos dadas. Na orelha, ela lhe cochichou: "Estou com desejo por você." Ele parou, sorriu e a puxou, encostando-a no muro. Beijou-a com ardor. Algumas pessoas passavam e fingiam não estar vendo nada. No hotel, ele pagou o quarto adiantado e pediu uma garrafa de água. Em sua bolsa havia trazido uma garrafa de araque.

O quarto era pequeno e comum, sem conforto especial. Cheirava a fechado. O carpete gasto, a luz fraca, mas o desejo deles era forte e cego. Nâzim pediu a Kenza que o deixasse agir. Com sua gravata preta, ele lhe vendou os olhos e começou a lhe descrever à sua maneira o que os cercava: o cômodo é pequeno mas cheio de charme, as paredes são forradas de uma seda salmão, num canto, tem um sofá de couro, ao lado um armário antigo, próximo à janela está pendurada uma bela reprodução de um quadro orientalista, a colcha é feita de um veludo raro; um grande tapete persa cobre o chão; agora vou despi-la como quem tira pétalas de uma linda rosa, não se mexa, eu tiro primeiro o seu blazer, depois a blusa, a saia, os sapatos, a meia-calça, espere, espere, deixe-me tirar seu sutiã, mas você não está usando calcinha, nem mesmo um fio dental!

É uma loucura, você me deixa louco! Você é formidável, adivinhou o que eu queria, como você é bonita, nosso amor é tão forte, você é uma pérola e eu não sei o que fazer para merecê-la, para estar à altura, que sorte! Tenho tanta vontade de gritar!

Ela estendia as mãos e procurava, ele lhe escapava, ria, ela gritava, estavam felizes, caíram na cama e fizeram amor demoradamente, os olhos de Kenza estavam o tempo todo vendados.

As luzes estavam apagadas, as cortinas abertas, eles esperavam no silêncio o raiar do dia. E, de repente, o céu ficou branco: Está vendo, minha linda, é a hora em que os cavalos descem do céu, se vestem com cores do outono e fazem a ronda em torno de um grande pacote de nuvens; está vendo aquele camelo levando um armário cheio de vestidos de seda e de cetim, avança no horizonte em busca dos amantes que se uniram esta noite; a aurora se dispersou nas árvores mais altas; e você está bela como esta carícia da luz, você está aqui e eu canto para que nunca me abandone, oh, Kenza, em nome desta manhã tão bela, em nome deste sonho que revoluciona o céu, você quer se tornar minha mulher, minha esposa legítima?

Kenza tirou a venda dos olhos, levantou a cabeça e disse:

— Está falando sério?

— Eu te amo. Você sabe, no meu país, um homem tem dificuldade em confessar seu amor a uma mulher, são coisas que não se dizem, é muito se damos a entender, mas eu considero que não estou na Anatólia, estou aqui na Espanha, e somos diferentes, não estamos mais limitados por nossas proibições, por nossas tradições, eu estou certo de que o fato de ter deixado nossos respectivos países nos permitiu sermos nós mesmos, nós nos amamos sem termos medo do olhar dos outros, sem temer as palavras maledicentes dos vizinhos e dos hipócritas, a Espanha nos libera, então você, a marroquina, eu, o turco, vamos nos casar e esquecer de onde viemos.

— Espere, espere, não vá tão rápido. A gente nunca esquece de onde vem; nossas origens nos perseguem onde quer que a gente vá, não nos livramos de nossas raízes tão facilmente assim; cremos sempre que mudamos de mentalidade, mas ela resiste e eu sei do que estou falando, uma mulher árabe aqui é obrigada a mudar de comportamento. Senão é massacrada, dominada, desprezada. Você vê, tudo isso é uma questão muito vasta. Quanto a nós dois, preciso pensar e resolver alguns problemas. Dê-me um tempo. Como você sabe, eu já sou casada.

Eles se separaram na entrada do hotel. Kenza sentiu-se então tomada de hesitação. Tenho tanta vontade de ser feliz, pensava, esquecer o passado, tenho vontade de viver, realizar tantas coisas. Preciso me decidir agora. Não sabia muito bem, no entanto, o que pensar da proposta de Nâzim. Ela não sabia quase nada sobre aquele homem. Quando lhe fazia perguntas sobre sua vida na Turquia, ele se mostrava sempre reticente. Ela havia aprendido a desconfiar. Tinha ao menos uma certeza, na cama se sentia bem com ele, seu corpo descobria a cada vez um prazer diferente. Também tinha sentimentos por ele, claro, talvez até amor, e no entanto ela ainda possuía uma dúvida. O que estava fazendo em Barcelona aquele homem culto, por que ele havia deixado seu país? Ele dizia que era por causa de problemas políticos, mas alguma coisa de indefinível a incomodava. Ela caminhava pensando naquela noite, uma das mais belas noites de sua vida. Uma francesa de Tânger, repudiada por seu marido marroquino porque era suspeita de adultério não lhe havia dito um dia que as mais belas noites de amor eram sempre clandestinas? O amor era mais forte quando escapāva ao hábito. Por que então se casar? Por que não ficar sozinha?

Ela precisava falar a respeito disso com Miguel, seu melhor amigo.

30

MIGUEL

Miguel estava usando um albornoz branco de lã. Sentado em seu escritório, escrevia cartas, assinava cheques, pondo ordem em suas coisas. Kenza se aproximou e o abraçou. Sentia dificuldade em imaginá-lo nu em uma orgia, cercado de bichas loucas do Brasil. Nunca havia ousado falar com ele sobre sua vida íntima.

— Você chegou na hora certa! Acabo de descobrir um caderno no qual meu pai manteve uma espécie de diário. Fiquei sabendo de coisas surpreendentes. Preciso lhe contar, ou melhor, preciso ler algumas páginas sobre o Marrocos para você:

24 de junho de 1951: Estou em Rabat num quarto do hotel Balima. Foi nosso serviço consular que nos instalou neste hotel, enquanto esperamos o término da investigação.

Somos dez, dez espanhóis a ter subido numa pequena barca no porto de Tarifa na noite de 22 para 23 de junho. Tem José, o impressor demitido por ter ousado falar com o sindicato, seu irmão Pablo, o jornalista, vigiado pela polícia, Juan, o advogado proibido de exercer a profissão, Baltazar, o poeta que não acha editor, Ramon, o livreiro combatido pelos editores e jornais franquistas, Ignacio, o estudante de medicina brigado com os pais, Pedro, o motorista de ambulância, judeu praticante e várias vezes perseguido, Garcia, o barman, André, um escritor francês residente na Espanha e que se diz espanhol. Somos todos comunistas, militantes antifranquistas, todos passamos pela prisão. Não sei mais como foi decidido, mas um dia, José nos propôs deixar a Espanha para ir viver e trabalhar no Marrocos. O norte do país e seu extremo sul estão ocupados pela Espanha, e o restante pela França. Éramos espiados, muitas vezes controlados, vivíamos com medo de ser presos e acusados de um crime qualquer. A polícia sabia organizar esse tipo de coisa; a gente chegava à delegacia e nosso dossiê já estava preenchido com fatos e delitos que não tínhamos cometido. Não possuíamos passaporte, nem permissão para sair do país. Nossas reuniões ocorriam em lugares secretos, mas estávamos cansados de nos esconder. Foi Garcia, que havia sido marinheiro antes de se tornar barman, que nos arranjou a barca. Ninguém o havia feito antes: deixar clandestinamente a Espanha pelo Marrocos. Poderíamos ter feito como muitos companheiros e nos exilarmos na França, mas tínhamos atração por aquele país onde o sol queima o ano inteiro. O Marrocos já era a África e a aventura. Partimos na noite de 22, uma noite escura. Tínhamos remado alternadamente a noite inteira. Nós nos perdemos. Garcia havia esquecido como se orientava no mar: encalhamos ao largo de Salé, uma linda cidadezinha vizinha a Rabat. A polícia francesa nos resgatou, dissemos que éramos um bando de amigos que havia partido para pescar e acabou se perdendo. Eles acreditaram. O cônsul espanhol também. Ninguém imaginou que fôssemos a primeira "patera", a primeira barca clandestina da história hispano-americana.

Antes que o cônsul se desse conta de com quem estava tratando, deixamos o hotel e nos espalhamos pelo país, principalmente no norte. Na manhã seguinte, no Petit Marocain, *bem como no* España, *um jornal publicado em Tânger, pude ler o seguinte: "Dez imigrantes espanhóis quase morreram afogados ao largo de Salé; eles foram resgatados e cuidados, mas desapareceram em seguida; a polícia e suas famílias estão à procura deles."*

26 de junho de 1951: Peguei o trem para Tânger. Em Arbaoua, a Guardia Civil revistava especialmente os viajantes marroquinos. Falei com Juan em voz alta, em espanhol. Ao passarmos, os policiais nos saudaram, um deles até nos pediu um cigarro. Juan deu-lhe o maço inteiro. Ao chegar umas dez horas depois em Tânger, ficamos maravilhados com a beleza daquela cidade rodeada pelo mar. Todos falavam a nossa língua, a peseta era a moeda principal. Cidade internacional, ela formigava de gente. Para nós, foi a cidade do deslumbramento e da liberdade. Havia ali carros norte-americanos muito longos e luxuosos; lembro-me de um Cadillac pintado de rosa, conversível, dirigido por um homem muito magro vestido de maneira ostentatória, ao lado dele uma belíssima européia que fumava cigarros como num anúncio de publicidade. Fiquei sabendo mais tarde que aquele homem jovem era filho único de uma antiga família judia de Tânger, família muito rica. Ele se chamava Momy.

Juan arranjou trabalho na mesma semana em um grande escritório de advocacia onde espanhóis trabalhavam com ingleses e franceses. O hotel El Minzah estava procurando alguém para a contabilidade. Trabalhei lá, encontrei personalidades do mundo literário e político, e me lembro principalmente de um escritor norte-americano que nunca ficava sóbrio; diziam que havia ali muitos espiões, nunca cheguei a vê-los, mas havia um barman que trabalhava manifestamente com a polícia, mas qual das polícias, se cada nação tinha a sua; ele devia informar todos aqueles que lhe pagassem. Farejei que devia ser um delator porque começou a fazer críticas ao Caudillo para me aliciar, técnica essa bem clássica, e eu lhe disse que não fazia política; ele entendeu. Gostei muito dos oito meses passados naquela cidade: adorei o "Grand Socco" com todas as camponesas que vendiam suas frutas, legumes, queijo de vaca, flores, plantas; gostei também do outro Socco, "el Socco Chicco", onde se fumava tranqüilamente cachimbos com kif; não era proibido, havia até placas azuis que representavam o mapa do Marrocos desenhado pela fumaça de um cigarro, escrito embaixo "Diretoria marroquina de tabaco e de kif". Sim, na época, o kif era fumado sem problemas. Gostei também da Velha Montanha com suas mansões coloniais, suas recepções empoladas, suas inglesinhas esnobes e suas belas espanholas que serviam os convidados. Foi numa dessas noitadas que Juan se apaixonou por Stéphanie, uma francesa que tinha vindo passar as férias na casa do tio, um decorador que não gostava de mulheres. Juan e Stéphanie se casaram na França e tiveram, como se diz, muitos filhos. Havia um pintor inglês e sua mulher; ele desenhava a medina, as cenas da vida marroquina; havia também um membro da família real britânica que adorava festas e rapazes, e não escondia isso; falava-se também à época de um escritor norte-americano radicado ali havia vários anos e que vivia, diziam, com um rapaz marroquino analfabeto, enquanto sua esposa se relacionava com uma mulher do povo. Tânger era como um circo no qual se encontravam pessoas que viviam à margem da sociedade. Eu olhava aquele mundo com um olhar crítico e não me misturava com aquela gente.

13 de fevereiro de 1952: De lá parti num navio da companhia Paquet; desembarquei em Marselha onde amigos do partido me receberam e me deram trabalho na estação Saint-Charles. Era uma época difícil. Havia muitos refugiados espanhóis. Um dia fiquei sabendo que meu pai havia sido hospitalizado, e pela primeira vez voltei à Espanha munido de documentos falsos. Em casa, reencontrei Mercedes, minha mulher, que trabalhava duro para criar nossos dois filhos; Miguel tinha quinze anos, era um rebelde; Maria, sua gêmea, ia bem na escola. A vida foi mais forte que meus ideais, eu não virei a casaca, mas progressivamente tomei distância do Partido, sobretudo depois da invasão da Hungria pelas tropas soviéticas.

Fazia questão de contar a história daquela patera do mês de junho de 1951. Ela foi única, histórica.

Miguel fechou o caderno, esfregou os olhos, olhou para Kenza:

— É incrível! Quem acreditaria? Já em 1951 havia clandestinos, mas não do sul para o norte como hoje, coisa louca, não é? Meu pai nunca me falou desse episódio de sua vida. É curioso, não acha?

Kenza não sabia o que responder. Como todo mundo, ela pensava que os marroquinos é que tinham inventado as pateras.

—Você sabe, minha linda, que os espanhóis que ocupavam o Marrocos eram pessoas de uma pobreza inaudita, não tinham as posses dos franceses. Franco tirou do Rif os melhores elementos de seu exército, depois se desinteressou de tudo que podia ajudar o país a se desenvolver, a existir. Então, ele nada construiu de qualidade: nem barragens nem estradas; havia um hospital espanhol, mas eram principalmente as irmãs de caridade que cuidavam dele. Enfim, que época! É por isso que os marroquinos nunca consideraram os espanhóis verdadeiros colonos. No entanto, alguns espanhóis guardaram um sentimento de superioridade com relação aos marroquinos, *los moros*, como dizem. Afora isso, como vai você?

Kenza queria falar da proposta de Nâzim. Ela observou um grande cansaço no rosto pálido de Miguel. Concluiu que não era o momento. Ele devia estar doente.

Estava saindo quando ele lhe contou que havia pedido a seu advogado que iniciasse o processo de divórcio. Ela lhe respondeu:

— Você só precisa me repudiar, você diz diante de testemunhas, três vezes: "eu a repudio", e pronto, depois você me manda uma carta pelos *adouls*, que me informarão oficialmente a sua decisão. É assim que funciona no Marrocos.

Miguel havia registrado seu casamento na prefeitura de Barcelona, ele sabia que o casamento marroquino não era um contrato, mas um ato que não tinha valor jurídico fora da esfera muçulmana.

Em nenhum momento Kenza havia tentado aproveitar-se da situação. Ela beijou Miguel, depois lhe disse:

— Nâzim, sabe, o meu namorado turco, me pediu em casamento.

— Você vai ter filhos; vou ser pai ou avô?

— Ainda não cheguei lá. Esse homem me agrada, mas eu não o conheço muito bem. Não sei se é sincero. Tenho como que um pressentimento. Afora isso, é o primeiro turco que encontro, talvez tenha preconceitos.

—Você quer que eu me informe?

— Não, não precisa.

— Ainda assim, me dê o nome dele e a data de sua chegada à Espanha.

— Ele entrou por vias clandestinas. Está ilegal.

— Como é possível? Se ele não tem documento, não poderá se casar legalmente.

— Não, ele propõe que a gente se case e a partir daí peça uma regulamentação.

— Enquanto nosso divórcio não for proclamado, você não poderá se casar de novo. Quanto a ele, se quer fazer as coisas na lei, precisa, de qualquer jeito, regularizar sua situação; tudo isso está me parecendo complicado.

—Você tem razão, é só uma proposta, não decidimos nada.

—Você está apaixonada?

— Estou, Miguel.

— Não tenha pressa. Espere que sua própria situação se normalize. Depois, você fará o que tem vontade de fazer. Uma marroquina e um turco! Que bela mistura, vocês terão filhos lindos!

31

AZEL

Azel sabia, por tê-lo freqüentado, que o Barrio Chino não pertencia mais aos espanhóis. Sob as Ramblas, as ruelas lembravam ora a medina de Fez ora a velha cidade de Nápoles e haviam-se tornado o lugar onde comerciantes indianos e paquistaneses faziam seus negócios. Nada de extraordinário. Os muros estavam descascados. As pessoas, tristes, e algumas africanas que esperavam clientes em pleno dia representavam a desolação daquele bairro, do qual uma parte havia sido recuperada pela prefeitura para a construção de uma cinemateca. Marroquinos perambulavam ali, sem saber o que fazer de seu tempo. Alguns tomavam sol, as costas contra o muro, outros inspiravam o ar; dir-se-ia que estavam à espera da chegada do Profeta. Uma loja de venda de aparelhos de telefone, de nome paradoxal *Al Intissar* (a vitória), servia-lhes de ponto de encontro. Ela era estreita e pouco acolhedora, e se encontrava na

Carrer Sant Pau, espremida entre um salão de cabeleireiro minúsculo que se chamava "*Ma Cha'a Allah*" (o que Deus quis) e um lugar de oração chamado "Mezquita Tarik Bin Ziyad".

Era ali que Azel encontrava refúgio. Ele não fazia nada de específico; como os outros, esperava. Um dia, Abbas lhe disse: Esperar é o nosso novo ofício! Azel ficava então ali, imóvel, fixando o chão, consumindo lentamente um cigarro entre os lábios, a aparência muito descuidada: não se banhava fazia uma semana. Azziya, uma prostituta nigeriana, propôs-lhe fugir com ela, desaparecer na Índia ou na Austrália. Ele sorriu, balançou a cabeça e depois lhe perguntou se não tinha visto Abbas naquela manhã. Ela se afastou e foi tomar uma cerveja no bar *Alegría*.

— Soumaya! — ele exclamou de repente, no instante em que pensou em seu nome. Se há alguém na Terra que ainda pode me salvar, esse alguém é ela, com certeza. Só ela é capaz de dar vida outra vez à minha alma, de me fazer recuperar a virilidade. Preciso vê-la de qualquer jeito! Abbas deve saber onde ela está. Mas onde está Abbas, afinal de contas? Está se escondendo? Falaram de batidas nesses últimos tempos. Talvez ele tenha se antecipado e desaparecido completamente?

Azel andava na rua seguindo um raio de sol. Parou diante de um marroquino que oferecia um verdadeiro bricabraque: um par de sapatos velhos, um telefone preto que não funcionava mais, uma concha, cinzeiros de plástico, três gravatas sujas, um boné militar, uma lista telefônica de Sevilha, um mapa de Barcelona, um abajur, lâmpadas provavelmente queimadas, um lençol dobrado, quatro cabides, entre os quais um de madeira. Eles se entreolharam, sorriram um para o outro e depois deram um aperto de mãos.

Azel esperava achar Abbas numa pensão do Barrio Gótico. Andava cabisbaixo, pensava cada vez mais em Soumaya, via-a, lembrava-se de seu cheiro, um calor furtivo atravessava-lhe o ventre; é isso, pensou, ela saberá colocar as coisas nos seus devidos lugares, terá o poder de inundar meu corpo de calor, seus seios grandes são maravilhosos, ela sabe tão bem usá-los, é isso, vou me contentar com seus peitos como a primeira vez em que ela fez questão de me fazer gozar entre eles, adivinhando meu ponto fraco, mas será que ao menos está em Barcelona? Freqüentemente ela lhe falava de seu plano de voltar ao Marrocos para abrir seu salão de cabeleireiro; Abbas, que sabia tudo, poderia lhe dar alguma informação.

Carrer del Bisbe: marroquinos se encontravam encostados no muro. Apoiavam-se como se quisessem impedir que ele desabasse. Um paquistanês vendia lenços de tecido sintético. Não dizia nada, esperava que o cliente parasse e lhe enrolava no pescoço um daqueles lenços de cores vivas.

Abbas ainda estava dormindo. A pensão onde morava era mantida por gente da América Latina. Azel o despertou e o tirou da cama para levá-lo a um café nas Ramblas.

— Estou me escondendo, tive informações sobre a entrada de árabes vindos do Afeganistão, via Islamabad, aqui no território. A polícia teme atentados, você sabe, aqueles que eles chamam de "afegãos", matadores sem escrúpulos, sem consciência e fanáticos. Então, a polícia varre tudo e pára um bom número de *moros*. E você, quais são as novidades?

— Eu deixei o espanhol, comer homem não é o meu negócio.

— Ok! Você já disse, mas como fazia para ficar de pau duro?

— Ele me chupava, eu fechava os olhos, pensava em Siham ou em Soumaya; aliás, ele se saía melhor do que elas.

— Ah! Pobre Soumaya!

— Onde ela está? Estou procurando-a, preciso dela.

— É melhor deixar para lá; ela está com aquela doença que não tem cura, a infeliz, meteu-se com drogas, depois uma coisa puxou a outra, você não a reconheceria se a visse, está magra, com os seios flácidos, os olhos vidrados, não tem condições de se tratar e depois tem pavor que a mandem de volta ao país. Por que você queria vê-la?

— Só para cumprimentá-la, ela foi legal comigo.

— Amanhã levarei você para visitá-la, se quiser, mas terá de deixá-la em paz; ela está muito doente, a coitada. Divide o quarto com uma mexicana desleixada.

A bela Soumaya, carnuda e viva, havia se tornado uma sombra escura, de rosto enrugado, olhar vazio e o corpo mortificado pelos sofrimentos da doença e da fome. Estava dormindo ou talvez em coma. Azel desviou os olhos, repentinamente inundados de lágrimas. Saiu correndo do quarto. Arrasado, queria fazer alguma coisa por ela, salvá-la, se pudesse. Abbas lhe disse que era tarde demais.

Azel se lembrou de que conhecia um médico francês, amigo de Miguel, radicado em Barcelona, a quem poderia talvez pedir ajuda. Impossível esquecer seu nome, ele se chamava Gabriel Lemerveilleux. Era seu nome verdadeiro. Vinha de uma família de franceses argelinos de Mostaganem. Culto, divertido, profundamente humano, adorava ajudar e tinha um senso muito aguçado da amizade, sem todavia ter muitas ilusões acerca do gênero humano. Trabalhava o menos possível, dando prioridade a seus numerosos e tumultuados amores com homens. Vivo, inteligente, Gabriel, além da competência profissional, tinha uma paixão pelos outros. Diziam que sofria de "amor ao próximo". Alguns riam disso, outros ironizavam. Mas todo mundo reconhecia seu dom de ler no olhar das pessoas e estar sempre presente quando precisavam dele. Azel conhecera-o em Tânger por ocasião de uma festa organizada por Miguel. Consultando uma lista telefônica da cidade, encontrou de imediato o endereço de seu consultório.

Apresentado-se lá, Azel nem sonhava com o que iria ficar sabendo.

32

GABRIEL

Gabriel era, certamente, a pessoa que melhor conhecia Miguel. Mesmo vendo-se raramente, eles mantinham laços muito fortes. Gabriel sabia bastante sobre seu amigo, mas recusava-se a falar. Naquela manhã, entretanto, quando viu Azel chegando em seu consultório, pediu-lhe que esperasse e não fosse embora de jeito nenhum, pois tinha algo a lhe dizer.

—Você veio a calhar, Azel. Eu não sabia onde encontrá-lo. Mas me diga primeiro o que o traz aqui.

Azel hesitou, depois lhe falou da situação de Soumaya. Gabriel tranqüilizou-o imediatamente. Ela já tinha ido consultar-se com ele e estava acometida por uma hepatite grave. No momento se encontrava em tratamento e logo ele a colocaria de pé.

— Mas eu a vi, ela está muito doente!

— Não se preocupe, ela vai sair dessa. Com algumas intervenções à marroquina, consegui interná-la numa clínica conveniada com a *Cruz Roja*; ela precisa de repouso e principalmente de uma vida saudável; a coitada foi abandonada e se negligenciou demais. Cheguei a dizer-lhe que, antes de qualquer coisa, faria bem em começar tomando um banho. Ao vê-la, qualquer pessoa diria que ela está à beira da morte.

Depois de um momento de silêncio, Gabriel retomou a palavra:

— Você fez Miguel sofrer muito, sabe disso, não é?

— Ah, não vamos exagerar, eu me permiti pegar alguns bibelôs dele porque precisava pagar uma dívida, foi só isso. Miguel foi muito generoso com a minha família; eu, ao contrário, perdi tudo, estou demolido. É a mim que se deve lamentar, não a ele.

— Então escute ao menos a história que vou lhe contar. Miguel não é quem você pensa, ele inventou um personagem para si, mas tomou, de um certo modo, o mesmo caminho que você. A família na qual nasceu era muito pobre. Seu pai precisou se exilar no Marrocos, depois na França, e trabalhar no porto de Marselha. Sua mãe era zeladora num bairro residencial, e para sobreviver foi obrigada a abandonar os dois filhos e entregá-los à assistência social pública. Na sua idade, Miguel era bem mais desprovido do que você atualmente. Assim que pôde, ele deixou a Espanha. Quis salvar sua pele. Por isso, como você, precisou acompanhar um homem, um lorde inglês, rico e poderoso, um homem complicado e severo. Esse lorde decidiu protegê-lo porque Miguel era muito bonito e, chegando a Londres, ele o instalou numa de suas propriedades. Miguel era seu amante, seu escravo devotado, seu criado, seu mordomo, e o lorde até o obrigava, mesmo que de tempos em tempos, a transar com sua irmã, uma bruxa velha que ninguém queria. Contrariamente a você, Miguel já tinha tido relações sexuais com homens na Espanha, ele gostava disso e não escondia, mesmo com a sociedade da época não tolerando. Miguel suportava seu patrão e o satisfazia. Ele sabia, no entanto, que um dia acabaria sendo recompensado. Inteligente e esperto, aproveitava, portanto, o mais que podia dos raros momentos em que o lorde não lhe recusava nada. Miguel só tinha na cabeça um único objetivo: sair daquela situação, e nunca mais conhecer a penúria e a miséria. Foi assim que chegou até a usar a irmã para obter o que o lorde tinha mais dificuldade em lhe oferecer, um pequeno Picasso que ele adorava. Era preciso ser forte, eu lhe garanto, ter uma energia formidável para ir até o fim daquele jogo e, principalmente, para sair ganhando. Enfim, na morte do lorde, Miguel herdou uma grande fortuna. O lorde lhe deixou tudo em testamento. A irmã tentou impugnar a sucessão, mas a justiça lhe deu perda de causa. Ela chegou até a espalhar o boato de que seu irmão havia morrido envenenado por Miguel. Depois disso, Miguel partiu para Tânger e comprou uma casa esplêndida, instalou seus pais numa pequena fazenda em Málaga e colocou sua vida em ordem. Ele começou por mudar de nome, conseguiu um trabalho e um marido para sua irmã, aproximou-se da família real da Espanha, dizem até que a rainha o apreciava e lhe facilitava algumas relações; ele gostava de brilhar, dar grandes festas, gastar dinheiro e fazer tudo por quem se apaixonava. Como você vê, Azel, acho que na sua companhia ele reviveu uma parte daquela juventude, mas você o decepcionou profundamente.

Azel estava surpreso. Não consegui evitar de pensar no que Miguel poderia lhe deixar depois de sua morte. Cogitou até voltar para ele, pedir-lhe perdão, cair novamente em suas boas graças e administrar-lhe a famosa pequena pílula que pára o coração sem deixar vestígios.

Agora que estava menos preocupado com Soumaya, Gabriel tinha conseguido tranqüilizá-lo; ele refletia sobre sua própria sorte. Quando estava prestes a deixar Gabriel, baixou os olhos e balbuciou:

— Você sabe, não tenho mais ereção!

— E daí? Isso acontece com todo mundo, essa coisa da pane; todos os homens passam um dia ou outro por isso; não é nada, não se preocupe.

— Não é físico, é a minha cabeça que não está boa; estou perdido, não tenho mais nenhuma confiança em mim, estou fodido, sinto vergonha.

— Telefone para mim na semana que vem para falarmos disso seriamente.

33

FLAUBERT

Foi por um estranho acaso que os caminhos de Azel e de Flaubert se cruzaram numa fria manhã num banco de jardim público. Azel fumava, Flaubert não.

— Ei! Você tem uma maneira mortífera de fumar!

— O que quer dizer com mortífera?

— Você engole a fumaça com todas as suas forças para que ela deposite todo o alcatrão nos seus pulmões. Nada escapa. Está tentando se livrar de si mesmo. Claro, não tenho nada com isso, mas como se diz no meu país, Camarões, mais exatamente na terra dos bangangte no Nde, parece que você tem medo de um luto seco.

Azel o olhou, sorriu, depois deu-lhe um tapinha no ombro.

— Você é um cara estranho! Quem o enviou para me dar lição de moral? Minha mãe, minha irmã ou meu benfeitor?

— Ninguém, estou de passagem, vim procurar André Marie, um primo que a família está tentando encontrar desesperadamente por problemas com uma tontina. André Marie é um negão, acho que ele mede dois metros de altura e que um dia foi embora com o firme propósito de encontrar trabalho na Europa, tendo entrado no Marrocos pela fronteira com a Mauritânia, passado alguns meses em Tânger onde não sofreu pouco, até que acabou atravessaando o mar. Acho que ele até conseguiu na primeira. Ao menos, é o que dizia na mensagem que mandou por um de seus primos que retornou ao país.

— Já estou vendo, mais um desses africanos que comem os gatos de Tânger porque não têm nada para sobreviver! Por causa deles, dizem que os camundongos e ratos reapareceram nos bairros dos arredores do porto. E você, de onde vem?

— Trabalho numa ONG franco-alemã. Eu estava em Toulouse quando a família me telefonou pedindo que partisse à procura dele; disseram-me que o encontraria em Barcelona, no bairro africano. Então tomei o trem e aqui estou em busca de André Marie. Por acaso você não o conheceria? Um homem de dois metros costuma ser notado!

— Não, não conheço nenhum africano. Ah, sim, conheço Azziya, uma puta da Nigéria.

— Azziya, mas esse nome não é africano!

— Exato! São os marroquinos que a apelidaram assim; lá, quase sempre os chamamos os negros de Azzis, uma palavra pejorativa, às vezes até Abid, que quer dizer escravo. Mas voltemos a você, o que é essa história de "luto seco" e de "tontina"?

— No nosso país, na terra dos bamileke, vivemos com o dever de respeitar nossa palavra, não manchar a honra da família.

A pior das vergonhas para um bamileke é as pessoas virem a seu luto, quero dizer, a seu funeral. Se você não respeitar a sua palavra, não fará parte da família e da tribo. O luto seco é quando marcamos presença no funeral, mas não bebemos e não comemos, não ficamos muito tempo.

— Mas para o morto não adianta nada que tenha ou não gente no dia do seu enterro.

— Não, porque no nosso país os mortos nunca estão mortos, eles mudam de condição e se tornam ancestrais que consultamos quando ocorre um problema.

— E o que é a "tontina"?

— É um sistema de crédito. Um pequeno grupo de pessoas se reúne e cada um se compromete em depositar uma certa soma por mês num caixa comum. Em seguida, um de cada vez tem acesso à quantia total como crédito. O dinheiro é emprestado sem documento, sem assinatura, sem nada, senão a palavra empenhada. Se um dos membros do grupo não reembolsar o crédito, a honra da família inteira ficará manchada, e será quando os irmãos e irmãs se verão na obrigação de reembolsar o caixa a fim de salvar a honra da família. Vim procurar André Marie porque ele tinha um crédito para ir trabalhar na França, mas ele desapareceu e não reembolsou a tontina. Seu pai está doente, não morreu, mas teme que por causa do maldito filho seu luto seja seco. Eles me chamaram para salvar a situação antes da chegada da estação das chuvas. Tenho duas ou três semanas para resolver o problema. Senão, será um drama ele não poderá mais dizer que é originário do Nde.

— Nde é o nome do seu vilarejo?

— É mais do que um vilarejo, é como um estado, e significa Nobreza, Dignidade, Elegância.

Azel achou que aquilo fosse uma brincadeira.

— Com todos esses valores tradicionais em seu país, por que vocês precisam partir? Sempre tive pena de ver esses africanos perambulando nas ruas de Tânger como sombras perdidas; eles são gentis, não são agressivos nem maus. Mendigam, limpam os cemitérios, fazem trabalhos duros e aceitam ser mal pagos. Alguns se põem ao longo da estrada, principalmente em direção à cidade de Ceuta, e interpelam os motoristas fazendo gesto de quem quer comer. É bem triste de se ver. O que os leva às estradas?

— Nós partimos, mas sempre para voltar. Fazemos nossa vida em função da família, pela qual cada um se sente responsável. Escute a história de Appolinaire, não o poeta francês, mas meu primo que trabalha no transporte de mercadorias. Há alguns anos, seu pai morreu bruscamente sem ter reembolsado o dinheiro que a família devia à tontina. O luto foi mais do que seco, ninguém foi prestar homenagem ao defunto; era um luto deserto, árido e muito infeliz. Apollinaire, então, tomou a decisão de emigrar para a França a fim de juntar o dinheiro que seu pai não chegou a ter tempo de ganhar. Ele se virou para entrar clandestinamente na França e trabalhou no tráfico de carros usados. Em apenas cinco anos tinha juntado uma boa soma. Voltou a Duala e organizou tudo para o funeral de seu pai na cidade; obviamente após ter pago a dívida.

— Mas o pai dele não estava morto há cinco anos?

— Sim, claro, mas era preciso lavar a honra da família, mesmo com cinco anos de atraso. Esta é a história de Apollinaire. Hoje ele está rico e poderoso, e dirige seus negócios sem sair de seu país. E polígamo, saudável, e sua mãe está convencida de que deve a fortuna ao respeito à palavra empenhada.

— Então, finalmente, no seu país, você se sente bem?

— A gente tem principalmente problemas econômicos, de governabilidade e de corrupção, entre outros, porque ainda não saímos do regaço da Madame França, que nos trata como crianças retardadas. Você sabe, o pior de tudo isso é que permitimos que continue fazendo!

— Foi por causa da Madame França que você partiu do seu povoado?

— Não, eu sou um privilegiado, tenho a possibilidade de partir e voltar em função do que necessita o meu trabalho. E, além do mais, eu tenho necessidade também das minhas montanhas, como você tem necessidade de seus cigarros.

— Você fica na sua terra por uma questão de montanhas?

— É bem mais que isso, é a terra dos meus ancestrais, e, para nós, nossos ancestrais são essenciais, pois sem eles eu não vivo.

Azel levantou os olhos para o céu e sonhou com a África. Ele se perguntava por quais razões os marroquinos não se sentiam africanos e ignoravam tudo daquele continente. Flaubert lhe disse:

— Você sabe, os estrangeiros são bem recebidos em nosso país. Se lhe interessar, você poderá vender tapetes no norte do país, em Maroua ou em Garoua; os aladji vão comprar. Eles adoram os tapetes marroquinos, principalmente os tapetes de oração. Então, reflita, se você tem vontade de esquecer suas angústias, deixar a Europa sem voltar ao Marrocos, Camarões lhe abre os braços. Não são palavras ao vento, não esqueça, somos o país da palavra empenhada, mas sobretudo respeitada. Olhe, eu lhe dou o telefone da minha família em Nde. Você telefona quando quiser.

— Você confia em mim! Não sabe nada sobre a minha vida e já está me convidando para a sua casa!

— Você sabe, é melhor partir do princípio de que o homem é bom; se ele se revelar mau, será nele que irá doer. É uma questão de sabedoria.

— Você acha que eu poderia visitar um marabuto?

— Obviamente, mas tudo depende do que você espera dele.

— Sarar.

— Mas de quê?

— De tudo. De mim, da minha vida, dos meus fracassos, dos meus medos, das minhas fraquezas, das minhas faltas. Quero estar bem, pronto, estar bem comigo mesmo.

Antes de partir, Flaubert lhe deu seu cartão.

— Afinal, como você se chama?

— Azz El Arab.

— É um nome de escritor?

— Nem mesmo isso!

34

KENZA

Miguel tinha avisado Kenza que se ausentaria por vários meses. O processo de divórcio estava em andamento. Pouco antes de partir, ele lhe entregou um pacote contendo um magnífico colar antigo e uma bela quantia em dinheiro, acompanhado de um bilhetinho: "Minha querida, vou partir para longe, estou um pouco cansado de tudo que está me acontecendo, busco a exata distância entre a vida complicada e minhas esperanças. Não é fácil. Preciso tomar ar e principalmente cultivar um jardim de esquecimento. Seja feliz, faça-me filhos com esse turco, eu os criarei para que minha velhice não seja triste."

Ela bem que tinha vontade, mas ainda possuía dúvidas a respeito de Nâzim. Tão logo evocava o futuro, ele se tornava fugidio. Ela estava apaixonada, ele hesitava, não sabia exprimir seus sentimentos por pudor ou por cálculo, ela nada sabia.

Fazia mais de um ano que saíam juntos e tinham sempre o mesmo bom entendimento na cama. Kenza queria avançar, fazer planos, formar uma família assim que o divórcio de Miguel fosse promulgado. Ela gostava daquele país, enviava regularmente dinheiro à mãe, continuava dançando no *L'huile d'olive*, e aceitava, de tempos em tempos, apresentar-se em casamentos; a dança oriental estava na moda, ela economizava e havia decidido não se preocupar mais com Azel. Cada um com a sua vida, cada um com seu destino, repetia-se como para se convencer de que não era responsável por ele.

E, de repente, do dia para a noite, Nâzim desapareceu. Kenza o procurou em toda parte, esperando pelo pior. Tinha ouvido que o Ministério do Interior havia convocado uma centena de malineses e senegaleses sem documentos, com a promessa de regularizá-los. Todos se apresentaram na hora mencionada, a polícia foi tão amável que alguns se puseram até a dançar diante da delegacia. Em seguida, ofereceram-lhes bebidas quentes e pãezinhos de queijo. Nada de porco, eles apreciaram a delicadeza. Depois da refeição, foram instalados numa grande sala e esqueceram-no durante um pouco mais de uma hora, tempo de os soníferos diluídos nas bebidas fazerem efeito. Todo mundo dormia profundamente. Agentes bem treinados meteram-lhes algemas e os transportaram num ônibus até o aeroporto militar onde um avião os aguardava. Alguns conseguiram abrir um olho, mas tinham dificuldade para falar. Viam tudo turvo e não entendiam o que estava acontecendo. Uma vez no avião, outros agentes os amarraram nos assentos e, com auxílio de uma fita adesiva particularmente resistente, amordaçaram-no. O avião levantou vôo. Algumas horas mais tarde, acordaram no aeroporto de Bamaco. Os mesmos agentes os desamarraram. De repente, começou a chover pancadas, assentos voavam, e a tripulação se trancou na parte da frente do avião. O piloto desaprovava o que estava sendo feito, claro, mas preferia agir como se nada estivesse acontecendo. Cúmplice, mas não completamente anuente. Cumprindo ordens. Pois bem, era uma ordem, ninguém lhe havia explicado os detalhes da operação.

Em Bamaco, as autoridades mostravam-se incomodadas. Perguntavam-se por que o avião não havia aterrissado em Dacar. Os ressurgentes — assim os designou o ministro do Interior malinês — acabaram sendo soltos num lugar afastado. Os senegaleses retomaram a estrada, alguns para Dacar, outros para o norte do Marrocos. Queriam voltar para a Espanha. Nada tinham a perder.

Foi a imprensa espanhola que denunciou a história, revelando os métodos desumanos do governo do pequeno Aznar. O primeiro-ministro respondeu com seu cinismo habitual: "Havia um problema, não há mais problema, então qual é o problema?"

Essa história sórdida atormentava Kenza. Talvez um outro *charter* tivesse sido fretado para a Turquia? Ela se tranqüilizou pensando que não havia turcos suficientes na Espanha para encher um avião inteiro. Passou no restaurante, onde um dos garçons informou que não via Nâzim havia uma semana. Ele lhe deu um endereço onde talvez ela pudesse encontrá-lo. Kenza tomou um táxi e se viu numa ruela sombria entre o Barrio Chino e o Barrio Gótico. A entrada estava suja. Um latino bêbado mendigava um pouco de dinheiro. Ela lhe deu uma moeda e lhe perguntou se conhecia um turco, de grande estatura, moreno e com um bigode espesso e preto.

— Ah! *El moro*, último andar no fundo, porta vermelha.

Kenza bateu na porta, chamou Nâzim várias vezes. Ouviu apenas a voz de uma criança. Bateu ainda mais forte.

— Nâzim, é Kenza, abra para mim, é importante.

A criança começou a chorar. Ela ouviu a voz de uma mulher tentando acalmá-la.

Kenza pensou que certamente havia sido mal informada. Não devia haver Nâzim nenhum naquele prédio em estado de abandono. A menos que ele fosse casado e vivesse ali com sua família. Logo ficou com raiva de si mesma por ter pensado tal coisa. Tudo era possível, no entanto, como lhe dizia freqüentemente Miguel. A dúvida a respeito de Nâzim agora havia se emaranhado profundamente nela, ocupando-a inteiramente, corroendo-a, pregando-lhe peças e fazendo-a sofrer. Naquele momento, só tinha uma coisa a fazer: reencontrar seu homem e perguntar-lhe diretamente.

Na manhã seguinte, no final da tarde, Nâzim reapareceu. Parecia cansado e preocupado. Explicou a Kenza que tinha precisado partir para a Galícia para um trabalho bem pago, não quis confessar-lhe por que havia corrido riscos. Depois de um instante durante o qual ficaram em silêncio, ele a pegou pelo ombro e lhe falou afetuosamente:

— Sabe, Kenza, tenho uma vida complicada, dívidas, preciso reembolsar alguém que é muito mau. Não posso entrar em detalhes, nem deveria estar falando nisso; só lhe peço que confie em mim.

Eles estavam num café. Nâzim a estreitou em seus braços. Kenza tinha vontade de chorar, sua intuição lhe repetia: desconfiança, desconfiança. Nâzim se levantou para ir ao toalete. Kenza viu então que sua carteira havia caído no chão. Pegou-a, colocou-a sobre a mesa e ficou olhando fixamente para ela. Uma idéia louca atravessou-lhe a mente: Se você abrir essa carteira, descobrirá alguma coisa importante. Era como um sinal do destino. Não ousou, entretanto, tocá-la, mas Nâzim estava demorando muito. Aproximou lentamente a mão e a abriu com um dedo. Uma foto. Era Nâzim segurando em seus braços uma jovem morena de cabelos longos, rodeado por duas crianças. Uma foto de família. A foto clássica que os pais colocam na carteira. Algumas lágrimas escorreram por seu rosto. Impossível contê-las. Nâzim reapareceu, enfim, sorrindo, pronto para passar um belo dia com sua bem-amada. Kenza conseguiu se controlar. Levantou-se sem dizer uma palavra, saiu do café, chamou um táxi e desapareceu, deixando Nâzim sozinho na calçada.

35

NÂZIM

Faltou pouco para que o segredo de Nâzim lhe apodrecesse o corpo e o espírito. Ele o havia guardado como que numa caixa fechada que só continha lembranças que pediam para sair e viver. Pedaços de vida anterior mantidos prisioneiros durante meses, talvez alguns anos. Havia se exercitado em não freqüentá-los, não evocá-los. Sabia que as lembranças só existem quando trazidas ao presente. Acontecia-lhe de girar em torno delas, respirar seus perfumes, embriagar-se de solidão e abrir os olhos como que para se convencer de que de nada adiantava ir e vir entre seu passado e sua vida atual. Agora, não tinha mais precaução a tomar. Trazia em si a infâmia como uma coisa velha e suja, fedorenta e que lhe causava vergonha. Pensava poder livrar-se dela, rechaçá-la para o país dos delitos inconfessáveis. Tinha mentido por omissão. Havia se calado, nada mais. Nunca Kenza lhe havia feito perguntas precisas sobre sua vida. O que teria respondido se ela lhe tivesse perguntado se havia sido casado na Turquia? Teria gaguejado algumas palavras e depois mudado de assunto. Eu, casado? Claro que não! Poderia, claro, ter-me casado com minha vizinha, mas ela estava prometida a seu primo. E como dizia o grande Nâzim Hikmet:

Arranquei a gazela das mãos do caçador, mas, desmaiada, ela não pôde ser reanimada
Colhi a laranja em seu galho, mas ela não pôde ser descascada
Confundi-me com as estrelas, inextricavelmente, mas não se pode contá-las todas...

Fazia agora dois anos e três meses que não via sua mulher e filhos. Ele lhes enviava dinheiro, telefonava-lhes de tempos em tempos de uma cabine, contava qualquer coisa, dizia que estava trabalhando numa universidade particular cujo nome calava, que vivia em Madri, mas dava também aulas de matemática em Toledo. Inventava, enganava-se, contradizia-se, desculpava-se, depois desligava secamente. Sabia que podia confiar em sua mulher, ela trabalhava num escritório de arquitetura, sabia muito bem cuidar dos filhos, e, sem dúvida, ela o estaria esperando. Ele havia deixado a Turquia após ter perdido tudo no jogo e ter-se visto brutalmente sob a pressão de um de seus credores, rico e perverso, que lhe havia dito: Sei que você não tem nada, nada mesmo, você nunca poderá me reembolsar tudo que me deve. Matá-lo não devolverá meu dinheiro.

Dinheiro eu tenho muito mais do que você imagina, mas veja bem, gosto do Mal, gosto de ver o meu próximo sofrer, não consigo explicar o que acontece comigo, mas gozo quando vejo alguém, especialmente alguém simpático como você, se esfalfar e suportar as piores humilhações da vida. Sua punição será o exílio. Vou jogá-lo fora do país. Vou mandá-lo para o inferno, não para a prisão, seria muito simples, não, eu o condenarei ao exílio. Eu o separarei da sua mulher e dos seus filhos, e manterei um olho neles. Durante três anos, não apareça na Turquia. Meus homens estão em todo canto, são impiedosos e adoram estraçalhar o próximo em pedacinhos, é isso, você me deve trinta mil dirrãs e então eu o condeno a três anos de inexistência na Turquia. Estamos bem entendidos? E não me faça chorar, ainda por cima. Quando choro, fico malvado. Você tem sorte, sabe, sua punição não é cruel demais, dê-se por feliz por ter caído nas mãos de um credor da minha estirpe. Espere, não parta, não sabe ainda que destino eu escolhi para você. Vou mandá-lo aonde os turcos não têm o hábito de ir. Olha, a Espanha, por exemplo, é um belo país, um país acolhedor. Você descobrirá coisas que talvez até lhe agradem. Não peça visto, você nunca o terá. Pegue a estrada, ande, ande dia e noite, e quando estiver cansado, pense em mim, estarei gozando. Você tem quarenta e oito horas para desaparecer. Tome, pegue o número do telefone de Omar, seus amigos o apelidaram de "Taras Bulba", não é o poeta, mas gosta de enrabar homens do seu tipo, dê o rabo para ele e ele facilitará a sua saída do território. Você é que sabe, Omar é um doente, assim que vê um par de nádegas, tira o pau e tenta enfiá-lo entre elas, é um tipo curioso e fiel, nunca me traiu, não tem nem sentimentos nem emoções. A menos que você prefira se virar sozinho... Não se atreva a falar com quem quer que seja sobre nosso contrato, nem pedir, por exemplo, asilo político, pois sei que os europeus têm o coração mole, e assim que vêem alguém meio perdido, logo lhe dão asilo político, é melhor você nem tentar, porque mantenho sua família na palma da minha mão. Olhe, você não é obrigado a ir para a Espanha, poderá ir para a Alemanha, mas seria muito fácil, com todos os turcos que vivem lá. A Alemanha não é mais o exílio, o exílio é um território glacial... Mas não esqueça, mesmo lá, tenho meus informantes.

Nâzim sabia que estava lidando com um perverso. Não tinha escolha senão fugir, partir, deixar a Turquia o mais rápido possível e permanecer na Espanha por três anos, exatamente como lhe foi ordenado. O credor devia ter homens por lá. Nâzim levava todas aquelas ameaças muito a sério e já se via, como nos filmes sobre a máfia, perseguido por matadores, e sua mulher e filhos em perigo. Suas dívidas eram enormes, como tinha podido chegar àquele ponto? Uma espécie de inconsciência, uma loucura, uma maldição. O jogo havia sido para ele como o álcool para outros, uma verdadeira queda no inferno. Sua mulher, no entanto, não tinha ficado sabendo de nada. Ele não lhe falaria por nada no mundo. Desaparecia apenas de tempos em tempos, dizia que tinha reuniões na universidade ou que havia encontrado amigos de infância, que voltaria tarde. Seu exílio na Espanha era uma punição, não havia dúvida, mas ele acabou vendo nisso também a oportunidade de dar um ponto final ao jogo. Antes de partir, explicou à sua mulher que a universidade o estava enviando por alguns meses à Europa sem lhe dar maiores detalhes. Beijou os filhos enquanto dormiam, pegou uma bolsa e desapareceu com um nó na garganta.

Foi assim que acabou chegando à Espanha, depois de uma curta parada na França e alguns aborrecimentos.

36

AZEL

O que é um sem-documento? É um estrangeiro em situação irregular. Um clandestino que queimou todas as provas de sua identidade para tornar impossível sua deportação para o país de origem. Mas pode ser também um estrangeiro que entrou legalmente no território e não tem mais visto de trabalho, de permanência e muito menos razão para ficar no país.

Azel se encaixava neste último caso. Para renovar seu visto de permanência que havia expirado há vários meses, era preciso que tivesse um trabalho com contrato do empregador e um endereço domiciliar comprovado por uma conta de água, de luz ou de telefone fixo. Ora, ele não podia fornecer nenhum desses papéis. Sabia que tinha caído na ilegalidade, naquela margem em que rondam os traficantes e outros recrutadores, prontos a contratar alguém a qualquer momento para tarefas inconfessáveis. Ele o sabia e não se preocupava. Fatalista, pensava que seu destino tomaria esse caminho e que não devia contrariá-lo. Foi assim que rompeu com todo mundo, inclusive com Kenza. Ele se deixava levar como se quisesse expiar uma falta grave que um dia tivesse cometido. Agora não tinha mais ninguém com quem falar, com quem confiar-se. Sua vida não tinha mais sentido. Passava a maior parte do seu tempo com Abbas, que lhe passava relógios falsificados para vender, ou às vezes algumas caixas de fósforos cheias de barretas de haxixe. De tempos em tempos, à passagem de uma mulher que esbarrava nele, acreditava ter reencontrado a potência sexual de outrora. Corria então para se masturbar no toalete de um café. Um dia, Azel vendeu um relógio Cartier falso a um transeunte que lhe agradeceu em árabe. Passado um instante, o homem voltou e lhe perguntou se tinha tempo para tomar um café. Sou estrangeiro nesta cidade, explicou, estou apenas de passagem. Você saberia me indicar o endereço de uma mesquita no bairro para a oração da noite? Quero rezar, sem isso ficaria muito infeliz.

Azel não conhecia nenhuma mesquita nos arredores. — Você não reza? — perguntou-lhe o homem. Azel lhe respondeu com uma careta, significando que a oração não era coisa para ele. — É uma pena, meu irmão, não se dirigir a Deus, nem que por uma só vez ao dia. Você sabe ao menos que as cinco orações cotidianas podem ser reunidas à noite e feitas na mais completa quietude?

Azel compreendeu imediatamente que aquele homem era de fato um recrutador. Ele usava a mesma abordagem e o mesmo discurso daquele que havia tentado arrastá-lo para um movimento islâmico em Tânger. Ele o deixava falar, escutava sem imaginá-lo em situações grotescas, como havia acontecido com aquele de Tânger. A primeira vez, ainda tinha força para se defender contra aquele gênero de discurso político destinado ao recrutamento. Naquele momento estava cansado e esperava confusamente conseguir tirar proveito de uma maneira ou de outra das propostas que não deixaria de lhe fazer o recrutador.

—Você entende, meu irmão, estamos aqui no país de nossos ancestrais, os que Isabel, a católica, expulsou depois de mandar erigir fogueiras em que homens de fé, muçulmanos dos quais descendemos, foram queimados. Ela ordenou a demolição dos locais de oração, obrigou os que não puderam fugir a se converter ao catolicismo, mandou proibir a escrita árabe e o uso das roupas tradicionais. Isso foi há muito tempo, quinhentos anos, mas a queimadura continua aí, nos nossos corações, no coração de todo muçulmano, de todo árabe. O islã foi expulso deste país. É nosso dever fazê-lo voltar, fazer com que seja respeitado. Estamos cansados das humilhações, dessa indignidade na qual nos mantém o Ocidente cristão. Olhe como nossos irmãos palestinos são tratados, como a América apóia a política de Israel, olhe como os cidadãos são tratados em nossos países. É preciso fazer alguma coisa, reagir, expandir, ouvir a voz do islã e dos muçulmanos. Diga-me, você estudou, não é? Não é analfabeto como a maioria de seus irmãos, estou certo?

— Sim, eu me formei na Universidade de Direito de Rabat.

— Eu logo vi. Sabia que estava lidando com um homem de cultura e de bom-senso. Gostaria de convidá-lo a nos encontrar para a oração da noite. Não hoje, claro, mas se por acaso um dia você tiver vontade de encontrar compatriotas que não são traficantes nem o lixo da sociedade, venha ver o que estamos construindo, o que estamos preparando para o futuro de nosso país.

Azel, dando-se conta de que estava lidando com um mentiroso, perguntou-lhe:

— Você é marroquino?

— Tanto quanto você.

— Então por que fala com o sotaque do Oriente Médio? Parece um desses homens do Golfo Pérsico que nos dão lição de moral na televisão.

— Simplesmente porque saí da universidade *wahhabi* de Djedda.

— *Wahhabi*... você é *wahhabi*?

— Vamos nos rever, e então lhe explicarei o que é a doutrina de nosso guia Abd al-Wahab, que viveu no século XVIII.

— Eu sei, nem precisa me pintar a coisa, é a mulher escondida, velada da cabeça aos pés, é a *charia* no lugar do direito e das leis civis... Cortam a mão do ladrão, lapidam a mulher adúltera...

— Tudo isso não passa de preconceitos. Eu o encontrarei na semana que vem, na mesma hora, no mesmo café. Eis aqui meu cartão com o número do meu celular. Você me telefona quando quiser, exceto nas horas de oração, claro. Esqueci de lhe dizer que, por uma magnífica coincidência, eu me chamo justamente Abd al-Wahab!

Azel não se mostrou surpreso. Examinou o cartão, leu e releu o que estava escrito: Ahmad Abd al-Wahab; Import/Export; Barcelona-Madri-Tânger; telefone 34 606 892 05. Naquela noite, ele conseguiu desovar todo o estoque de relógios de Abbas.

Azel estava saindo do café quando estourou uma briga entre dois imigrantes. A polícia interveio com uma rapidez excepcional e prendeu todo mundo. —Verificação de identidade! — berrou um policial. — Documentos, passaporte, visto de trabalho, visto de permanência, atestado de desemprego, quero todos os cartões; aqueles que não os têm, fiquem à direita, quem acha que está em ordem, fique à esquerda! Os espanhóis caiam fora! É um negócio de *moros*.

Azel hesitou, ficou à esquerda. Tinha consigo seu passaporte, mas todos os outros documentos já haviam expirado. Ele notou que a polícia deixava ir embora dois magrebinos que não haviam nem mesmo mostrado os documentos. Eram os delatores. Talvez tivessem sido justamente eles que haviam avisado a polícia.

Azel foi levado à delegacia, pensou em telefonar para Miguel, mas não teve coragem de metê-lo naquele problema. Seu destino tinha de passar por aquele café e aquela detenção. Estava persuadido disso. Havia uma única coisa que não queria: deixar-se expulsar para o Marrocos. A vergonha, a *hchouma*, a *hegra*, a humilhação, aquilo não, jamais, tudo, até a prisão, mas não aquele pontapé no traseiro, forte o suficiente para lhe enviar em alguns segundos para as alturas da Velha Montanha de Tânger. Ele havia partido. Partido para voltar como príncipe, não como lixo despejado pelos espanhóis. A polícia achou com ele duas caixas de fósforos cheias de haxixe. Seu caso se agravava.

—Você não só está ilegal, mas ainda vende haxixe!

Ele passou a noite no posto policial, dormiu num banco ao lado de um mendigo latino que fedia. Azel não conseguiu pregar o olho um instante. Pensava em sua mãe. Ele a chamava, ela não escutava. Sabia que ela não podia escutá-lo. Ele a via sentada no terraço de sua casa; ela olhava o mar, pensava no dia em que viria ao encontro de seus filhos; havia sofrido bastante vexações na vida para ansiar acabar seus dias num país feliz, cercada de seus filhos que teriam vencido na vida. Cada um com seu sonho. O de Azel se havia quebrado em mil pedaços. Por ora, era preciso encontrar uma porta de saída, alguma coisa que convencesse a polícia de sua boa-fé. Com cinqüenta gramas de haxixe nos bolsos, difícil pleitear inocência. Então era preciso pôr as cartas na mesa. De manhã pediu para falar com um responsável, um oficial com quem pudesse negociar.

— Negociar! Negociar! Mas você acha que está onde; aqui, você só é uma porcaria de vendedor de drogas e de produtos falsificados, e mesmo assim quer negociar; mas quem pensa que é?

O oficial finalmente chegou. Falava árabe.

— *Assalam Alikum! Ismi Khaïmé, atakallamu larabiya wa a'rifu al Maghreb. Madha turid ya Azz El Arab?* Bom-dia, meu nome é Jaime, eu falo árabe, conheço o Magrebe, o que você quer, Azz El Arab?

— *Mina al mumkin an ou inoukum.* Eu poderia ser-lhe útil.

Jaime abandonou o árabe e se pôs a falar em francês e em espanhol.

— Útil? Você quer se tornar nosso delator?

— Enfim, mais exatamente, eu poderia lhes fornecer informações sobre alguns centros islâmicos.

Jaime se levantou, telefonou, depois veio um outro oficial, aparentemente mais graduado do que ele.

—Você acha que alguém se torna delator assim, de repente? É preciso tempo, confiança, provas, provações...

No fim de uma hora, durante a qual Azel sentiu a atmosfera mudar, um terceiro oficial veio ao encontro deles:

— Que provas você pode nos dar para que confiemos em você?

Azel tirou o cartão de Abd al-Wahab e o mostrou.

— Este homem me abordou para que me juntasse a um movimento de fiéis muçulmanos, uma espécie de congregação de muçulmanos na Espanha. Ele faz o discurso da revanche, falou-me de Isabel, católica, da Andaluzia, do retorno do islã à terra cristã e descrente... Tenho encontro com ele na próxima semana. Dê-me uma chance.

Foi assim que Azel se tornou delator para a polícia espanhola. Conseguiu salvar a sua pele, mas vendeu a alma. Talvez por uma boa causa. Na verdade, pouco lhe importava estar ou não no bom caminho. Seu desespero o havia fortalecido. Na manhã seguinte, sentiu-se bastante mal. Tinha formigamentos no corpo inteiro. Insetos minúsculos percorriam seus membros, eles o comiam e ele se sentia incapaz de reagir, não sofria, mas via seu pé direito destacar-se, levado por uma forte coluna de formigas pretas, depois o outro pé arrancado por um louva-a-deus. Gostaria que assim lhe tivessem levado o corpo todo e lhe devolvessem um outro; talvez encontrasse sua virilidade e reatasse com os prazeres de antes. Seu rosto não mudava de expressão. Quando quis se levantar para se olhar no espelho, não conseguia se mexer. Alguma coisa o detinha. Uma força externa e poderosa pregava-o ao chão. Uma bela marroquina lhe estendia o espelho, envolta num véu azul transparente. Ela o convidava a se aproximar, sorria, dançava. Azel assistia ao espetáculo sem fazer um mínimo movimento. Era a primeira vez que sentia tamanha mudança em sua percepção. Pensava em Kafka e em *A metamorfose*. Não o havia lido, mas se lembrava de um curso magistral de seu professor de filosofia a respeito do livro. Vou me transformar, tornar-me alguém diferente, depois tudo será bom, passarei de um personagem a outro, acrescentarei um pouco de traição, um pouco de delação, mesmo que seja por uma boa causa; qual causa, de fato? Apesar de tudo é nojento ser delator para tiras.

Era-lhe necessário um pouco de tempo para se familiarizar com suas novas funções. Sua mente não tinha quase nada de escrúpulos. Havia partido para não voltar. Partido para sempre. Havia partido para morrer. Tinha previsto uma visita ao cemitério da cidade. Se eu morrer, enterrem-me aqui, neste país com que tanto sonhei. Não gostaria de ser enterrado na terra do cemitério do Marshan, ele me é familiar demais, seus mortos são meus vizinhos, seus visitantes são meus próximos. Morrer, que importa...

Numa manhã, levantando-se, sentiu necessidade de fazer alguma coisa de positivo. Entrou nos correios e enviou uma remessa financeira à sua mãe. Depois telefonou para ela e lhe anunciou que tinha um novo trabalho, que Miguel havia ido para a América onde ficaria muito tempo, que ele estava bem e logo a visitaria em Tânger.

No fim daquela comunicação, sua mãe tomou a palavra num tom melodramático: Está vendo, meu filho, não sei quanto tempo Deus me dará ainda nesta vida, então você sabe qual é minha preocupação — ver você casado, ver seus filhos brincando na minha casa e fazendo barulho, muito barulho; eu não queria morrer sem viver esses momentos tão bonitos... Você sabe, a sua prima, a bela Sabah, está esperando você, acaba de recusar um partido rico e cheio de promessas; Sabah pensa em você, a mãe dela me confirmou ontem; venha, assuma uma mulher e me dê netinhos; que Deus me dê vida e eu morra em Sua vida.

Azel não respondeu, disse somente a fórmula pronta: Que Deus lhe dê saúde e que sua bênção me proteja.

Protegido, ele não se sentia tão mal. Como tinha conseguido fazer tanta coisa para ver-se no meio de tantos conflitos? Ele se via diante de um cruzamento, impedido de atravessar. O fluxo de carros vindo de todos os lados fazia dele um marionete sem cabeça. Como encontrar-se depois de tudo que acabava de viver havia um mês? Como atingir a paz? Alguém nele o incitava a prejudicar sua vida.

Possuído. Eis o que teria dito dele sua mãe. Enfeitiçaram você. Perseguiram-no. O mau-olhado, o ódio, a inveja. Eis a explicação, meu filho, para tudo que está lhe acontecendo. Você não se dá conta da malignidade das pessoas nessa vida; assim que você se destaca, tentam fazer-lhe mal; você é bonito, inteligente, você deu certo — em todo caso, você conseguiu partir e fazer uma bela carreira na Espanha —, por isso você desencadeia ódios ferozes, invejas terríveis; somos todos perseguidos pelo mau-olhado, eu sei, vocês, os jovens de hoje, não acreditam, vocês acham que tudo é lógico, que só acontece o que vocês enxergam, mas é preciso aprender a ver o que não se mostra; até nosso profeta Sidna Mohamed reconheceu a existência do mau-olhado; a inveja pode fazer muitos estragos, olhe o que aconteceu com a coitada da Hanane, ela é bonita, instruída, de boa família, ia se casar com um engenheiro, um homem de família importante, estava tudo pronto, até os convites já tinham sido impressos, e você sabe o que lhe aconteceu? Não, ela não morreu, pior, foi abandonada por seu noivo, que preferiu casar-se com a tia dela!

Então, o mau-olhado, eu o conheço bem. Meu filho, não esqueça de ler o Corão, Deus o protegerá, saiba também que de onde estou, longe de vocês, não paro de abençoá-los, você e sua irmã.

37

KENZA

Alertado pelo serviço de emergência da *Cruz Roja*, Miguel saiu de sua reclusão voluntária e foi à cabeceira de sua esposa, que havia tentado suicidar-se. Kenza tinha uma palidez preocupante, os olhos apagados, o olhar distante. Mágoa de amor. Decepção cruel. De repente, foi-se embora a vontade de viver. Ela não respondia às perguntas de Miguel. Seu mutismo devia-se ao choque, alguma coisa grave tinha acontecido, dizia-se a si próprio. Miguel vasculhou a bolsa de Kenza e tirou um livro intitulado *Paisagens humanas*, poemas de Nâzim Hikmet. Nele encontrava-se uma foto que servia de marcador de página. E nela se via Kenza ao lado de um belo homem bigodudo e alto, muito moreno e bastante vistoso. Atrás deles, a placa de um restaurante chamado "Kebab". Miguel pensou que talvez Kenza recuperasse a fala se revisse o homem da foto. O médico também o incentivou a ir à sua procura. Foi preciso um certo tempo para que Miguel conseguisse encontrar o restaurante oriental. Era uma espécie de cantina bastante modesta, espremida entre uma lavanderia e uma loja de venda de telefones celulares. As toalhas das mesas eram de plástico, as cadeiras estavam sujas. Atrás do bar, um velho cochilava. Quando viu Miguel chegando com seu belo casaco, sobressaltou-se como se o rei em pessoa estivesse lhe fazendo uma visita. Numa parede do fundo estava pendurado o retrato de um cantor ou ator. Miguel apertou os olhos, aproximou-se do cartaz e acreditou reconhecer o homem que estava ao lado de Kenza na foto.

O velho sorriu, depois disse a Miguel:

— Ah! O senhor também admira nosso *star* nacional! Todas as mulheres são loucas por ele. É um cantor magnífico.

— Onde vive?

— É o tipo que tem palácios por onde passa. Todo mundo o admira, qualquer que seja o governo, direita, esquerda, militar, civil, muçulmano, ele é sempre amado e aplaudido.

— Não vive na Espanha?

— Não, ele veio o ano passado para um programa de televisão. Graças a Touria, nossa garçonete mais bonita, tivemos a honra de recebê-lo aqui. Ele até cantou sem acompanhamento porque havia uns trinta compatriotas na sala que não paravam de pedir-lhe uma canção.

— Quem é?

— Ele se chama Ibrahim Tatlises, quer dizer "voz doce"! É originário de Urfa, no sudeste anatoliano, não muito longe da fronteira síria. É um arrasador de corações. Os maridos escondem as esposas quando ele canta na cidade deles. Touria chora assim que ouve sua voz.

Miguel mostrou-lhe a foto.

— O senhor conhece essa moça?

— Ela não, mas o homem, sim, ele trabalhou aqui alguns meses; era alguém muito misterioso. Não sei aonde foi parar. Nunca tive nada a reclamar dele. Fez alguma coisa errada? Olha, é verdade, ele se parece com Ibrahim, mas não é ele, claro!

Miguel balbuciou alguns agradecimentos e saiu rapidamente daquele lugar sombrio e sujo. De repente lhe veio à mente a constatação de que Kenza estava apaixonada. Ela queria um homem em sua vida, e acreditava tê-lo encontrado.

Como aquela moça séria, aparentemente equilibrada, que havia conquistado com louvor seu diploma de enfermeira, ao mesmo tempo que trabalhava, tinha-se deixado persuadir de que aquele homem do qual não sabia quase nada concordava em formar uma família com ela? Miguel se sentiu uma vez mais responsável por aquele equívoco e sobretudo por aquela queda. Eu deveria, pensou, ter cuidado dela de maneira mais assídua, acompanhado o que estava fazendo, apresentado pessoas e até homens que poderiam tê-la tornado feliz. Era óbvio que esse Nâzim sedutor e misterioso esperava sobretudo obter os documentos, quem sabe tornar-se espanhol graças a ela. Kenza não havia pensado, ou melhor, havia-se recusado a crer naquilo. Decidida, contra tudo, de que ele seria seu marido, teria filhos com ele. Entretanto, só haviam tocado nesse assunto apenas uma vez, e Nâzim tinha sido evasivo. Kenza já havia falado com sua mãe a respeito, que a pressionava havia muito tempo a encontrar um marido. Ela acreditava na história com Nâzim e estava persuadida de que Kenza havia encontrado o homem certo. Kenza, na realidade, não havia feito nada além de arquitetar em sua mente um plano que correspondia a todas as suas vontades: casar-se, ser como as outras mulheres, apressar-se em ter filhos e principalmente voltar ao país de cabeça erguida para satisfazer sua mãe. Nâzim estava por perto e Kenza o havia escolhido para fazer o papel do personagem principal de sua história. Nâzim nunca havia suspeitado de tudo aquilo. Agora, para Kenza, seu mundo havia desmoronado. E o tombo, duro demais.

Era preciso salvá-la, trazê-la à realidade, convencê-la a começar uma terapia. Ela devia esquecer definitivamente aquele homem e talvez vislumbrar sua volta ao Marrocos. De repente, Miguel descobriu que havia alguma coisa aterradora na solidão da imigração, uma espécie de descida a um abismo, um túnel de trevas que deformava o real. Kenza havia se deixado prender na engrenagem. Azel, por sua vez, havia derrapado num golpe só. O exílio era o revelador da complexidade do infortúnio. Miguel se lembrou do quanto a longa psicanálise que havia feito tinha-o ajudado nesse aspecto de sua vida, quase o havia salvado. Kenza não estava mais disposta do que Azel, na atual situação, a se deitar num divã e falar de si. Problema de cultura e de tradição, de dinheiro também. De todo modo, segundo eles, apenas os loucos iam ao psiquiatra.

Miguel tomou consciência bruscamente da urgência que tinha em reenviar Azel e Kenza de volta ao Marrocos. Seu retorno certamente seria a única coisa que lhes permitiria reencontrar suas referências e curarem-se. Retomou contato com Juan, o funcionário da Generalitat que o havia ajudado com os papéis de Azel. Ele queria pedir-lhe desta vez que o ajudasse a deter Azel e a expulsá-lo para o Marrocos. Quanto a

Kenza, ele levaria o tempo que fosse para convencê-la a refazer sua vida no país natal. Depois de algumas buscas, Juan informou Miguel de que seu protegido havia trocado de protetor. Agora ele trabalhava em Madri como informante da polícia antiterrorista. Miguel, então, não tinha mais nada a temer por ele. Mesmo que não nutrisse mais sentimentos por Azel, sentiu dificuldades em assimilar o choque. A relação deles havia sido mesmo um fracasso de cabo a rabo. Dava-se conta do óbvio: nunca se deve forçar o destino.

38

AZEL

Azel poderia ter encontrado uma outra saída para o seu caso, mas a saudade do país acabou abrindo um profundo sulco nele. Sentia vergonha, estava lúcido. Tenho vergonha por ter errado em tudo, por ter aceitado a mão de um homem estendida num leito cujos lençóis de seda ofuscavam meus olhos como a faísca do pecado, quis me convencer de que minha virilidade satisfaria ao mesmo tempo mulheres e homens, que pretensão, que loucura, como hoje me arrependo de ter acompanhado Miguel, esse homem bom e generoso, nunca estive à sua altura, no começo eu achava que era só uma experiência como qualquer outra, até me lembrei de ter bolinado Mehdi, meu primo, algumas vezes, que gostava tanto que lhe acariciassem as nádegas, mas com o tempo descobri que não podia sustentar a mentira, eu menti, batia punheta no escuro antes de enrabar Miguel, fazia coisas sem prazer, sem alegria, acontecia de rir de mim mesmo, especialmente quando estava em cima dele, eu lhe dava tapas nas costas, ele gostava, então eu aproveitava, queria dinheiro, ele me dava, eu me considerava uma puta, um gigolô a domicílio, tinha tudo que eu queria, depois me sentia mal, culpado, aproveitador, desonesto, então o provocava para deixá-lo irado, para que se desligasse de mim, eu me esforçava para irritá-lo, conseguia, e aí, Carmen, a velha, intervinha e me dizia maldades, ela nunca me poupou de nada, via minha manipulação interesseira, gritava, especialmente quando ele não estava em casa, ela me tratava de *moro hijo de la calle*, um dia me chamou de *hijo de puta*, meu sangue subiu e lhe dei um par de bofetadas que ela não esquecerá tão cedo, ofender minha mãe, isso ela não tinha o direito, a coitada da minha mãe que havia se sacrificado tanto por seus filhos, que havia corrido riscos fazendo contrabando, tratá-la de puta, eu poderia ter estrangulado essa Carmen, mas acabei entendendo que era preciso ir embora, e então o fiz de maneira suja, roubei, rasguei lençóis de seda, mijei nos sapatos de Miguel feitos à mão, quebrei um vaso de cristal e descontrolei-me, queria levar uma puta de verdade, vulgar e maquiada demais, perfumada demais, para trepar com ela na cama de Miguel, mas não pude, saí de cabeça baixa porque a velha teve a última palavra, não pude dizer tudo que eu pensava a Miguel, queria gritar e denunciar todos aqueles europeus cheios da grana que vinham fazer feira nos meios pobres de Tânger, de Marrakech, de Essaouira, lembro-me da história do camarãozinho, o camarãozinho é o adolescente ainda fresquinho que o homossexual europeu paga com um sanduíche, é, não somente eles comem ou são comidos, e nem pagam direito os garotos. Eu me debatia como um louco, queria ganhar a vida e sobretudo paparicar minha mãe, que havia tido tanta dificuldade para nos criar com dignidade, que às vezes ia cozinhar na casa de gente rica que estava festejando um aniversário ou um casamento, ela saía cedo, de manhã, e só voltava tarde da noite, trazendo um pouco de dinheiro e de comida, os restos do banquete, e aí colocava em sacos plásticos pedaços de carne misturados com um pouco de molho; requentava tudo e nos dizia, comam, foi a mãe de vocês que cozinhou, comam à vontade, aproveitem enquanto esperam dias melhores, para mim, ela acrescentava sempre, quando você crescer, será doutor ou engenheiro, vai me levar para viajar, primeiro a Meca, depois ao Cairo, tenho tanta vontade de visitar o país de Farid Al Atrach e de Oum Kalsoum, você comprará tecidos de seda, jóias, e viverei uma nova vida, uma vida de rainha, uma pequena rainha, sem coroa, sem rei, você é meu príncipe, será sempre meu príncipe, então vá bem na escola, traga-me boas notas, seja um bom filho, você terá minha bênção para sempre; com o que eu fiz, difícil dizer que realizei seus sonhos; essa imagem de puta me gruda na pele. Todos os meus companheiros do café Hafa sabem que parti com o cristão por puro interesse, que meu pau desde sempre preferiu a vagina, que não sou, como dizem, quem pensam que sou; que para deixar o Marrocos eu me prestava a tudo, aliás, alguns tinham inveja de mim, eles teriam gostado de encontrar alguém que os levasse nas bagagens, alguns procuram mulheres, na falta delas, estão prontos a acompanhar os caras, todo mundo sabe, fala-se disso nos cafés, nossa reputação está feita, ela é muito ruim, há até zeladores de hotel ou indivíduos instalados nos terraços, eles alertam os amigos quando percebem uma presa, habitualmente é uma mulher de idade madura, de preferência rica, sozinha ou com uma amiga, muitas vezes viúva ou divorciada, às vezes — mas é raro — ainda jovem, livre, disponível para o grande amor, sonhando com o Oriente, com o harém e belos pequenos clichês, no começo tudo é bonito, tudo é maravilhoso, o sexo funciona bem, fazem projetos, a mulher está cega pelo prazer que o cara lhe dá, está pronta para tudo, não quer deixar o Marrocos sem seu pequeno marroquino, ela vai embora e faz tudo que pode para mandá-lo ir à sua Holanda natal ou à sua cidade norte-americana, é bem mais tarde que descobre os espinhos da rosa, depois vêm a decepção, o ódio, a depressão e a rejeição de tudo que se pareça com um árabe; nada disso tem mais sentido agora, não tenho mais ereção, fui punido, eu me puni, persuadindo-me de que não merecia mais ter relações sexuais, é isso, a automutilação, estou sofrendo atrozmente, choro sozinho num canto, nem enxugo minhas lágrimas, choro por meu país, pelo que ele não soube ou não pôde nos dar, choro por todos esses jovens que perambulam nas ruas em busca de qualquer mão estendida, choro por minha família que se decepcionará, que precisará de uma imensa consolação, mas eu, quem me consolará? Quem me pegará no colo e me recolocará no caminho da vida? Meu sopro, minha vida, minha respiração pararam, estão suspensos, ninguém se preocupa, olho as pessoas passando e sinto inveja delas, imagino-as vivendo, rindo de bom grado, fazendo planos, respirando fundo, colocando pedra sobre pedra, construindo uma casa e sendo tão sólidas como as pedras, sentindo desejo e alcançando seu apogeu, estou aqui, tento ser útil, ser outra pessoa, um homem verdadeiro, não um mentiroso, não um ladrão nem um simulador, mas como conseguirei? Preciso de ajuda, talvez uma sonoterapia me fizesse bem, mas não tenho o direito de me ausentar, de bancar o avestruz, só é preciso que eu esqueça o episódio de minha partida do Marrocos, que não pense mais nisso, pronto, essa lembrança não é reflexo de nenhum ato... por mais que procure, não acho nada, está esquecido, apagado esse momento em que parti e escrevia a meu país...

Azel queria sobretudo apagar para sempre a imagem de sua partida e voltar ao Marrocos como um herói. Ele não estava contribuindo pessoalmente para lutar contra o terrorismo que ameaçava a Europa? Sonhava agora em aparecer na televisão onde seria apresentado como o bom muçulmano graças a quem um atentado havia sido evitado. Tudo isso fazia com que os problemas sexuais de Azel ficassem em segundo plano. Ele não estava mais obcecado por seu pênis, não olhava mais as mulheres, não tinha mais sonhos eróticos. Havia-se tornado um outro homem, corajoso, rigoroso e sutil. Navegava com flexibilidade e uma facilidade que lhe reconheciam nos meios integristas decididos a botar fogo no Ocidente e nos serviços da polícia da luta antiterrorista. Mas ele sabia que aquele equilíbrio não poderia durar muito tempo. Temia de um dia para o outro uma espécie de recaída que sua vida caótica em Madri parecia predizer. Para que tivesse uma cobertura, deram-lhe um trabalho de meio-expediente no serviço jurídico de um grande banco. Ninguém deveria saber o que ele fazia o resto do tempo. Pela primeira vez, Azel sentia que estava sendo útil, que as pessoas tinham consideração por ele. Vestia-se com elegância, moderava o álcool. No entanto, não conseguia parar com o kif. Abusava da droga a ponto de freqüentemente se sentir mal. Dores de cabeça violentas paralisavam-no, e só conseguia acalmá-las misturando aspirina, paracetamol e codeína.

Por vários dias, Azel não deu notícias a ninguém. Aborrecido, seu contato na polícia tomou a decisão de visitá-lo. A zeladora do prédio dizia ter visto Azel na véspera, acompanhado de dois homens, *"moros"*, informou ela. Por mais que o policial tivesse tocado no apartamento de Azel, ninguém abriu. Decidiu, então, chamar reforço para arrombar a porta.

Azel estava no chão, com a garganta cortada, a cabeça numa poça de sangue. Como a um carneiro do Aid-el-Kebir, os Irmãos haviam-no degolado.

39

KENZA

Esperar. Kenza havia passado a vida esperando. Tinha conhecido todos os arcanos do tédio, pois esperar é mergulhar num mar de tédio, é como envelhecer, isto é, ver o futuro se fechar, desentender-se com o tempo, nada mais prometer. Se ao menos ela soubesse o que estava esperando teria conseguido passar várias etapas calmamente. De tempos em tempos sua mãe lhe fazia observações do gênero: diga-me como fazem as outras para se virarem tão bem, achar um marido oriundo de uma boa família, com boa saúde financeira, homem bonito e respeitado? Olhe para você: tem todas as letras da beleza, estudou o bastante para trabalhar numa clínica, é de uma família digna e honesta, não somos ricos, mas também não somos pobres; então, me diga, o que está esperando para achar um homem? Eu espero, todos os dias rezo para que esse encontro aconteça, rezo e peço a Deus que leve em conta meu estado, minha idade e minhas esperanças.

Kenza estava cheia daquelas reprimendas. Simplesmente não tinha sorte. Não tinha a habilidade de suas amigas casadas que os maridos traíam alegremente, mas que elas preferiam não saber. Pelo menos tinham um lar.

Um dia Kenza acabou ousando participar de um programa sobre casamento na Rádio Tânger. A animadora reuniu quatro mulheres jovens e solteiras entre vinte e cinco e trinta e cinco anos. A partir de vinte e cinco anos, comentava a jornalista, é preciso começar a se preocupar seriamente. Kenza, por sua vez, acabava de fazer trinta anos e não era mais virgem havia muito tempo. Queria defender a idéia de que se podia ser solteira e feliz, livre e digna, respeitada e amada. Não esperava um marido, mas o amor. Tinha uma bela idéia do amor, da relação entre homens e mulheres, principalmente num belo país como o dela, sabia que tinha ilusões, mas persistia em sua ambição: encontrar o amor, o verdadeiro, o grande, o amor sincero, o amor abalador, uma vez, uma única vez conhecer aqueles momentos únicos que os filmes e romances que tinha visto ou lido — e dos quais havia gostado — descreviam tão bem. Lembrava-se em especial de *O quarteto de Alexandria* que o professor de filosofia lhe havia dado de presente antes de sua partida. Lembrava-se também de ... *E o vento levou*, de *A dama das camélias*. Foi assim que formou uma idéia precisa do que a tornaria louca de felicidade. Foi assim que ela se deu conta de que não encontraria aquele amor no Marrocos, não que os homens marroquinos fossem incapazes, mas porque a opinião geral e a vida cotidiana acabavam matando qualquer amor verdadeiro.

Aprendeu o Marrocos no *hammam*. O lugar ideal para os sociólogos, os psicanalistas, os historiadores, romancistas e até os poetas. Era ali, banhando-se, que as mulheres falavam. Era o maior divã do mundo; como os táxis, era um lugar coletivo onde todo mundo tinha direito à palavra, à confidência, à queixa. Era lá que as mulheres, há séculos, vertiam suas lágrimas e se diziam as verdades que a sociedade fora do *hammam* não queria nem ouvir nem ver. Era naquela penumbra que Khadija, a costureira, havia ousado contar como tinha surpreendido seu marido abusando da pequena aprendiz que trabalhava em sua casa, uma menina de treze anos, talentosa e bonita; o marido se enfiava em sua cama e a penetrava por trás para que não perdesse a virgindade; para puni-lo de seu crime, Khadija privou-o de insulina durante um dia inteiro, ele quase ficou louco; foi no *hammam* também que ela ouviu a história de Saadia, possuída pelos *djinns** que moravam em sua velha casa: assim que acendia uma lâmpada, uma mão invisível a apagava. Desde então, Saadia freqüentava todos os curandeiros do país e só falava em função do que os *djinns* lhe ordenavam fazer; foi ainda no *hammam* que Kenza aprendeu a receita milagrosa para trazer de volta a potência sexual ao homem, três mulheres ao menos testemunharam sobre a mudança maravilhosa que haviam constatado em seus maridos depois de eles terem engolido a poção mágica; foi ali, enfim, que lhe contaram que mulheres africanas grávidas haviam decidido atravessar clandestinamente, apostando no fato de que a polícia, se as detivesse, teria piedade de sua situação e as deixaria dar a luz em solo espanhol....

---

* *Djinn* — espírito do ar, segundo crenças. (N.T.)

Foi ali que ela aprendeu o Marrocos como se aprende uma língua quase estrangeira. Os silêncios, por exemplo, podiam ser traduzidos. No país, as mulheres que se calam não o fazem porque não têm nada a dizer, mas, ao contrário, porque o que têm a dizer pouca gente está em condições de ouvir e compreender. Desde então, ela prestava atenção às mulheres que não falavam muito. A linguagem crua das mulheres entre si foi para ela uma outra descoberta, chocante. Quando se falavam, chamavam um sexo de sexo e acompanhavam suas palavras com gestos obscenos e vulgares, elas não ostentavam nenhum pudor, como se de uma a outra circulasse uma liberdade verdadeira e inteira. Se pudessem habitar toda a vida no *hammam*, elas teriam feito. Seria o país das mulheres, poderiam convocar ali os homens que elas consumiriam a seu bel-prazer para em seguida mandá-los embora para sua vida bem tranqüila com a dose exata de covardia, de pequenos e grandes comprometimentos, de uma vida social em que havia as aparências para mascarar muito naturalmente o resto. Imaginar um imenso *hammam* que seria a Cidade das Mulheres, com seus véus de vapor, com aquela semi-obscuridade que incita à confidência, que libera a palavra, com circuitos clandestinos, subsolos, tavernas, alçapões, antecâmaras para a sexualidade enfim liberada, sem entraves, sem julgamento moral, sem pudor. As mulheres se encontrariam ali para organizar de outro modo as relações sociais, em todo caso as relações homem-mulher; seria uma bela revolução. Aonde você vai, mulher?, gritaria o marido. Vou ao *hammam*, vou me banhar, depilar, me perfumar só para você, para que esta noite eu seja sua e que você possa fazer de mim o que quiser! De novo o *hammam*!, reclamariam os pobres maridos a quem todas essas coisas escapam! Sim, tudo lhes escapa, mas vocês nunca saberão nada, vocês não terão nenhum relatório do que acontece nesse lugar onde as mulheres gostam tanto de se encontrar algumas horas entre si, sem serem incomodadas por vocês nem por seus filhos. Maldito seja esse lugar de onde o homem é banido!, responderiam os maridos. Nós, quando vamos ao *hammam*, não demoramos uma eternidade, a gente se banha rápido e depois volta ao trabalho.

Assim Kenza fez suas aulas no *hammam* de Marshan. Isso não a impediu de passar o resto do tempo esperando, esperando e esperando. Depois veio o anjo Gabriel, Miguel, o homem providencial, o que semearia ordem e desordem. Involuntariamente, sua passagem causaria na vida de sua família muitos estragos, estragos que ninguém iria lhe imputar. Contrariamente a seu irmão, ela era grata a Miguel. Não o responsabilizava por seus delírios fantasmáticos. Tinha seu ardor havia muito tempo, desde antes de Miguel; o ardor da espera, do tédio, daquele futuro cujo espelho estava despedaçado.

Ela havia adormecido, apaziguada. O rádio tocava uma música suave. Como num sonho, ouviu "O rei está morto, viva o rei!" Depois um grito seguido de aplausos, e de novo: "Hassan II acabou, bendito seja seu filho!" Uma série de imagens se acotovelava em sua cabeça: homens e mulheres vestidos de branco imergiam num rio e saíam para ir rezar numa imensa pradaria inundada de luz. Ninguém chorava. Crianças corriam em todos os sentidos, gritando: "Viva o rei!"

Mas não era um sonho. Levantando-se, sentiu pela primeira vez um bem-estar profundo. Teve vontade de gritar "Viva o rei!", mas se dirigiu ao banheiro e descobriu no espelho um rosto radiante, o dela. Estava feliz e nem mesmo procurava a razão daquela súbita felicidade. Pôs a cabeça sob a água fria, reergueu-se e decidiu não secar os cabelos, gostava de sentir as gotas d'água escorrendo suavemente pelos ombros e pelo peito. Estava sozinha e não precisava de ninguém. Mais tarde, à noite, assistiu pela televisão à transmissão do funeral do rei acompanhada de cenas de homenagem a um rapaz emocionado, do qual se esperava agora que mantivesse a flâmula de uma dinastia de vários séculos.

Foi naquele momento que pensou que era, enfim, chegada a hora de voltar ao Marrocos.

40

RETORNAR

Já há vários dias, eles são vários a pegarem a estrada, guiados por uma vontade irresistível de partir para longe, bem longe, ganhar o alto-mar. Andam a pé, atravessam cidades, campos e espaços desertos, bosques, territórios frios. Andam dia e noite, animados por uma força de cujo poder não desconfiam, a ponto de não sentirem nenhum cansaço, nem mesmo a necessidade de beber e comer. O vento do retorno os leva, eles seguem sem se questionarem, sem se perguntarem o que está lhes acontecendo. Crêem que o destino está ali, naquela marcha, atraindo-os para a terra das origens, levando-os ao país das raízes, o destino se lhes apresentou como uma espécie de imperativo, uma palavra indiscutível, um tempo fora do tempo, uma ascensão ao cume de uma montanha, uma bela promessa, um sonho cintilante, queimando as etapas e ultrapassando o horizonte. Eles pegam a estrada, de cabeça erguida, impelidos por um vento de liberdade, um sopro quente. Sentem que é chegado o momento, a hora. Uma estação para eles, somente para eles, para todos aqueles que sofreram, para todos aqueles que não encontraram seu lugar. Deixaram tudo para atrás sem nada lamentar, já esqueceram por que haviam emigrado. Dirigem-se ao porto, lá, uma voz interior, uma voz familiar lhes pede que subam no navio batizado *Toutia*, um navio modesto onde o capitão plantou uma árvore em flor e que cheira gostoso, uma laranjeira ou um limoeiro.

O capitão é um homem de um outro tempo, usa barba bem talhada e costeletas, seu corpo é franzino, é uma espécie de dândi, está secundado por uma moça cheia de graça, de olhos cinza, amendoados, uma pele mate e uma longa cabeleira morena que esvoaça ao sabor do vento. Alguns afirmam que é condessa, outros dizem que é uma manequim vinda do Brasil, outros enfim acreditam que ela é a mulher do capitão, pois ele não está olhando para ela com olhos tão apaixonados? Está ali para abrir os braços e desejar boas-vindas aos novos passageiros. É tatuada na testa e no queixo. Pousa sua mão direita no ombro do capitão que a chama de Toutia-a-Sublime. E quando o capitão lhe dá o sinal, ela interpreta com uma voz límpida e afinada um canto árabe-andaluz. O canto exprime uma nostalgia dolorosa e sua voz se quebra por causa da emoção. Toutia fecha os olhos e canta de todo o coração. Seja no navio ou no cais, todo mundo pára e a escuta em silêncio.

Eles chegam em pequenos grupos dispersos, o olhar orgulhoso. Acabam de cumprir mais do que seu dever, uma necessidade. O cansaço acabou por vencer alguns. Não é nada, só um pouco de reumatismo. É o frio do exílio, um frio pernicioso, que ataca em pleno verão, quando faz calor, a gente se levanta e depois a nossa perna direita nos deixa, é assim, não sabemos por quê, o médico me disse que era a idade, mentiu para mim, a cabeça está boa, mas o corpo não acompanha mais, como ele ousou dizer isso a mim, que sou errante nas estradas há tanto tempo, mas vejo que ele não conhece esse mal de que sofremos em silêncio, melhor para ele, afinal, sinto-me bem agora, não sei quem sou, mas estou me sentindo bem apesar da opinião do doutor. Perdi meu nome e me dizem que não tenho mais rosto, é uma loucura como essas pessoas podem ser más, minhas dores reumáticas desapareceram também, esse navio tem para mim algo de familiar e ao mesmo tempo estranho, não é um navio, só uma maquete, uma ilusão de ótica, uma simples imagem projetada na água, é a primeira vez que subo num navio sem conhecer seu destino, é bonito, no fundo, vou navegar sobre as ondas até o dia do último dia, até o momento em que o Mestre da Alma vier retomar seu bem, quanto a mim, estou pronto, pronto há muito tempo, desde que minha mãe me ensinou que a grande partida não é nada e que somente a doença e a maldade dos homens devem ser temidas. Uma asa se inclinará e te levará, ela te levará a outros céus, é isso a morte, meu filho, um sonho em que o sofrimento não existe mais.

Miguel anda apoiando-se numa bengala. Nada perdeu de sua elegância, mas seu rosto está marcado pela doença, ele está com a tez quase esverdeada, avança, sozinho, em silêncio. Ele também responde ao chamado. Quem o preveniu? Quem o avisou dessa expedição? Ele organizou tudo antes de deixar sua casa. Ninguém sabe o que preparou minuciosamente. Numa carta deixada a Carmen e a Gabriel, tudo foi previsto:

Em alguns dias, talvez algumas semanas, irei embora. Não deplorem meu estado, confesso ter sido feliz, ter vivido momentos difíceis bem como felicidades inauditas, hoje não tenho arrependimentos, vou-me apaziguado, de coração leve, peço-lhes apenas uma coisa, que ninguém saiba do mal que me corrói e me levará. Conto com o senso de responsabilidade de vocês, com seu amor, sua amizade para velar pela minha partida, que deverá ser tão bela, tão elegante quanto a minha vida. Discrição, pudor, generosidade e dignidade, eis meu desejo. Odeio o barulho e a precipitação. O dia em que sentir que meu fim está chegando, eu me internarei no hospital por uma bronquite e morrerei em meu leito. Vocês serão então avisados e virão me buscar mesmo que seja no meio da noite. Não me deixarão de jeito nenhum no necrotério, não que eu tema o frio, mas é um lugar sujo e mal freqüentado, vocês me levarão imediatamente para casa, a minha velha casa, e aí pedirão a meu vizinho Lahcen que venha me arrumar, é um homem religioso e de uma grande probidade. Depois, comprem flores, todas as flores que encontrarem na feira de Fez, disponham-nas em todo canto, queimem madeira de sândalo e não mandem vir padre, não esqueçam que me tornei muçulmano. Convidem enfim todos os meus amigos, dêem-lhes comida e bebida.

Já comprei o túmulo, é no cemitério dos Moudjahidin, a cem túmulos à esquerda, após a entrada, ele fica sob uma árvore que domina a cidade, dali se pode ver a Montanha, o mar e a velha Tânger. Eu gosto dos cemitérios muçulmanos; eles são muito menos angustiantes do que aqueles bem ordenados das outras religiões.

Os cemitérios muçulmanos são simples e modestos, abertos, a vida os ilumina com uma luz magnífica. Não sou um bom devoto, vocês sabem, mas respeito as religiões. Uma vez que for enterrado — não quero caixão, apenas uma mortalha —, vocês farão as orações que tiverem escolhido por gosto, poemas talvez ou cantos sufis. Será depois disso que nos diremos adeus.

Quanto à herança, o doutor Garcia irá mantê-los informados. Uma última coisa ainda, encarrego Gabriel de cuidar dos estudos de Halim e Halima, meus filhos. Ele sabe o que espero dele, só precisa fazer o que combinamos. Quanto a Kenza, que ele cuide para que ela receba corretamente sua parte da herança.

Miguel sobe no barco sem ajuda de ninguém, cumprimenta o capitão, faz o beija-mão a Toutia e vai repousar numa espreguiçadeira à sombra da árvore. É ali que ele ouve uma voz murmurar-lhe: *Você está num mundo onde as paixões extintas trazem os traços de um grande amor que cintila ainda na escuridão ao lado das flores de que tanto gostava, flores que carregam a vida cheia de lembranças transbordantes de todo lugar.*

Kenza chega sozinha, radiante. Toda vestida de branco, os cabelos soltos, ela não fala com ninguém, mas sentem-na feliz, liberada. O tempo fez seu trabalho. A primavera deixou atrás de si um pouco de sua poeira. A vida de Kenza foi sacudida e lembranças caíram dela. Boas e más. Ela não teve a força de fazer a triagem. Terá tempo de colocar ordem em tudo isso. Não se preocupa mais, sente-se aliviada, leve como o dia de sua primeira menstruação, em que corria nas ruas imitando o vôo da andorinha. Nesta manhã ela está tendo a mesma sensação. Foi tão bom. Mudar de corpo, tomar alguma distância do mundo e de seus infortúnios, saltar por cima da dor imensa e não sufocar de vergonha durante o sono. Apaziguada, Kenza subiu no navio, um marujo a instalou numa linda cabine. Daqui, disse-lhe ele, você verá o mar, e esses golfinhos que nos escoltam são inteligentes, conversam entre si e os compreendemos, eles virão cumprimentá-la, não se preocupe se às vezes tubarões os fizerem fugir e os substituírem por algum tempo. Repouse, veja, aqui está uma garrafa térmica de chá e alguns biscoitos. Kenza adormece rapidamente, serena, feliz em voltar para casa. Toutia se inclina sobre ela e acaricia-lhe suavemente o rosto frio. Ela a beija na testa e puxa-lhe a coberta até os ombros.

Soumaya, a bela Soumaya, aquela que acreditava em tudo que lhe diziam os homens, que se entregava a eles sem reservas, Soumaya, perdida e reencontrada, chega ao convés, coberta da cabeça aos pés. Ninguém ousa falar-lhe. Ela usa o haique branco das camponesas do Rif e esconde seu corpo que em alguns anos perdeu todos os encantos. Vítima de si mesma, ela seguiu o chamado e ei-la por sua vez neste navio. Soumaya não se tornou uma irmã muçulmana, se não tira o véu é porque não quer que vejam seu rosto, cuja bochecha direita está cheia de talhos; ela esconde também a boca porque perdeu alguns dentes. Sou uma acidentada, conta ela quando a interrogam, sim, um acidente horrível na estrada entre Madri e Toledo, ele estava dirigindo como um louco, tinha bebido, um caminhão em frente veio para cima da gente e depois eu não me lembro de mais nada, mais tarde, quando despertei, eu me olhei no espelho e dei um berro. Estava desfigurada. A assistência social me deu dinheiro e o médico me disse: "Vá, volte para casa, há um navio esperando em Tarifa, você vai ver, não será a única a subir nele, é um navio mágico, a bordo a vida lhe parecerá bela e o sol brilhará sempre para você, vá, minha beleza cansada... Peguei a estrada com o haique da minha avó, era a mortalha dela, mas como ela morreu em Meca, eu o herdei, é algodão egípcio, muito macio, ninguém me notou, é uma mortalha na qual desapareço, era o ideal para atravessar o país sem ser importunada, sem que a polícia me fizesse perguntas, abençoei minha avó por ter tido a boa idéia de morrer em Meca, disseram-me que ela morreu sufocada num empurra-empurra, lá onde se lapida o diabo, isso sempre acontece, parece, as pessoas não se controlam mais, pisam nos velhos, nos fracos. Mas dizem também que morrer lá é ter o paraíso garantido! Não tenho vontade de morrer, ainda sou jovem, tenho vontade de constituir uma família, ter filhos e contar-lhes histórias..."

Quando Flaubert chegou todo suado, ninguém prestou atenção nele. Correu persuadido de que perderia o navio. Grande, esbelto, de olhos brilhantes, não pára quieto e fala alto. No dia em que soube que o navio do retorno esperava em Tarifa, larguei tudo e peguei a estrada. Faz uma semana que estou andando. Precisei correr, perdi alguns quilos, mas estou me sentindo bem. Aonde vamos, então? Por que ninguém responde? Ele procura rostos conhecidos com os olhos. Cada um está em seu mundo. Só lhe resta fazer a mesma coisa. Mas Flaubert teve uma idéia: e se esse navio só fosse uma ficção, um romance flutuando nas águas, um romance em forma de garrafa atirada ao mar por tantas mães lacrimosas e cansadas de esperar? Se minha hipótese estiver certa, compreendo agora enfim por que meus pais me chamaram Flaubert. Nada mais me resta senão entrar no romance. Mas como nos tornamos um personagem de ficção? Como nos embrenhamos entre as páginas e nos instalamos confortavelmente no meio do mais belo capítulo de uma história de amor e de guerra? Em *Madame Bovary* não há mais lugar para mim, está completo, de todo modo, não há negro nessa história... Onde vou poder achar um lugar para mim, um esconderijo? Resta-me ainda *... E o vento levou*, mas quem quer se ver nele? Se ao menos eu achasse o romance do qual seria personagem, não precisaria trabalhar, o romancista se encarregaria de mim, me daria um papel, me instalaria numa história, fazendo-me viver, amar, gritar, ele me faria morrer no final porque não saberia mais como terminar sua história. Mas não tenho vontade de morrer, nem mesmo como personagem de papel, não tenho vontade de queimar ou de acabar no pilão, isso acontece freqüentemente, os romances que não encontraram seus leitores são enviados a uma fábrica de papel onde são esmagados, reduzidos em pedacinhos de papel machê com os quais se fabricam embalagens depois. Você já imaginou meu personagem multiplicado em milhares de exemplares e finalmente jogado numa máquina moedora que uma hora me esmaga a cabeça, outra hora os colhões, outra os pés, enfim, que em alguns minutos me espalha em milhões de pequenos cotilhões, e isso para confetes! Acabar em papel de carta ou em cartaz de cinema, ou até em papel higiênico. Não, deixa para lá, melhor procurar uma saga sendo escrita, inserir-se entre personagens importantes, ser, por exemplo, guarda de museu, assistir aos embates amorosos da heroína e seu amante, um diplomata perseguido por sua mulher que o engana com o chefe do cerimonial... E se pedisse àquela inglesa que escreveu aquele livro que todo mundo está lendo agora, que fala de um personagem mágico, é certo que seu livro não conhecerá o caminho do pilão! Até me convém, mas o problema é que o romance já foi escrito, como fazer uma nova versão em que eu aparecerei? Não devo começar primeiro por lê-lo? Deve haver alguém neste navio que o possua, venderam-se milhões de exemplares, então, estou certo de que os ratos têm um em seu ninho para os piores dias do inverno, claro, os ratos fazem provisão de romances no verão para as longas noites de inverno. A única diferença conosco é que os ratos não lêem, eles comem o papel cuja tinta está cheia de vitaminas. É o que me disse um dia meu primo Emilzola, bibliotecário em Duala. Quando penso nisso, tornar-me um personagem de romance é o que poderia me acontecer de melhor. Os primos e os outros do Nde não vão acreditar em mim, eles pensarão que fiquei louco por causa do exílio, tão terrível. Vejo-os rindo. Flaubert? Ah, sim! Ele escapou! Não é mais deste mundo! Achou um emprego fictício numa ficção, passeia nos livros, deita-se em páginas que mulheres perfumadas abrem delicadamente para ler. Você entende, de dia ele dorme na bolsa de uma belíssima mulher, acompanha-a em todo lugar, até quando ela toma banho, ela o lê, ele a manja, regala-se enquanto aqui continuamos esperando por ele para saber o que fez com a herança... Danado de Flaubert, achou isso para não enfrentar a realidade, é, a verdadeira realidade, a que gruda em nossa pele e nos machuca. Ele está numa boa, tranqüilo, colocado na estante de uma biblioteca e esperando que uma mão se estenda para ele, abra-o, folheie-o, depois decida colocá-lo em seu lugar porque é um romance sem sexo, sem erotismo, um romance político que não interessa a muita gente, enfim, é o que se diz.

Flaubert encontra, por sua vez, um lugarzinho ao lado do limoeiro e adormece como uma criança, embalado pelos perfumes sutis que a árvore exala. Ao final de apenas alguns instantes, o cheiro das flores do limoeiro transporta-o até os terraços da cidade velha de Fez, onde as mulheres exibem sobre um grande lençol branco as flores perfumadas dos agrumes e do jasmim a fim de que sequem antes de passá-los de novo ao vapor para extrair-lhes a essência que fará os melhores perfumes.

O capitão está sentado numa grande poltrona de vime. Ele está fumando cachimbo e lendo um velho jornal que relata o desembarque na Normandia. Com um leque de Sevilha, Toutia afasta as moscas e o refresca. De tempos em tempos, com auxílio de uma espécie de aspersório de prata, ela lhe asperge água de rosa. Ele só tira os olhos do jornal para contar os que chegam. O navio partirá quando os vinte e cinco passageiros estiverem ali, faltam ainda três para a chamada. Chega de repente um gorduchão que diz chamar-se Senhor Pança. O capitão, depois de ter-se entendido com Toutia, pergunta-lhe: Onde está Dom Quixote, seu patrão? Está chegando, está chegando, capitão, ele ficou atrasado por causa da polícia das fronteiras, porque seus documentos não estavam em ordem, na verdade, ele não tem documentos! Além disso, a alfândega lhe confiscou a espada de que ele tanto faz questão, então, o senhor vê, as coisas não são simples... Mas não se preocupe, confio nele para se livrar de tudo isso.

O capitão se surpreende. Seu patrão viaja então como no século XVI, sem passaporte, sem licença, mas onde pensa que está? E você, como fez então para passar? Eu lhe disse que vinha avisá-lo que meu patrão havia sido detido.

Flaubert, que estava dormindo com um olho aberto e outro fechado, acorda quando ouve Pança se aproximar:

— Flaubert, a seu dispor.

— Não se incomode, desculpou-se o Senhor Pança, diga-me apenas com quais documentos o senhor subiu a bordo.

— Com quais documentos? Eu me chamo Flaubert e isso basta. Aqui não há necessidade de documentos. Nós somos hóspedes do destino. Então, de que serviriam papéis? Vá procurar seu patrão, diga-lhe que Flaubert o está esperando de pé firme e olho vigilante, a mente ativa, a cabeça bem restabelecida e pronto para a aventura nos mares!

O capitão não disse nenhuma palavra, continuou fumando seu cachimbo e olhando de tempos em tempos o horizonte com seus velhos binóculos. Flaubert pediu a Toutia que lhe emprestasse seu leque. Ela não respondeu. Quando aparece Dom Quixote, ao menos aquele que dizia assim se chamar, o capitão se levanta e põe-se em posição de sentido:

— Bem-vindo, Senhor! Estávamos esperando-o para aparelhar. Seus desejos são ordens.

— Obrigado, fidalgo! No entanto, parece-me que nos falta ainda uma pessoa, ou melhor, diria, um personagem. O navio foi concebido especialmente para esta missão e comporta vinte e cinco lugares exatamente, ele não partirá enquanto faltar ainda um só passageiro.

O capitão consulta suas listas e concorda.

— Esperemos então os passageiros da última esperança.

Algumas horas mais tarde, bem no momento em que o sol desliza suavemente no horizonte, os passageiros vêem aparecer dois homens em traje militar carregando nos braços uma grande caixa que tem todo o aspecto de um caixão. Eles a depositam no cais, depois partem sem se virar para trás. Logo, um homem, ou melhor, uma árvore avança e contorna a caixa. Atrás de um buraco feito na casca, distingue-se um rosto, enquanto braços móveis saem do tronco. Na hora que o homem-árvore ou a árvore habitada por um homem se apronta para subir no navio, surgem dois oficiais da Guardia Civil que o impedem.

— Alto lá! Onde você pensa que está? Em um zoológico ou num circo? Seus documentos!

A árvore se sacode, folhas caem de seus galhos, são folhas ainda verdes, carteiras de identidade de vários países, carteiras de todas as cores, passaportes, papéis administrativos e algumas páginas de um livro escrito numa língua desconhecida. Dessas páginas, milhares de sílabas saem de repente, voam na direção dos olhos dos policiais e acabam por cegá-los. Depois, as letras formam juntas uma bandeirola sobre a qual se pode ler "A liberdade é nossa profissão". Sem esperar a resposta dos policiais, a árvore sobe no navio e vem se instalar ao lado de Dom Quixote, a quem o capitão pergunta em voz baixa quem é aquele personagem.

— Qual? O que está na árvore ou o do caixão?

— Não, o da árvore. O caixão meus homens vão pegar. Devemos entregá-lo às autoridades em nossa chegada, mas como não tenho nenhuma idéia do tempo e menos ainda do espaço, não posso garantir nada. Então diga-me quem se esconde atrás dessa fantasia.

— Ele se faz chamar Moha, mas com ele nada nunca é certo. É o imigrante anônimo. Esse homem é aquele que eu fui, o que foi seu pai, o que será seu filho, o que foi também, há muito tempo, o profeta Maomé, todos nós fomos chamados a partir da nossa casa, ouvimos o chamado do mar, o chamado das profundezas, as vozes do estrangeiro que nos habita, a necessidade de deixar a terra natal porque muitas vezes ela não é bastante rica, bastante amorosa, bastante generosa para nos manter junto dela. Então partamos, naveguemos sobre os mares até a extinção da menor das luzes que traz a alma de um ser, seja ele daqui ou de outro lugar, seja ele homem de Bem ou um ser desgarrado possuído pelo Mal, seguiremos essa última luz, por mais fina, rala que seja, talvez dela jorre a beleza do mundo, aquela que porá fim à dor do mundo.

Tânger-Paris
setembro de 2004 — novembro de 2005

Impresso no Brasil pelo
Sistema Cameron da Divisão Gráfica da
DISTRIBUIDORA RECORD DE SERVIÇOS DE IMPRENSA S.A.
Rua Argentina 171 – Rio de Janeiro, RJ – 20921-380 – Tel.: 2585-2000